파트리시아 카스

내 목소리의 그늘

L' OMBRE DE MA VOIX

by Patricia KAAS
in collaboration with Sophie BLANDINIERES

파트리시아 카스

내 목소리의 그늘

파트리시아 카스 | 백선희 옮김

mujintree
뮤진트리

▪ 일러두기

–주요한 인명이나 작품명, 개념 등은 외래어 표기용례에 따라 맨 처음 언급될 때 원어를 병기했다. 부연 설명이 필요한 경우는 본문 하단에서 별도로 설명했다.
–본문에 나오는 도서, 영화, 음악 등의 제목은 번역 표기하고 원 제목을 병기했다.
–노래제목은 〈 〉로, 영화와 공연 제목은 《 》로 표기했다.

카스 가족,

이름가르트, 조셉, 레몽, 로베르, 브뤼노, 다니, 에공, 카린,

그리고 파트리시아에게

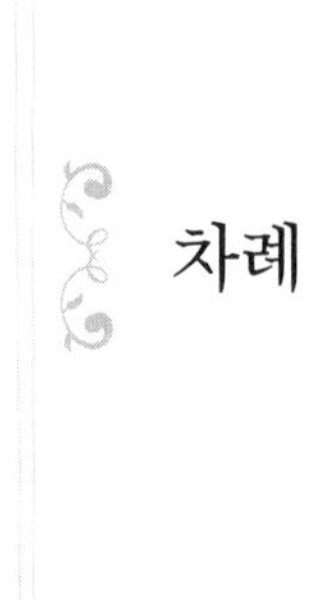

차례

프롤로그

생-레미-드-프로방스, 2010년 5월 16일

아침 아홉 시 즈음 첫 빗방울이 떨어졌다. 내가 눈을 뜬 뒤로 하늘이 통째로 쏟아지고 있다.

오늘은 기일忌日이다. 수첩을 보지 않아도 안다. 매년 그러듯이 나는 초 하나에 불을 붙였다. 젖은 대기 속에서 촛불이 일렁인다. 오늘은 5월 16일이고, 난 21년째 상중喪中이다. 날씨도 장단을 맞추고 있다.

요 며칠은 날씨가 무거웠다. 난 지쳤고 아무것도 할 용기가 나지 않았다. 긴 순회공연에 탈진해 기운이 다 빠진 느낌이었다. 순회공연 《카바레Kabaret》가 날 비워버린 것 같았다. 아무것도 하고 싶지 않다는 마음뿐이었다. 생각하지 않기. 봄기운으로 깨어나고 있는 정원을 바라보며 목적도 걱정도 없이 가만히 몽상하기.

그런데 지금 내 무력감은 비에 희석되고 있다. 빗물이 내 녹슨 의자를 때리고, 테라스의 자갈들을 드러내고, 탁자들의 벼린 쇠붙이를 씻어 내리는 걸 본다. 힘이 생겨난다. 21년 전에 그랬듯이. "난 네가 크는 걸 보고 싶구나." 엄마는 내게 이렇게 말하곤 했다. 그리고 난 엄마를 위해 크는 걸 멈추지 않았다. 심지어 결국 천장에 머리를 부딪치기까지 했다. 내가 갇혀 있었거나 아니면 천장이 너무 낮았던 것처럼.

예술가의 삶… 엄마가 나를 위해 꾼 꿈이다. 조명, 뜨거운 무대, 열광하는 팬들. 스타들이나 유명인들과의 만남, 대통령들까지. 그리고 러시아, 아시아, 또는 독일로 떠나는 여행들.

예술가의 삶… 난 그걸 얻었고, 아쉬울 것 없이 여전히 간직하고 있다. 하지만 막상 그걸 떠올리려면 기억이 나지 않는다. 마치 꿈이라도 꾼 것처럼.

나는 위에서 내려다보듯 붕 떠서 살았다. 현실에는 무능했다. 무대 위를 제외하곤. 난 이 모든 것 속에서 파트리시아를 잊었다. 많이도 노래했고, 많이도 사랑했고, 많이도 울었다. 하지만 말은 하지 않았다. 문장을 만드는 건 내 방식이 아니다. 기억하기 위해 내가 가진 건 이미지들뿐이다. 진실한 이미지들. 이것은 내 삶의 원본 테이프다. 화면 밖에서 들려오는 해설이다. 당신이 한 번도 들은 적 없는 테이프의 B면이다.

석탄 난로 01

달콤한 냄새가 거실을 습격했다. 냄새가 어찌나 진하고 유혹적인지 뽀얀 안개 속에서 거의 물질화되는 게 눈에 보일 정도였다. 난 만화영화 속 곰처럼 그 냄새를 좇아가다 창가에 놓아둔 채 식히고 있는 케이크를 발견한다. 어린 시절의 소중한 냄새다. 오븐 안에선 잠시 후 우리가 먹을 비스킷 위 초콜릿이 반짝인다. 그렇지만 그 잠시도 내 식탐으로는 너무 멀기만 하다. 이 케이크며 비스킷을 나는 1년 내내 기다려왔다.

오늘 저녁은 크리스마스 이브다. 그래서 엄마는 음식을 만드느라 분주하다. 준비하고, 자르고, 섞고, 바른다. 불 위에 올려놓은 냄비들에서 온갖 냄새들이 뒤섞이고 있다. 그 속에 무엇이 담겼는지 뻔히 알면서도 나는 매번 새롭게 느낀다. 어쨌든 냄비 속을 들여다보기엔 난 너무 작다. 그래서 내 코가 순진한 사람 행세를 한다. 나는 부엌을 샅샅이 뒤지며 내 요정이 만든 경이로운 것들을 생쥐처럼 냄새 맡는다. 아빠가 좋아하는 요리인, 초록색 소스를 날개처럼 단 달팽이. 뭉근히 익어가며 작은 방울들을 즐겁게 터뜨리는 야채 수프. 양파와 토마토와 허브를 깔고 그릇 속에 장엄하게 누워 오븐에 들어갈 차례를 기다리고 있는 고기덩이. 토끼나 칠면조 요리는 우리 중에 싫어하는 아이도 있지만 이 고기요리는 만장일치의 환영을 받는 크리스마스 음식의 주 메뉴다. 이렇게 대가족일 경우, 메뉴에 합의를 보기가 쉽지 않다. 백설공주의 난장이들처럼, 황야의 7인처럼, 세계 7대 불가사의처럼, 드래곤 볼처럼 우리는 일곱이다! 아들 다섯이 먼저고, 그 뒤를 딸 둘이 잇는다. 오늘 우리는 모두 여기 모였다. 집을 떠난 오빠들, 로베르, 레몽, 브뤼노도 아내들을 동반하고 왔다. 나는 집에 사람이 많은 게 좋다. 빠진 사람 없이 모두 모인 게 좋고, 술에 취해 우레처럼 커진 목소리와 웃음과 움직임에 좁은 거실이 들썩이는 게 좋다. 나는 초인종이 울리면 누가 왔는지 알아맞히는 걸 좋아하고 이렇게 북적대는 저녁을 좋아한다. 반짝이는 눈들, 미소 짓는 엄마, 얼굴이 발그레해진 아빠. 이런 시간은 달콤하고 아주 동글동글하고, 거품이나 떨어지는 비눗방울처럼 부드럽다.

잔치 냄새가, 기쁨의 소리가, 내 가족이, 내 부족이 있다. 나는 그들을 바라보고, 내 형제 자매들이 자랑스럽다. 아빠를 닮은 로베르는 아빠와 남자끼리 얘기를 나누고, 에공은 카린과 농담을 주고받고, 레몽과 브뤼노는 엄마를 돕고, 다니는 회색 빛 도는 금발의 내 땋은 머리를 들추며 장난을 친다. 우리 여섯은 모두 똑같이 눈이 파랗지만 몇 명은 살짝 더 밝은 색이다. 나는 막내고 여덟 살이다. 언니는 열두 살, 나머지 사람들은 모두 나보다 나이가 한참 많다. 나는 오빠들이 줄줄이 태어나고 한참 나중에 태어났다. 사실 엄마는 딸을 원했다는데 아들을 다섯이나 낳았다. 딸을 낳지 못한 것을 아쉬워하던 엄마가 카린을 포함해 여섯 명의 자식을 둔 대가족을 만들었다. 엄마는 거기서 멈추려고 했는데 예정에 없던 내가 사고처럼 태어나게 되었다. 다시 깨어나는 욕망의 아이, 봄의 아이는 12월 5일에 태어났다. 일곱 명의 자식은 정말이지 부족이고 집단이다. 꼭 크리스마스 저녁이 아니더라도 조화로운 집단이다.

물론 엄마에게는 쉴 틈이 없다. 엄마가 대가족의 주부 역할을 아주 성실히 해내기 때문이다. 엄마는 우리를 먹이고, 씻기고, 애지중지 보듬고, 보살피고, 가르치고, 우리 말을 들어준다. 엄마는 항상 우리 곁에 있다. 다정할 땐 다정하지만 필요할 땐 엄하기도 하다. 엄하지 않을 수 없게 우리가 만든다. 아침에 우리가 너무 피곤해 하거나 의욕이 없다고 느낄 때면 엄마는 우리에게 등교를 면제해주기도 한다. 하지만 우리의 행동이 마음에 들지 않으면 무섭게 화를 낸다. 엄마에겐 원칙이 있다. 거짓말을 해서는 안 되고, 정의로워야 하고, 공손해야 한다는 것. 그러지 않으면 엄마는 고함을 친다. 우리는 엄마가 화내는 걸 무서워한다. 화나면 목소리가 커지고 날카로워지기 때문이다. 냉정을 잃을 때 엄마의 목소리는 아주 높아져 우리가 귀를 막지 않을 수 없을 정도로 고음에 도달한다. 우리는 엄마 말을 잘 들으려고 애쓴다. 엄마가 우리를 기르느라 힘들게 사시는 걸 알기 때문이다. 광부이신 아버지의 쥐꼬리만한 월급으로 말이다.

오늘 저녁 엄마는 예쁘다. 살짝 광택이 도는 흰색 블라우스에 가느다란 다리가 드러나는 검은색 치마를 입었다. 조금 후에 고기를 자를 때 얼룩을 묻히지 않으려고 앞치마도 걸쳤다. 카린과 나는 사람들이 모두 오기 전에 욕실에서 곱게 단장을 했다. 왈가닥인 언니는 원피스며 여자처럼 옷을 입어야 한다는 것에 불만이었다. 반대로 나는 정말 기분이 좋았다! 심지어 나는 엄마에게 뺨에 볼터치를 해달라는 부탁까지 했다. 하지만 매니큐어는 내가 손톱 물어뜯는 걸 그만둬야 바를 권리를 얻게 될 것이다. 카린은 투덜거린다. 흰색 폴라와 소매 없는 초록색 줄무늬 벨벳 원피스가 불편하다고 생각한다. 그리고 자기 다리를 보더니 거의 눈물이 맺힌다. 언니는 검은색 에나멜 구두를 싫어해서, 구두가 신발장 속에서 줄어들어 신을 수 없다고 믿게 할 작정이다. 나는 대개는 엄마가 내 머리를 만지지 못하게 한다. 지난번에 엄마가 머리를 해줬을 때 나는 아이들이 놀릴까봐 겁이 나 학교에 가고 싶지 않았다. 고백하지만 엄마는 머리를 매만지는 데는 솜씨가 없다.

그런데 그걸 인정하지 않는다. 엄마는 우리 머리에 컬 클립을 말아 몇 시간 동안 놓아두는 걸 좋아한다. 언니와 내가 거울을 쳐다보면 우리 꼴이 꼭 얼빠진 새끼양 같다. 오늘 저녁에는 예외적으로 엄마에게 머리를 땋아 달라고 했다. 땋은 머리의 굵기가 같지 않고 길이도 다를 위험이 있지만 신경 쓰지 않는다. 어쨌든 다른 사람들을 봐도 대칭인 게 하나도 없다는 걸 확인했기 때문이다. 그러니 왜 땋은 머리라고 꼭 대칭이어야 하나?

결국 언니는 항복했고, 10분 후에는 신발이 마음에 안 들고 아크릴로 된 폴라 티 때문에 가렵다는 것도 어느 새 잊어버렸다. 모든 게 웃음거리인 에공이 그걸 환기할 때까지는 그랬다. 에공은 프랑스와 독일의 국경지대 사투리로 말했다. "너 뭘 닮았는지 알아Wi sich en du aus?" 언니는 바로 얼굴이 새빨개졌고, 마침 우리 모두가 몇 시간 전부터 기다리고 있던 신호를 엄마가 보내지 않았다면 언니는 아마 폭발했을 것이다. "식탁으로 모여!". '식탁'이라는 말이 모두를 화합하게 만들었고, 식탁 한가운데 놓인 김나는 수프 그릇은 우리를 입 다물게 했다. 적어도 음식이 한 차례 돌 때까지는. 마치 난생 처음인양 엄마의 수프를 맛보는 성스러운 몇 초가 지나고 나면 혀들이 풀리고, 잔이 채워지고, 카스 가족의 자연스런 웅성거림이 다시 시작된다. 얼마 후엔 더 이상 먹는 소리가 들리지 않는다. 식기 부딪치는 소리는 식탁 사방에서 울려 퍼지는 묵직한 목소리들에 묻히고 만다.

오늘 저녁, 석탄난로는 쉬지 않을 것이다. 우리를 위해 타닥거리며 오래도록 탈 것이다. 크리스마스 만찬은 몇 시간 동안 계속되고, 우리는 파티를 길게 늘이며 장난기 어린 기쁨을 느낀다. 헤어지는 걸 서두르지 않는다. 사실, 이것이 선물이지 다른 선물은 없다. 우리는 식구가 너무 많아 진짜 선물을 서로에게 사줄 수가 없다. 자질구레한 물건들을 서로 주기도 하지만 무엇보다 저녁식사를 두 배로 누리는 것이 우리에겐 큰 보상이다. 우리는 어떤 물건보다 더 든든한 열기와 사랑을 마음의 곳간에 채운다. 그것이 오래 가는 선물이다.

나는 캐럴 속 산타클로스나 수많은 장난감이 아쉽지 않다. 내게는 나만의 산타클로스가 있기 때문이다. 적어도 이 산타클로스는 나머지 열한 달 동안에도 일을 멈추지 않는다. 그는 모레티 씨다. 그는 장난감 공장에서 야간 경비로 일할 뿐 아니라 크뢰츠발드에 카페도 하나 갖고 있어서 그곳에서 작은 콘서트와 노래 경연대회를 연다. 내가 처음으로 대중 앞에서 노래한 것도 그곳에서다. 1주일 전에 모레티 씨는 나한테 최신형 새 인형을 하나 주었다. 나는 좋아서 미칠 것만 같았다. 특별한 인형이다. 팔을 움직이면 입에서 비눗방울이 나온다. 하지만 모레티 씨가 요전에 준 인형도 나는 여전히 좋아한다. 태엽을 감으면 수영을 하는 인형이다.

올해도 고기 요리는 입 속에서 녹았고, 아빠와 에공은 "음!" 하며 기쁨의 탄성을 내질렀고, 다른 사람들도 고갯짓으로 동의했다. 우리는 식사를 둘러싸고 하나가 된다. 피로 이어지고, 함께 나누는 기쁨으로 이어졌다. 엄마는 앞치마를 벗었고, 이제야 10분 이상을 자리에 앉을 수 있다. 부엌에는 지켜봐야 할 음식이 이제 없다. 엄마는 우리가 모두 먹어치우기 전에 버터에 노릇노릇 구운 작은 감자를 맛본다.

드물게 보여주는 탄탄한 유머 감각을 갖춘 레몽은 오빠들 중 가장 말이 적은데, 벌써 자기 접시를 비우고 초의 붉은 촛농을 가지고 놀고 있다. 로베르는 접시에 얼룩 한 점 없을 정도로 소스까지 닦아 먹고는 더 먹고 싶어 한다. 어쩔 수 없이 항상 식탁을 치우는 건 다니다. 그는 이미 일어서 있다. 그는 파티를 좋아하지만 파티에 따르는 무질서는 좋아하지 않는다. 그는 너무 성실해서 학교에서 일도 한다. 그는 아마 학업을 계속할 텐데, 평균을 뛰어넘는 점수와 선생님들에게서 받은 칭찬으로 우리 모두를 놀라게 한다. 카린과 나와 셋이서 함께 쓰는 방에서 다니는 질서 강박증을 우리에게 전수하려고 애쓴다. 성공적이다. 브뤼노는 휴식을 취한 흡족한 얼굴로 느긋하게 의자에 앉아 있다. 적어도 오늘 저녁만큼은 우리에게 훈계를 늘어놓고 우리가 장난하는 걸 야단칠 기분이 아닌 모양이다. 평소 때 카린과 나는 호되게 야단맞곤 한다. 나쁜 성적, 장난, 모든 일탈에 브뤼노의 설교가 따랐다. 우리가 그를 겁내는 건 그에겐 부모같은 너그러움이 없기 때문이다. 크리스마스가 휴전을 보장해주어 오늘 저녁엔 꾸지람이 없다.

김이 서려 창문들이 새하얗게 변했고, 촛대다리들은 발갛게 변했다. 트리에 매달린 크리스마스 장식 방울들의 색이 더 짙어 보였다. 드디어 비스킷 시간이 왔다. 엄마는 초콜릿으로 장식한 별이 마법의 산처럼 가득 담긴 샐러드 그릇을 가지고 왔다. 국경을 건너온 엄마의 크리스마스 전통 요리법이다. 엄마는 독일 사람이지만 이곳 모젤에는 경계선이 없다. 프랑스인들이 독일인과 흔히 섞인다. 이 지역에는 온갖 세대의 혼혈 부부들이 많다.

나의 부모님은 어느 무도회에서 만났다. 나는 멋지게 차려입은 아버지가 어머니에게 왈츠를 추자고 초대하는 걸 상상한다. 아버지는 절대 춤을 멈춰서는 안 된다는 걸 아셨을 거다. 그 후 나로선 잘 상상이 안 가는 뽀뽀가 있었을테고. 두 사람은 내 앞에서 절대 입을 맞추지도 않고, 사랑의 말도 주고받는 법이 없다. 어떻게 그런지 모르겠다. 반면에 독일은 너무도 가까워서 독일이 어떤지는 안다. 이곳 국경도시 스티링-벤델에서 살면서 어머니의 소리를 듣고, 고개를 창밖으로 조금 내밀기만 해도 독일에 있는 셈이다. 지도를 보면 고작 50미터 거리가 우리를 갈라놓은 셈이지만, 삶에서는 결코 분리되어 있지 않다.

이제 늦은 시간이다. 너무 무거워진 눈꺼풀이 내 여덟 살 나이 위로 덮인다. 형형색색의 반짝이 불빛이 최면 효과를 낸다. 나는 저녁의 열기 속에 동그랗게 몸을 말고 소파에 웅크리고 누웠다. 마지막 순간을 놓치지 않으려고 기를 쓴다. 조금 후면 오빠들이 현관에서 코트를 입고 떠날 테고, 엄마는 마지막 남은 잔들을 부엌으로 가져갈 것이다. 아직까지는 아빠와 오빠들이 식후 술을 홀짝이고 있다. 나는 브뤼노와 얘기중인 엄마에게 꼭 붙어 주위에서 들려오는 목소리를 자장가 삼아 잠이 든다.

내일은 학교에 가지 않는다. 이건 좋은 소식이다. 나는 학교에 가는 것이 별로 즐겁지 않기 때문이다. 아주 추운 날 아침이면 학교에 가는 것이 정말 고역이다. 밖에 나가기도 전에 코가 얼어붙는 영하의 날씨가 잦다. 눈이 오면 적어도 친구들과 놀 수 있겠구나, 눈싸움을 하거나 눈사람을 만들 수 있겠구나 생각한다. 학교 건물—수도원을 닮은—의 근엄하고 차가운 회색이 눈의 흰색과 만나면 유쾌해진다. 운동장에서는 여학생들은 한쪽을, 남학생들은 다른 쪽을 이용해야 한다. 규칙은 엄격하지만 놀이가 규칙을 허문다.

방과후에는 썰매를 탈 수 있어 훨씬 좋다. 썰매를 탈 때 나는 깃털처럼 가벼운 몸무게 때문에 속도를 내기가 어렵다. 그래도 나는 눈 위를 미끄러지는 걸 정말 좋아한다. 날씨가 춥지만 난 춥지 않다. 엄마가 미리 신문지로 나를 감싸줬기 때문이다. 엄마는 매번 여러 겹으로 나를 감싸주는데, 그것이 내 방풍점퍼를 불룩하게 만들긴 하지만 내가 얼지 않게 보호해준다.

나는 아이들의 순진무구한 잠 속에 빠져들고 꿈을 꾼다. 방금 보낸 저녁에 대해, 학교에 대해, 초콜릿 별과자에 대해, 무대 위에서 관중에게 이렇게 말하는 가수 조 다생에 대해. “여러분께 소개하고 싶은 꼬마 숙녀와 함께 〈아메리카〉를 불러드리겠습니다. 이 꼬마 숙녀의 이름은 파트리시아 카스입니다.”

광산에 새겨진 말 "무사히!" 02

바깥에는 포근한 정적이 도시를 감싸고 있다. 빛의 마지막 흔적이 유리창 너머로 희미해졌다. 가로등에서 퍼져 나오는 노르스름한 후광만이 제네랄-르클레르 거리에 남아 있다. 우리가 사는 거리는 인적 없이 황량하다. 거리를 덮은 흰 망토는 발자국에 더럽혀져 있다. 사람들은 집으로 돌아갔고, 배부르고 취한 상태에서 아이들과 마찬가지로 다음날 쉰다는 생각에 행복해 한다. 스티링-벤델 사람들이나 이웃 마을 사람들은 휴식을 누릴 자격이 있다. 그들 모두 아주 지치는 일을 하고 살기 때문이다. 그들은 공장이나 광산에서 철과 석탄에 파묻혀 일하며 한 세기의 산업 활동으로 숨결이 새까매진 도시들을 양팔로 받들고 있다. 게다가 상황은 더 나빠지고 있다…. 어제 그들은 19세기의 미래였는데 오늘은 20세기의 과거이다. 진보를 낳을로렌 분지…. 행복 후에 찾아온 우울. 어른들이 하는 말을 듣다 보면 '위기'니 '쇠퇴'니 '종말'이니 '허무' 같은 소리가 자주 등장한다. 이곳 주민들이 쉽게 입가에 떠올리는 미소 아래 근심이 일렁이는 걸 흐릿하게나마 알 수 있다. 게다가 내 눈앞에는 아빠가 있다. 모든 게 크리스마스 저녁처럼 감미롭고 쉽지만은 않다는 증거다.

보통 때라면 아빠는 이 시간에 일터에 있다. 새벽 두시에도 아빠는 '석탄' 작업중이다. 나의 아버지 조셉 카스는 광부, 석탄광부다. 아버지는 종종 탄광 안이나 바깥이나 빛이 똑같은 시간에 일을 한다. 다시 말해 빛이 없는 밤 말이다. 어쩌면 그래서 지상과 지하에서 밤이 바뀌는 걸 느끼지 못한다. 우리가 일어날 이른 아침에 돌아오는 아버지의 얼굴엔 밤의 흔적이 묻어 있다. 꼭 밤과 몸을 비비고 밤을 끌어안기라도 했던 것처럼 입술에 검은 흔적이 남아 있다. 비누와 솔로 닦아도 소용없다. 아버지에겐 언제나 야간작업의 그림자가 남아 있다. 탄광의 짙은 검정색은 아버지 눈의 파란빛을 더욱 투명하게 만든다. 아버지는 기진맥진했고, 그건 소파에 털썩 주저앉는 모습에서도 보인다. 나는 아버지가 고된 일을, 남자의 일을, 군인 직업을 닮은, 위험 부담이 큰 일을 한다는 걸 안다. 매일 죽을 준비가 되어 있어야 하고, 전쟁에서 패배할 위험 부담을 안고 매번 전투에서 이겨야만 하고, 어두컴컴

한 육탄전에서 승자가 되어 빠져나와야만 한다. 잿빛 하늘 아래 내가 자라나는 이 진회색 땅의 울퉁불퉁한 혈관 속으로 내려가는 걸 두려워하지 말아야 한다.

매일 아빠는 우리가 일용할 빵을 얻기 위해 그곳에서 물기 축축한 벽과 싸우고, 두려움을 뱃속에 품고 어두운 미궁 속으로 잠입하고, 좁고 음침한 회랑 속에서 질식한다. 아빠는 최악의 경우엔 목숨을 잃을 위험을, 최선의 경우엔 불구가 될 위험을 무릅쓴다. 종종 사고가 일어나고, 우리 가족은 그것이 다른 사람들에게만 일어나지 않는다는 걸 알 만큼은 겸손하다. 게다가 우리는 귀머거리가 아니다. 광부 아내들의 심장과 고막을 찢는 사이렌 소리를 듣는다. 그들이 사랑하는 탄광은 음험하다. 우리는 탄광이 갱내 가스 폭발과 붕괴 사고를 가지고 오는 걸 사전에 느끼지 못한다. 탄광은 모든 걸 갑자기 일으킨다. 단서도 남기지 않고. 집어삼키고, 휩쓸고, 부수고, 신의 없게도 맹목적으로 후려친다. 단숨에 파괴하지 않더라도 유독한 땀으로, 폐에 들러붙는 기름기 낀 검댕으로 내부에서 서서히 파멸시킨다. 경보음이 종종 울린다. 아빠의 기침은 일상적이고 예사로운 것이다. 나는 동굴에서 나오듯 부엌에서 들려오는 그 소리를 아침마다 듣는다. 그 기침은 아버지의 몸을 뒤흔들고, 아버지 목구멍에 흙더미를 쏟고, 아버지의 호흡을 자른다. 그것은 나를 깨워 꿈에서 현실세계로 난폭하게 데려온다. 그것은 질서를 지키라는 경고처럼 울린다. 나는 침대에서 빠져나와 옷을 입고 털장화를 신고 추위 속으로 나가 살을 에는 바람 속에서 학교버스를 기다려야 한다.

그럼에도 아빠는 불평하지 않는다. 아빠는 자신을 죽이는 이 직업을 마음 깊이 사랑한다. 군대 훈장처럼, 더 이상 젊지 않은 청춘을 여전히 전율하게 하는 옛 열정의 시든 꽃처럼, 그것을 들고 흔들며 주장한다. 광산에 대한 아빠의 애착은 본능적이고 원초적인 것이다. 광부 친구들의 동료의식과 연대감, 남성적 분위기, 육체적 노고, 매일 산을 밀고 있다는 의식과 만족감. 어쩌면 석양의 시적 정취도 한몫 하는지 모른다…. 사라져 가는 직업을, 어쩌면 끝까지 지켜야 한다고 생각하는지도 모른다. 누구도 아빠가 자기 직업을 부끄러워하게, 자기 자신을 부끄러워하게 만들지 못할 것이다. 아빠는 자신의 보잘것없는 처지를 수치스럽게 생각하지 않는다. 그는 언제나 자기 가족을 먹여 살려 왔다. 가족을 휴가지로 데려갈 여유까지는 없었지만…. 그는 배불리 먹지 못하던 시절의 사람이다.

아빠는 1927년에 태어났고 전쟁을 겪었다. 스티링-벤델에는 포로수용소가 하나 있어서 로렌지역 노동자들 수천 명이 자신들의 힘을, 남은 힘을 독일의 전쟁 작업에 보태지 않을 수 없었다. 그들은 스스로를 '강제징용자'라고 불렀다. 여기서는 여전히 똑같은 일이 벌어진다. 보아하니 이곳 사람들에겐 결코 선택의 여지가 없었다. 그래서 이들은 운명에 적응해서 운명과 더불어 살고 그것에 자부심마저 느낀다. 누군가 유명하고 중요한 사람에 대해 말하면 아빠는 언제나 이렇게 말했다. "그래서? 나는 광산에서 27년을 보냈어. 그리고 난 철도원이었다고!" 아무런 후회도 아무런 콤플렉스도 없다. 이것이 나의 아버지다.

우리가 사는 동네에서는 모두가 우리와 마찬가지로 광부 아버지를 뒀다. 압스테르딕 노동자 단지는 로렌 분지 탄광회사의 것으로, 고용인들이 그곳에서 산다. 직각으로 잘리는 거리에 HLM(영세민 임대 아파트)들이 똑같은 모양으로 줄지어 서 있다. 질투할 것도 없이 모두가 똑같은 간판을 내걸고 있다. 정면에 층마다 두 개의 창과 유리문이 하나씩 있는 네모난 흰색 집들이다. 두 가정이 그곳에 사는데, 한 가정은 1층에, 또 한 가정은 2층에 산다. 작은 뜰이 길과, 동네 블록마다 자리한 놀이터 딸린 작은 공원과 건물을 가르고 있다. 나는 내 또래 이웃들인 레진이나 장-뤽과 함께 방과후에 종종 그곳에 가서 미끄럼틀을 탄다. 동네 분위기는 꽤 유쾌하다. 모두가 서로를 알고 일터에서나 바깥에서나 자주 만나기 때문이다. 어머니들은 서로 돕고, 아이들은 공장 굴뚝 그늘 아래서 함께 자랐고, 남편들은 탄광 지하 갱도에서 힘을 합쳐 분투했다. 이것이 관계를 낳는다.

험악한 조건도 마찬가지다. 이곳 사람들은 문제와 가난에 있어 평등하다. 하늘의 육중한 무게, 기후의 혹독함, 힘겨운 월말, 사고, 질병, 광산과 공장 때문에 줄어든 기대수명. 그래서 그걸 보상하려고 사람들은 가능하면 자주 축제를 벌인다. 그리고 술을 마신다. 특히 남자들은 툭하면 한 잔 하고, 손에 술잔을 달고 지낸다. 어떤 핑계도 좋다.

게다가 아빠는 술에 있어서 꼴등이 아니다. 아빠의 유쾌한 기질도 고된 일만큼이나 취기를 찾도록 부추긴다. 아빠는 축제를, 음악을, 춤을 좋아한다. 춤판이 앞에 보이기만 하면 뛰어들어 솜씨를 과시하지 않고는 못 배긴다. 아빠는 옛날식 춤을 춘다. 왈츠와 탱고처럼, 배워야 하는 춤을 춘다. 그리고 언니와 내게도 가르쳐주었다.

민첩하고 기품있는 아빠는 춤 무대의 왕이다. 의상과 모자를 갖춰 입은 아빠에게선 50년대 배우들의 멋이, 《바람과 함께 사라지다》의 클라크 게이블 같은 세련미가 풍긴다. 나의 아빠는 격렬한 춤판에 이웃 여자를 끌어들이지 않을 때면 이런 저런 사람들과 이야기를 나누며 갈증을 해소하는 걸 잊지 않는다. 술잔을 부딪치고 이야기를 얼마나 많이 했는지 아빠는 유명해졌다. 사실 아빠는 매력적이다. 이미 코는 약간 빨개졌고, 눈에 담긴 슬픈 표정 때문에 유쾌한 어릿광대 같아 보인다. 게다가 듬성듬성 빠진 치아 때문에 턱뼈는 꺼지고 뺨은 부풀어 꼭 만화영화 속 인물처럼 우스워 보인다. 아빠의 별명은 세피Seppy다. 틀니를 껴야 하는데 아빠는 틀니를 주머니에 넣고 다닌다. 그리고 사람들이 "그걸 끼면 더 편할 텐데"라고 말하면, 아빠는 변함없이 이렇게 대답한다. "아, 거시기!"

영화, 독서, 미술 전시회, 쇼핑은 우리 문화에서는 외계인들의 여가활동이다. 우리는 거기에 습관도 들어 있지 않고, 접근할 수도 없다.

우리 집에는 텔레비전이 있는데 그것만 해도 이미 대단하다. 엄마와 함께 우리는 마리티와 질베르 카르팡티에[1]가 만드는 모든 프로그램과 독일 채널들을 본다. 우리는 달리다의 드레스 앞에서 넋을 잃고, 훌리오 이글리시아스의 억양에 깔깔거리고 웃는다. 아빠가 보는 건 축구다. 그리고 축구를 하기도 한다. 경기가 있는 저녁이면 아빠는 제정신이 아니다. 국경 건너편인 자르브뤼켄까지 아빠 소리가 들리고, "얼른, 멍청이 같으니, 뛰라고!" 하고 외치는 소리가 창문을 뒤흔든다. 아빠는 TV 화면 속으로 들어갈 정도로 열중해서 관중석으로 도로 불러오기가 어렵다. 아빠는 쉽게 열광하는 그런 사람이다.

그에 비해 엄마는 아주 조심스러워 보인다. 외출이나 감정 폭발, 낯선 사람들은 엄마를 위한 것이 못 된다. 엄마는 집에 머무는 걸 좋아하고 편안해 한다. 엄마의 조심성은 아빠의 개방적인 기질과 대비된다. 엄마의 즐거움은 스타들과 왕관 쓴 사람들의 삶을 세세히 전해주는 독일 잡지들을 읽는 것이다. 아빠의 일 덕에 엄마는 비싸지 않은 값으로 중간에 생각을 바꿀 가능성과 함께 몇몇 잡지들을 골라 보게 해주는 정기구독을 하고 있다. 엄마는 오래 즐기려고 그 잡지들을 느릿느릿 읽는다. 적어도 다음 호가 나올 때까지는 끌려고. 어쨌든 엄마에겐 자유시간이 별로 없어서 잡지들을 손에 쥘 수 있는 형편에 따라 느리

1) 1950년대와 1960년대에 프랑스어권 나라들에서 아주 인기 많았던 버라이어티 방송 제작자들.

게 읽을 수밖에 없다. 엄마는 잡지보다는 빗자루를, 스펀지를, 빨래를 더 자주 붙든다. 집에는 언제나 할 일이 있다. 큰 아이들이 떠난 지금도 그렇다. 게다가 엄마는 모든 것이 완벽하게 정돈되고 깨끗하도록 신경 쓴다. 집은 반짝반짝한다. 마치 엄마의 우상 중 한 사람, 할리우드와 귀족세계의 완벽한 결합인 그레이스 켈리라도 찾아오길 기다리는 것 같다. 그 두 세계의 소식을 엄마는 진지하게 좇는다. 더구나 모나코의 아름다운 금발 여인에게서 엄마는 내 이름의 영감을 얻었다. '그레이스 켈리'는 독일어로 '그라치아 파트리치아'다….

꼬마 피아프 03

화창한 날들이 돌아오고, 그 날들과 더불어 장터 축제도 돌아온다. 멀리서도 보이는 무한궤도열차, 유령열차, 범퍼카, 사격놀이, 분홍색과 초록색이 뒤섞인 거대한 곰인형, 카드점 기계…. 없는 놀이기구가 없다. 어제 이 놀이기구들이 이 도시에 도착한 뒤로 나는 잔뜩 들떠있다.

나의 어머니 이름가르트는 부엌 정리를 끝내고 눈부시게 새하얀 형광등을 껐다. 그때 열린 창문으로 장터에서 들려오는 친근한 목소리가 마음을 뒤숭숭하게 흔든다. 낮지만 앳된 그 목소리는 노래를 하고 있다…. 엄마는 처음에 클로드 프랑수아의 노래를 알아보고, 그리고 곧 내 목소리를 알아본다. "아니, 저건 패티잖아!" 엄마는 안락의자에서 잠든 아버지를 깨운다. 엄마는 말도 없이 나가서 알리지도 않고 축제에서 노래한 나를 혼내지 않았다. 엄마는 믿었다. 처음 있는 일도 아니었던 것이다. 지금은 엄마도 축제의 장인 앙투안과 장터 흥행사들을 안다.

그들이 나를 아주 좋아해 준 건 사실이다. 그들은 내 목소리가 감동적이고 독특하다고 생각한 모양이었다. 그들은 내게 노래를 시켰다. 나는 노래하는 아이였고, 또 구경거리였다. 그들은 내게 보상으로 범퍼카나 다른 놀이기구를 탈 티켓을 주거나 사탕을 주었다….

언니와 나는 시장에서 진열대를 펴는 걸 돕고서 계란과 치즈를 받았다. 카린과 내게는 그것이 처음으로 돈을 받고 한 일이었다! 나는 내 목소리에 대해 사람들로부터 자그마한 선물을 받는 데 길이 들었다. 과자나 작은 물건들. 여섯 살 때부터 그랬다…. 처음 포르바크 사육제에서 나는 태어났다. 나는 가장을 하고 다른 아이들과 이 집 저 집을 떠돌며 노래를 했다. 그것은 동네를 순례하는 아이들에게 사탕을 주는 할로윈 축제 같은 전통이다. 우리는 힘들다는 느낌이 들지 않는 일을 하고, 심지어 재미있기까지 한 일을 하고 튀김과자나 작은 동전 한 푼을 받곤 했다. 이를테면 내가 가사를 외웠는지, 멜로디를 외웠는지도 기억나지 않는다. 나는 오래된 전축을 가지고 집에서 연습했다. 쉴라와 실비 바르탕을 따라 부르며 거울 앞에서 그들과 함께 노래했다.

그러면서 나는 웃음을 터뜨리곤 했다. 그건 일이 아니라 차라리 놀이였다. 학교에 가서 꽃무늬 블라우스를 입고 의자에 앉아 지루해 하는 것처럼 힘들지도 않았다. 나는 나를 구경거리로 내놓았고, 내 나이에 그 일은 놀이였다. 나는 내 목소리가 좋았고, 특히 낮은 목소리를 지키려고 조심했다. 엄마가 화낼 때 내는 높은 소리가 무서웠던 것이다. 사람들은 종종 내게 말했다. "나중에 네가 뭘 하고 싶어 할지는 묻지 않으마. 가수겠지." 나는 내 일에 최선을 다했고, 그것은 눈에 띄었을 것이다. 노래 경연대회에서 지는 건 있을 수 없는 일이었다. 기회는 많았다. 자선바자회며 마을 축제 등. 게다가 아버지와 함께 바를 순례하는 일도 있었다. 나는 높은 의자에 앉아 노래를 했고, 사람들은 그 대가로 아버지에게 맥주를 공짜로 주었다. 우리 둘은 멋진 팀이었다.

경연대회에서 나는 언제나 이기려고 누구보다 집착하는 아이였다. 나는 마음을 실어 노래했고 의욕이 넘쳐서 내 성량에 어른들이 놀라곤 했다. 껍질 벗겨진 고양이처럼 깡마르고 아주 어렸지만 꼭 술병 든 뚱뚱한 여자처럼 노래했다. 이따금 사람들은 장난삼아 내 뒤를 쳐다보며 다른 누가 없는지 확인하는 시늉을 하곤 했다. 1등이기만 하다면 상금은 중요하지 않았다. 상금은 내가 바라는 수준에 늘 미치지 못했기 때문에 차라리 신경 안쓰는 편이 나았다. 사실 사탕 몇 봉지가 내가 딸 수 있는 최고의 상이라는 걸 난 깨달았다. 마지막으로 마을 광장에서 그들은 내게 아주 작은 오렌지색 라디오를 떠안겼는데 배터리를 넣을 자리조차 없는, 끝내 사용하지 못할 물건이었다.

트로피나 과자나 싸구려 물건을 가지고 집으로 돌아가리라고 확신할 수 없었던 곳은 무도회였다. 그곳에서 나는 두세 곡을 불렀지만 그건 대개 비공식적으로 이루어졌다. 무도회에는 부모님과 함께 갔는데 사람들이 내게 호의를 베풀 듯이 노래하라고 청했다. 그러면 나는 노래했다. 무엇보다 아빠와 엄마 마음에 들려는 마음으로. 나는 엄마의 눈부신 미소를 보았고, 아빠가 자랑스레 거듭 말하는 걸 들었다. "내 딸입니다! 내 딸이에요!" 이 말을 하는 아빠의 눈에는 눈물이 맺혀 있었다. 아빠는 섬세하고 감수성이 예민한 사람이다. 아빠는 울다가도 2분 후면 스스로 던진 농담에 폭소를 터뜨리곤 했다. 내게 거슬리는 단 한 가지는 내 원피스였다. 치수는 맞는데 내 취향이 아니었기 때문이다. 세워진 깃 때문에 목이 살짝 조였고, 가슴 부분과 밑단의 너덜너덜한 장식 때문에 나는 우스꽝스러운 꼴이 된 기분이었다. 게다가 언니도 다른 색깔로 똑같이 입었다. 언니는 초록색, 나는 파란색이었다. 나는 차마 엄마에게 말하진 못했다. 엄마가 오빠들의 결혼식을 위해 특별히 양장점에서 맞춰 준 옷이었기 때문이다.

악대부 의상이 훨씬 더 마음에 들었다. 치마에 흰색 부츠, 초록색 재킷을 걸치고 색깔 맞춘 모자를 썼다. 이 옷을 입으면 스스로 예쁘다고 느끼기도 했지만 내가 악대에 지원한 건 무엇보다 스포츠나 공연을 위해서였다. 나는 탭댄스가 좋았고, 함께하는 동작도 좋아했다. 나는 움직이고, 몸의 근육을 키우고, 운동을 할 필요가 있었다.

언니처럼 나는 스티링-벤델 악대인 팍스Pax 악대에 들어갔다. 마을에 행사가 있을 때마다 (체육 행사건, 음악 행사건, 기관과 관계된 행사건 아니면 다른 무엇이건) 우리는 금속채로 두드리는 북소리에 맞춰 거리를 행진하도록 불려갔다. 우리는 박자 맞춰 걷는 것에 그치지 않았다. 꼼꼼히 짠 안무를 췄고, 춤 스텝을 밟았다. 이건 육체적인 것이어서 민첩해야 잘할 수 있었다. 나는 아이들의 대장으로 통했기에 악단을 통솔하고 따라야 할 선과 기수 방향을 제시해야 했다. 말하자면 퍼레이드의 악보를 제시해야 했던 것이다. 악대 속에서 노래를 하는 일도 있긴 했지만 드물었다. 초록색 유니폼을 입고 팍스 악대로 합류하려고 집을 나서는 일이라면 나는 즐거운 마음으로 했다. 길이 얼어 미끄러운 아침, 신문지를 몸에 둘둘 감아도 추위에 마비될 것 같던 아침에조차도 그랬다. 추위가 미소를 얼어붙게 만들고 얇은 스타킹을 뚫을 때도 나는 의욕이 넘쳤고, 팍스 악대원인 것이 자랑스러웠다.

게다가 나는 인정을 받았다. 이제 내가 작은 콘서트를 열면 '패디 팍스 출연'이라는 문구를 포스터에서 읽을 수 있었다. '패디'는 파트리시아의 약자인 '팻Pat'에서 나온 것이다. 처음 포스터를 보았을 때 나는 뿌듯하면서도 엄청나게 웃었다. 무대 이름치고 얼마나 웃긴 이름이었던지!

달리 말해 내가 일원으로서 노래하는 악단 이름 옆에 내 이름이 적혔다는 얘기다. 금세 나는 동네 남자아이들이나 그 친구들과 무리를 이루었다. 이웃지간으로 만난 우리는 그 지역 축제에서 콘서트를 열었다. 그런 식으로 나는 블랙 플라워스의, 에릭 베르나르의, 메피스토의, 도시 비봅의 보컬이 되었다…. 우리는 연습을 했고, 상점들에 포스터를 붙였고, 할 수 있는 곳에서 공연하려고 애썼고, 맥주 축제 같은 지역 축제들을 활용했다. 9월말이면 독일 마을과 국경지대 마을에서는 시장이 그 해의 첫 맥주를 따고 시음을 한다. 그러면 모두가 시장을 따라하고 술잔을 돌리기 시작한다. 보름 동안 사람들은 그들이 마시는 것의 건강을 빌며 마신다. 호프의 건강 말이다! 풋내기 예술가들인 우리에겐 이상적인 배경이었다.

잦은 공연 외에도 우리는 연습하기 위해 자주 만났다. 우리는 버라이어티 곡들에서 특출했다. 이 만남이 경제 사정으로 생각해볼 수조차 없는 노래나 음악 수업을 대신했다. 무대에서건 무대 밖에서건 무리와 함께 노래를 하면 할수록 나는 많이 배웠다. 기교를 배우는 게 아니었다. 기교라면 나는 결코 의도적으로 구사하지 못할 것이다. 어떤 음을 내고, 목소리를 조절해 내가 부르는 노래에 맞추고, 필요할 때는 내지르기도 하는 기교 말이다. 나의 위대한 승리는 사람들이 어렵다고 말하는 노래를 부를 줄 아는 것이었다. 〈뉴욕, 뉴욕〉. 나는 리자 미넬리는 아니지만 잘 해낸 것 같았다.

어쨌든 학교에서보다는 잘했다. 중학교에 대해 악감정은 없지만 나는 지루했고, 그곳에서는 할 일이 아무것도 없다는 막연한 느낌이 들었다. 나는 낯선 땅에 옮겨진 이민자 같은 느낌이었다. 선생님들에게도 전혀 악감정이 없고, 그분들 역시 내게 악감정이 없겠지만 그들은 내게 너무도 멀어 보였다. 난 반항아가 되지 못했기에 문제를 일으키지는 않았다. 그들은 대개 내게 관심이 없었다. 기억나는 단 한 분만이 나를 좋아했다. 수학교사인 뮐러 선생님이었다. 다른 교사들보다는 나와 조금 더 소통했다. 그렇지만 두터운 눈썹과 엄격한 표정 때문에 반 아이들은 무서워했다. 그분은 나를 "마드무아젤 카스"라고 불렀고, 나를 따분하게 만들지 않았다.

한 마디로 나는 학교를 좋아하지 않았고, 아침마다 그곳에서 보낼 긴 하루를 떠올리고는 낙심했다. 나는 초콜릿을 마시면서 부엌 시계를 쳐다보며, 눈부신 형광등 불빛 아래 눈을 감았다가 뜨면 시계바늘이 오후의 간식 시간을 가리키고 있기를 희망했다. 시계바늘이 빨리 돌아서 시간을 뒤흔들어 놓기를 바랐다. 하지만 눈을 뜨면 언제나 여전히 아침이었고, 나는 일어나서 부엌에서 나가 버스를 타러 가야만 했다. 버스 속에서도 아무 일도 일어나지 않았다. 그날만 빼고.

미카엘은 키가 컸고 꽤나 건장해서 학교짱이 될 만했다. 그는 창문으로 길을 지나는 노인에게 침을 뱉는 장난을 쳤는데, 난 그걸 멍청한 짓거리라고 생각했고, 그 말을 그에게 했다. 그는 그걸 건방진 행동이라고 여기고 내 머리카락을 잡고 버스 의자에다 나를 내동댕이쳤다. 그에겐 쉬운 일이었다. 그는 내 몸집의 세 배나 되었다. 나는 몇 군데 찰과상만 입고 무사히 빠져나왔다. 다행히도 그는 그쯤에서 멈췄다!

집으로 돌아오면서 나는 노인을 보호했다는 것이 자랑스러웠고, 이 용감한 행동에 대해 엄마가 칭찬을 해줄 거라고 믿었다. 그런데 나는 야단을 맞았다. 튀는 행동을 하고 나보다 힘센 아이에게 대든 것을 엄마는 나무랐다. 나는 다시는 그러지 않겠다고 약속을 해야만 했다.

댄싱 학교에서 04

세부 사실들을 보여주는 미러볼이 남아 있었다. 다가가기 좋게 만들어주는 희미한 어둠 속에서, 조명과 담배 연기와 피로 때문에 나는 홀에서 무슨 일이 일어나는지 보기가 어려웠다. 형형색색으로 번쩍이는 불빛 사이로 엉덩이에 얹힌 손과 마주치는 입술이, 허리를 끌어안는 팔이 보였다. 수십 명의 커플들, 또는 미래의 커플들이 무대에서 춤을 추었다. 끌어안거나 갈라서서, 흥분하거나 절망한 채로. 나는 그들을 보지 못했지만 보였다. 그들은 나를 보기 위해 거기 있는 것이 아니었다. 나는 그들을 춤추게 하기 위해 노래했다. 그들은 사랑 받기 위해 그곳을 찾았다. 우리는 사람들이 저녁에 느긋하게 만나 술을 마시고, 이 모든 것을 근사하고 은밀한 분위기 속에서 하기 위해 찾는 장소에 있었다. 독일의 자르브뤼켄과 룸펠캄머에. 여자들은 퍼프 소매 실크 블라우스, 반짝이는 검은 원피스, 보라색 콤비네이션 바지를 입었다. 남자들은 아주 뾰족한 깃의 셔츠를 V자 스웨터 아래 입었다. 난 열세 살이었다.

오빠 다니 덕에 나는 그곳에서 토요일에 종종 노래했다. 다니는 파티를 하러 그곳을 자주 찾았고, 룸펠캄머에서 경연대회가 열린다는 걸 알았다. 그리고 참가하기에는 너무 어린 나를 등록했다. 나는 상을 탔다. 그러자 '돕스 레이디 킬러스' 밴드 뮤지션이기도 한 그곳 주인들이 내게 함께 노래하자고 제안했다. 그때부터 나는 그들 그룹의 여가수가 되었고, 7년 동안 그렇게 남았다. 나는 매번 50도이치 마르크를 받았고 아주 기뻤다. 룸펠캄머에서 내게 요구한 것은 그다지 까다롭지 않았다. 사람들을 춤추게 하고, 독일, 프랑스, 미국의 히트곡들을 연이어 불러야 했다. 빠른 곡 후에 느린 곡도 잊지 말아야 했다. 나는 그 무대에 서는 게 좋았다. 사람들이 나를 보러 온 것이 아니기 때문에 아직은 내 무대가 아니긴 했지만. 우리는 단지 한 잔 마시고 누군가를 유혹하거나 춤을 추는 사람들을 위한 음향적 배경일 뿐이었다.

물론, 첫눈에 봐도 나이트클럽은 내 나이의 여자아이를 위한 장소는 아니었다. 특히나 그곳은 30대와 40대 손님들이 드나드는 곳이었다. 게다가 그럴 만한 시간도 아니었다. 나는 정상적인 청소년들이라면 이미 오래 전부터 잠들었을 시간에 몇 시간씩 서 있어야 했다. 내 친구들은 앞으로도 몇 년은 룸펠캄머에 들어올 권리를 못 누릴 것이다. 엄마가 늘 나를 따라다니긴 했지만 내가 보는 것을 막지는 못했다. 성인들의 세계를.

조금씩은 모두 편집증 증세를 보이는 내 나이의 여자아이들이 좋아하는 두 가지 주제는 남학생과 첫 담배였다. 웬 남자가 조금이라도 관심이나 무관심을 보이면 진절머리 날 정도로 끝없는 대화가 이어졌다. 나는 그런 것에 관심이 없었다. 어쩌면 끌어안은 어른들의 광경이 친구들의 관심사에서 날 멀어지게 한 건지도 모른다. 어쩌면 내가 친구들과 시간을 많이 보내지 않았기 때문일 수도 있다. 난 아주 바빴다. 룸펠캄머와 그 지역에서 내가 참가한 모든 경연대회 때문에 나의 청춘기는 너무 빨리 달려갔다. 난 백마 탄 왕자를 꿈꾸고 기다리고 바랄 시간이 없었다. 내겐 잠복기가, 청춘의 정지된 시간이 없었다. 자기 인생을 상상하고 그곳에 들어서고 싶어 안달하느라 보내는 긴 시간이 없었다. 난 이미 들어서 있었다.

그리고 내겐 사랑하는 사람이 있었다. 그의 이름은 크리스토프였고, 아주 귀여웠다. 그는 모든 걸 가졌다. 나의 어머니만 빼고. 연애 문제에서 엄마는 쿨한 엄마라고 부를 만한 분이 아니었다. 엄마는 결혼을 절대적 가치로, 특히 모든 육체적 접촉의 필수 조건으로 여기는 세대였다. 구식이었다! 연애 문제는 아예 얘기를 꺼낼 수가 없었다. 그래서는 안 되기 때문이었다. 게다가 우리는 가족끼리도 수줍어했다. 사생활에 관계된 문제는 서로 입을 다물었다. 따라서 엄마는 이런 얘기를 편하게 하지 못했지만 바람직한 것이 어떤 건지는 내게 이해시켰다.

어느 정도 시간이 지나자 엄마는 크리스토프를 받아들이지 않을 수 없었다. 문 뒤에 서 있는 그를 들어오게 하지 않을 수 없었던 것이다. 그는 예의 바르고 좋은 집안 출신인데다 싹싹했다. 엄마는 그의 부모를 알았다. 그런데도 엄마는 확인했다. 나는 정해진 시간에 일찍 집에 들어가야 했고, 외박은 금지였다. 규칙은 엄격했다. 규칙을 잊지 말아야 했다.

엄마는 나를 보호하고, 가까이서 나를 감시하려는 경향이 있어 때로는 지나치게 강압적일 때도 있었다. 남자애들이 엄마와 나를 조금 갈라놓았다. 전에 나는 엄마에게 아무것도 감추지 않았다. 엄마는 나의 모든 것을 알았다. 내 일과표, 나의 갈망들, 나의 후회들, 나의 꿈들을. 이젠 두세 가지 엄마에게 얘기할 수 없는 것들에 대해 침묵을 지켜야 했다. 정당한 일이었지만 난 난감했고 죄책감이 들었다.

전에는 주말이면 엄마와 둘이서 산책을 했다. 라인란트로 슈미터 가족을 찾아가곤 했다. 그 가족은 스트라스부르그 옆 플롭슈하임에서 놀이공원을 운영했다. 그곳엔 멋진 연못이 있어서 페달 보트를 탈 수 있었다. 그 가족의 딸은 내 친구였고, 한때 나는 그 애 오빠를 좋아한 적도 있다. 그곳에서는 종종 작은 노래 경연대회가 열렸고, 거기서 나는 나의 첫 강아지 신디를 만났다. 아빠가 내게 준 달마시안이었다.

어머니는 내가 속내 얘기를 털어놓는 최고의 친구였다. 엄마는 다른 어른들로부터 나를 보호해주고, 내 직업 활동을 격려해주고, 어려울 때 언제나 내게 힘이 되어 주었다. 엄마는 내게 재능이 있다고, 저음이면서 힘 있는 내 목소리를 에디트 피아프의 목소리에 비교할 수 있다고, 기적 없는 고장의 아이인 내게 기적이 일어날 거라고 확신했다. 내가 어디선가 노래할 때면 엄마는 믿음을 갖고 어둠 속에 서 있었다. 그리고 관중 속에서 사람들이 나에 대해 내리는 평가를 즐겼다. "목소리가 독특해"라는 소리는 들었지만 그들이 이렇게 덧붙이는 소리는 듣지 않았다. "저 엄마는 딸을 가지고 그만 좀 꿈꿔야 돼!"

나는 엄마가 강렬한 눈길로 나를 쳐다보는 걸 느꼈다. 희망이 사라질까 두려워 뚫어져라 쳐다보듯이. 엄마에게 내가 무엇을 의미하는지 나는 알았다. 스티링-벤델에서는 삶의 전망들이 모두 비슷했다. 전망이 별로 없었기 때문이다. 쉬운 삶을 살지 못한 엄마에게, 자르브뤼켄 이상 멀리 가보지 못한 엄마에게 나는 바닷가였다.

나와 더불어 엄마는 자신의 지평선을 넘어섰고, 첫 여행을 했다. 궂은 계절인 가을, 10월에. 난 열여섯 살이었고, 그 지역에서 잘 알려진

클럽인 '킷 캣Kit Kat'에서 열린 노래 경연대회에서 우승을 했다. 난 유럽 유람을 할 권리를 얻었고, 내 가족에게는 할인된 가격으로 그걸 누릴 권리가 주어졌다. 따라서 엄마는 나와 함께 갈 수 있었고, 이웃집의 힐드 아주머니에게도 함께 가자고 제안했다. 우리는 여행 전 며칠 동안 안달하며 발을 동동 굴렀다. 한 번도 여행을 해보지 못했기에 떠난다는 사실에 아주 열광했고, 바다 위를 항해하는 여행이었기에 한층 더했다. 우리는 바다를 알지 못했다. 수영을 못해서가 아니라 대개 물이 너무 차가워서였다. 그리고 난 추위를 많이 탔다. 어쨌든 익숙하지 않았다.

여객선은 아주 멋졌고, 밴드의 드럼 연주자와 선장도 멋졌으며, 선실은 안락했고, 남유럽과 동유럽 끝의 나라들은 근사했다. 하지만 우리는 아무것도 보지 못했다. 너무 아파서였다. 배는 호화스러웠고, 음식은 섬세하고 진기한 메뉴들로 구성되었지만 멀미가 우리를 귀머거리에 벙어리에 장님으로 만들었다. 바다가재가 나왔을 때 가재의 침울한 눈이 내 속을 뒤집었고, 날것으로 나온 연어는 너무 죽어 보였다. 많은 음식들이 있었지만 우리는 좀 더 일찍 그것들을 알지 못한 것이 전혀 아쉽지 않았다. 갑판 위는 몹시도 추웠고, 바다는 회색으로, 군청색으로, 검은 색으로 바뀌며 심술을 부렸다. 구겨졌다가 인상을 찌푸리고 흰 거품을 토해냈다. 우리 머리 위 하늘에서는 구름이 현기증 나는 속도로 달리고 있어 토하고 싶은 우리의 욕구를 통제 불가능하게 만들었다…. 유람은 즐거운 것이 아니라 괴로움의 연속이었다. 나는 허약해진 느낌이었고, 내 피부는 누렇고 푸르스름한 색을 띠었다. 누워 있고 싶었지만 그럴 수가 없었다. 노래를 해야 했기 때문이다. 인생에는 무엇 하나 공짜가 없다. 이미 상으로 받은 여행이었지만 나는 값을 두 번 치렀다. 보통 때 같으면, 바다가 잔잔하고 건강만 좋다면 매일 저녁 노래를 부르는 것이 아무런 문제가 되지 않았을 것이다. 하지만 이런 상황에서는 고역이었다.

나는 또 다른 경연대회에서 우승을 차지해 파도 높은 항해의 재난을 다시 만날 기회를 얻었다. 이번에는 남불에서, 정확히 말해 니스에서 체류하는 동안의 모든 비용이 이미 지불된 선물이었다. 푸른 하늘, 진초록의 바다는 모젤 지역의 잿빛과 전혀 달라 기분전환이 되었다. 엄마에게는 그야말로 돌체 비타(달콤한 인생)였다. 니스 자체가 엄마의 흥미를 끌지는 않았다. 엄마가 꿈꾸는 환상의 대상은 근처의 다른 도시, 모나코였다. 그레이스 켈리를 좋아하는 엄마는 모나코 왕국을 돌아보고, 엄마를 매료시키는 이야기의 대기를 마신다는 생각에 전율했다. 요트, 리무진, 얼굴의 반을 덮는 선글라스, 챙 넓은 모자. '바위Le Rocher'라고도 불리는 그곳을 떠도는 모든 것에서 돈 냄새가 났다. 우리가 소박함으로 맞서는 그 부자들이 나는 부럽지 않았다. 그곳이 내게는 딴 세상이었다. 정말이지 내 마음엔 들지 않았지만 난 엄마가 행복해 하는 걸 보는 게 좋았다.

05 도시의 불빛

이번에는 파리에서 연주자들 없이 음향 테이프에 맞춰 노래를 해야 했다. 조금 전에 도착해서 나는 그들에게 카세트테이프를 건넸다. 나의 밴드, 돕스와 함께 우리는 황급히 응급 수단으로 녹음을 했다. 스튜디오의 유리 너머 어둠 속에 몇몇 실루엣이 보였다. 거기엔 그 시절 내가 만난 조엘 카르티니Joël Cartigny와 오디션을 주최한 포노그램 음반회사 사람들이 있었다. 룸펠캄머에서 나를 점찍은 건축가 베르나르 슈와르츠Bernard Schwartz 덕에 나는 이 오디션에 참가할 기회를 얻었다. 그가 음악 쪽에는 아무런 관련이 없었지만 나에 대한 그의 믿음은 산이라도 움직일 정도였다. 자연스레 그는 나의 중개인이 되었다.

때는 1985년, 로즈 로렌스Rose Laurens의 노래 〈아프리카Africa〉가 전파를 탔다. 내가 고른 곡이었다. 이 노래를 막 불렀을 때 웬 굵은 목소리가 내게 말하는 소리가 들렸다. "다른 건 없어요?" 사람들이 나를 흔들려고 시도한 게 처음이 아니어서 난 당황하지 않았다. 그리고 다른 걸 준비해두기도 했다. 청중을 설득하기 위한 또 다른 논거가 필요할 경우를 대비해서 보너스를 준비해 두었던 것이다. 내 보컬 능력을 보여줄 수 있게 해줄 어려운 노래였다. 〈뉴욕 뉴욕New York New York〉. 이 노래가 효과를 발휘했다. 이걸 들으면 심사위원들도 아무 말 않을 거라고 생각했다. 그러나 그들은 "수고했어요. 오늘은 됐습니다. 나중에 전화가 갈 겁니다."라는 말로 나의 열광에 찬물을 끼얹었다. 나는 스튜디오를 나와 집으로 돌아갔다. 실망한 채.

며칠이 흘렀고, 나는 이 오디션을 잊었다. 음반을 낼 희망을 품고 다른 독일 음반회사들에서 오디션을 보았다. 때로는 화가 났다. 모든 게 거짓이고, 성공하려면 좋은 인맥이 있어야 한다는 느낌이 들었기 때문이다. 이따금은 그 증거를 보기도 했다. 뉘른베르크에서 있었던 어느 오디션에서는 유로비전에서 독일을 대표하도록 이미 선택된 여자를 뽑을 예정이니 너무 자신하지 말라는 말을 들었다.

아주 자연스럽게 내 직업이 된 일을 계속하는 데 음반은 필요 없었다. 거의 7년째 노래하는 룸펠캄머에서 나는 만족했다. 사람들은 내게 칭찬을 자주 했다. 어린 새 치고는 성량이 대단하다고들 말했다. 내 목소리가 '감동적'이며 '힘이 있다'고도 했다. 그런 목소리에 비해 너무 연약하고 피부가 너무 하얗다며 사람들은 놀라워했다. 똑같은 농담을 자주 듣곤 했다. "직접 보기 전에 목소리만 들었을 때는 아레사 프랭클린Aretha Franklin[2]처럼 상상했어!" 이 괴리에 사람들은 재밌어하거나 당혹스러워했다. 난 이제 키가 커서 의자 위에 오를 필요는 없었지만 여전히 목소리와는 어울리지 않았다. 나는 아가씨가 되었다. 살아온 이야기에는 꼭 들어맞지만, 나이에는 살짝 맞지 않는 그런 아가씨. 프랑수아 베른하임François Bernheim이라는, 멋지고 기품있는 40대 신사의 능숙한 표현으로 나는 그렇게 소개되었다. 그는 60년대부터 음악계에서 대단한 활동을 했다. 작곡가이면서 제작자로, 보증서 같은 사람이었다. 이 저명인사는 내가 파리에서 참가했던 포노그램 음반사 오디션 자리에서 살짝 퉁명스럽게 굴던 사람들한테서 내 얘기를 들은 것이다. 그는 녹음만 듣고는 의견에 확실한 근거를 가질 수가 없어서 날 찾아왔다. 내 노래를 들으려고 독일로, 맥주축제 천막 아래로 찾아온 것이다.

나는 그를 보지 못했고, 그가 있다는 사실도 알지 못했으며, 심지어

2) 1942년생. 흑인음악의 대모이자 소울의 여왕으로 불리는 가수.

그가 누구인지조차 알지 못했다. 나는 평소처럼 했다. 온 힘을 다해, 몇 시간째 노래해 달궈진, 약간 허스키한 내 목소리의 거친음을 제대로 살려, 기교 없이 발성연습도 없이 노래했다. 내게 이날 저녁은 다른 날과 다름없는 토요일이었지만, 프랑수아 베른하임의 눈에는 뭔가 중요한 일이 일어난 순간이었다. 일종의 계시 같은 일이. 그는 오랜 경험에서 나온 직관으로 내가 큰 가수가, 스타가 될 수 있을 거라고 생각했다. 이 생각은 그가 술잔 속에서 발견한 것이 아니라 무대에서 내가 그에게 준 것이었다.

그는 내 재능을 확신했다. 어머니에게 그리고 나에게 그는 내 목소리에 대해 찬사를 전했고, 내가 활동할 수 있도록 그가 맺고 있는 많은 인맥을 활용할 생각이라고 알렸다. 그는 진지하고 단호해 보였다. 하지만 눈으로 확인해야만 했다. 내 재능을 키워야 한다는 말을 들은 것이 처음이 아니었기 때문이다. 그들은 대개 상냥했지만 언제나 좋은 의도를 가진 건 아니었다. "정말이지 특별한 목소리를 가졌어요."에서 "당신을 조금 더 가까이에서 알고 싶어요."까지는 너무도 흔히 넘어서는 한 발짝 거리였다. 하지만 나는 쉽게 속지 않았다. 나는 야간업소에서, 다시 말해 좋은 사람만 드나들지 않는 곳에서 노래했다. 나는 음탕한 눈길을, 무례한 몸짓을, 하려는 말의 수준만큼 낮아지는 목소리를 알아볼 줄 알았다. 변태들, 비열한 작자들, 교활한 인간들이 다가오는 걸 보았다. 그러나 프랑수아 베른하임은 그런 부류의 사람이 아니었다.

살고 있던 파리로 돌아간 그는 친구인 제라르 드파르디외Gérald Depardieu에게 전화를 걸어 음반에 투자를 하라고 권했다. 이 배우는 마침 투자할 곳을 찾고 있었는데, 다른 곳보다는 그의 아내 엘리자베트가 작사가로 일하고 있는 음악계에 할 생각이었다. 드파르디외는 아내를 통해 베른하임을 알게 되었다. 엘리자베트 드파르디외는 프랑수아와 함께 가사를 썼다. 그들에겐 조엘 카르티니와 함께 공동 제작한 노래가 한 곡 있었는데 그걸 내게 줄 수 있었다. 그 노래 제목은 〈질투하는 여자Jalouse〉였다. 이것이 45회전 나의 첫 음반이 될 것이다.

음반을 낸다는 것이 내게는 논리적 결론이었다. 내 목소리를 로렌 지방을 넘어 멀리 퍼뜨리는 것이었다. 지역적이고 보잘것없는 내 평판이 내 직업을 영위할 수 있게 해주었다. 집 밖이라곤 전혀 보지 못한 내가 낯선 길로 나설 준비가 되었다.

베른하임, 드파르디외, 파리, 이 모든 것이 근사하고 듣기 좋고 눈부시고 매혹적이었다. 약간은 걱정이 되기도 했다. 베른하임 같은 사람과 얘기를 나누다 보면 우리 둘을 갈라놓는 현실적, 문화적 거리가 막연히 느껴졌다. 그는 표현을 잘했다. 어떤 상황에서도 편안해 보였다. 그는 자신이 무슨 얘기를 하는지 언제나 알았고, 영화를, 책을, 앨범을, 사진을 인용했다. 반면에 나는 콤플렉스가 많아서 조심스러웠다. 무엇보다 나는 나 자신이 말랐고 허옇고 예쁘지 않다고 생각했다.

게다가 내게는 지역 억양이, 동부의 흔적이, 말투에 꽂힌 로렌의 깃발이 있었다. 그래서 내가 말을 할 때 내 눈에는 그 깃발밖에 보이지 않았다. 파리에서 나는 사람들이 다른 프랑스어를, 제도에 걸맞는 멋지고 유창하고 매끈한 프랑스어를 쓰는 걸 들었다. 표준어를. 그걸 따라하고 내 것으로 만들고 인위적으로 내 입 속에 집어넣어야 했다. 당장은 파리에 잠깐 다녀갈 뿐인데 몇 달만에 그런다는 건 쉽지 않은 일이었다. 해결책이 있었다. 되도록 말을 적게 하는 것이었다. 침묵을 최대한 활용해서 내가 나 자신을, 나의 무지를 드러내지 못하도록 막았다. 칼로 도려내야 할게 억양만이 아니었다. 난 고등학교 1학년에 학교를 그만두었다. 어떤 분야에 대해서는 결핍이 있었다. 나의 배움터는 다른 곳, 삶이었다. 내게는 그곳이 더 크고, 더 흥미롭고, 더 기복도 심해 보였다. 나의 교양은 날짜나 사실이나 죽어서 묻힌 사람들이 아니라 현실이고, 확실히 살아 있는 청중이고, 무대였다.

우리 집에서는 '교양을 쌓지' 않았다. 요리책 빼고는 집에 책이라곤 없었다. 나는 아빠가 책을 보는 걸 한 번도 본 적이 없다. 우리 집 관습에는 함께하는 단순한 기쁨이 있었다. 나머지는 존재하지 않았다. 우리의 이야기는 역사가 아니라 우리 앞에 산 다른 사람들의 삶을 모은 음반 같은 것이었다.

파리에서 나는 고향을 떠나 뿌리 뽑힌 듯한 느낌이었다. 열아홉 살이었지만 완전히 미숙했고 조금도 자립적이지 못했다. 모든 상황에서 여전히 엄마와 이어져 있었다. 나는 엄마가 없으면, 엄마의 보호자 같은 사랑의 눈길이 나를 지켜보지 않으면 한 발짝도 내딛지 못했다. 그런데 이제 엄마가 항상 나와 함께 있을 수 없게 되었다. 나는 자주 혼자였고, 프랑수아가 나를 따라다녔지만 그건 같지 않았다. 그가 내게 가족처럼 친근해지기 시작했지만 그래도 전권을 갖진 못했다.

〈질투하는 여자〉는 그 시절 팝 흐름과 잘 맞았다. 그 시절은 잔 마스Jeanne Mas가 〈아주 처음Toute première fois〉으로 인기를 누리고 있었고, 에티엔 다오Étienne Daho가 〈프랑스를 위해 쓰러진Tombé pour la France〉이라는 히트곡을 내놓았으며 매혹적인 골드만Jean-Jacques Goldman이 라디오 주파수를 휩쓸던 때로, 1980년대가 정점에 도달했을 때였다. 1등을 차지하기 위한 미세한 노력의 싸움이 격렬했다! 유행은 머리 모양에 달렸고, 커트는 기괴함을 겨루었다…. 게다가 우스꽝스러움도 겨루었다. 젤을 이용하고, 볼륨을 살리거나 바짝 붙이기도 하고, 곱슬머리나 뻣뻣한 머리, 바나나처럼 이마 위로 말아 올린 스타일, 긴 목덜미를 드러내는 스타일. 마치 '네 머리를 보여주면 네가 어떤 사람인지 말해주마.'라고 하는 것 같았다. 이제는 머리 손질하는 것이 옷 입는 것만큼이나 필수적인 일이 되었다. 머리를 매만지지 않고 나선다는 건 있을 수 없는 일이었다. 사람들은 이자벨 아자니Isabelle Adjani를 좇아서 그녀가 《서브웨이》에서 했던 벼슬머리를 하거나 《수잔을 찾아서Desperately Seeking Susan》에서 마돈나Madonna가 탈색해 부풀린 머리 모양을 따라했다. 디페쉬 모드Depeche Mode와 함께 그녀는 노동자들을 옥죄는 산업 시대의 기호처럼 목에 체인을 감고 다녔다. 문화는 대중적이고자 했고, 대중은 생산력을 가졌다. 유행은 거리에서, 펑크족들에게서, 지하철에서 나왔고, 팝과 다양한 노래들과 더불어 그곳으로 돌아갔다. 르노Renaud는 〈미스 매기Miss Maggie〉에서 대처에게 오줌을 눴고, 발라부안Balavoine은 〈라지자L' Aziza〉[3]를 불렀고, 넘쳐나는 실업과 가난 앞에서 콜뤼슈Coluche는 '마음의 식당Les Restos du Coeur'을 설립하기로 결심했다.

1981년에 품었던 희망은 이제 아주 멀어 보였다. 우리는 록키처럼 주변의 침체에 맞서, 음산한 사건들, 어린 그레고리의 죽음[4]과 헤셀 비극[5]에 맞서 버텼다. 시대는 암울한 잿빛이었고, 유행은 그걸 배신했다. 의상은 마치 줄어들기라도 한 것처럼 장딴지와 배꼽을 모두 드러내거나 미니 아래로 다리를 드러냈다. 외투는 실루엣을 무너뜨렸고, 얼굴 화장은 창백해졌다.

프랑수아와 베르나르 슈와르츠는 45회전 음반 출간에 몰두했고,

---

3) 1985년에 나와 크게 인기를 얻었던 샹송으로, 인종차별주의에 반대하는 메시지를 담고 있다.
4) 1984년에 일어난 4살짜리 꼬마 살인사건.
5) 1985년 브뤼셀에서 벌어진 유럽 챔피언스 리그 축구 결승전에서 일어난 사고로 39명의 사망자와 600여 명의 부상자가 발생한 비극

방송 초대에 신나했다. 그들은 인맥을 동원했고, 제라르 드파르디외의 명성을 담보로 내세웠다. 스타가 제작했다는 사실에 사람들은 따지지도 않고 내게 문을 열어주었다. 드파르디외는 영화계에서 이미 신성한 괴물이었다. 좋은 영화도 꽤 많이 남겼다.

나의 아버지는 드파르디외 이름을 들어본 적이 없었다. 나는 아버지에게 그를 만날 거라고 알렸다. 아빠가 배우를 하나의 직업으로 인식하고 있는지조차 나는 확신할 수 없었다. 아빠에게 설명하려고 애썼고, 아빠가 문제의 거물의 중요도를 이해할 수 있도록 장 가뱅Jean Gabin 같은 그 세대의 배우들을 언급했다. 제라르 드파르디외와 함께 저녁식사를 하는 것이 영광이며 조심스럽게 행동해야 한다는 걸 아빠가 알기를 바랐던 것이다. 나는 아빠가 부끄럽지 않았다. 다만 그가 너무 친밀하고, 너무 쾌활하고, 약간은 너무 즉흥적인 점이 걱정이었다. 아빠는 늘 하던 슬로건을 내게 꺼냈다. "내 이름은 조셉 카스요. 27년 동안 광산에서 일했고, 그 전에는 철도원이었어요!"

아빠가 옳다. 아버지는 새롭게 입증해야 할 것도, 보여주어야 할 것도 전혀 없었다. 이미 어둠 속에서 입증했기 때문이다. 아버지는 스타를 비추는 조명이 밝은 만큼 짙은 어둠 속에서 자기 일을 했다. 그들의 세계는 상반된다. 만남은 파리의 7구, 프랑스적인 비스트로, 드파르디외의 비스트로 '그들 네D'Chez eux' 에서 이루어졌다. 빨간색 체크 무늬 식탁보가 깔린 곳이었는데 아빠를 위해서는 좋은 선택이었다. 어쨌든 아빠는 편안해 했다. 아빠의 장난기며 원시적인 반응에 드파르디외는 재미있어 했다. 다행히 메뉴에 달팽이 요리가 있었다. 레스토랑에 이 요리가 없으면 아빠는 행복을 느끼지 못했기 때문이다. 이날 저녁 아빠는 근사한 요리를 맛있게 즐겼고, 그것이 아빠의 유쾌한 기분에 영향을 미친 건 분명했다. 와인도 한몫 거들어 아버지는 로웬달 거리 인도 위에서 흐뭇한 미소를 지었다. 아버지의 얼굴을 보고서 나는 저녁식사가 잘 치러졌다는 확신이 들었다.

다음날 나는 텔레비전에서 노래를 했다. 음반 홍보가 시작되었다. 이제 우리는 작업 막바지에 와 있었다. 〈질투하는 여자〉 판매가 시작되었다. 나도 성공을 바랐다. 다시 포르바크가, 우리 집이, 엄마가 떠올랐다. 그동안 내가 텔레비전이나 라디오에서 감탄했던 사람들을 떠올리며 이제 내 차례라고 생각했다. 나는 기대하지 않으면서도 이런 날을 기다려왔다. 사실 오래 전부터 준비해 왔다. 그들이 내게 조금 지나치게 화장을 해주었고, 퍼머를 한 밝은 밤색의 갈기 머리가 내 얼굴의 반을 가렸다. 나는 무대에 따라 다양한 옷을 입었다. 황금색 무늬가 있는 검은색 짧은 윗도리에 몸매가 드러나는 검은색 짧은 스커트를 입고, 가죽 장갑을 끼고, 흰색 멜빵바지를 입기도 했다. 나는 서른 살쯤 되어 보였다. 질문을 받으면 나는 수줍게 대답했다. 사람들은 내 노래를 들었다. 카메라 밖에서 사회자들이 내게 찬사를 보내며 영광스런 장래를 확언했다.

프랑수아 베른하임은 나를 세상에 내놓기 위해 파리식 카드놀이를 했다. 사교 파티에, '카스텔' 같은 사적인 파티에 나를 데리고 갔다. 그는 나를 소개하고, 내 칭찬을 하고, 내 음반과 활동을 밀어줄 수 있을 만한 사람에게 나를 인사시켰다. 사람들은 내게 정중했고 반듯했지만 이따금 조금 끈끈하게 굴기도 했다. 하지만 나는 속지 않았다. 나는 나를 살피는 눈길들을 느꼈다. "저 여잔 누구야?" 그들의 적개심 어린 호기심에, 그들의 멸시에 등을 기댈 수는 없었다. 나는 시골뜨기였고, 가난뱅이의 딸이었고, 그건 한눈에 보였다. 나는 그들의 언어를 잘 하지 못했고, 그들의 코드를 알지 못했다. 구문의 오류를 범했고, 취향의 오류를 범했다. 그 당시 텔레비전에 출연한 내 모습을 보면…. 어이쿠! 특히 노래할 때 내 입은 예쁘지 않았다. 비평가들은 날더러 목소리를 닮지 않았다고 꼬집었다. 목화밭 땅속에서 나온 것 같은 그토록 깊은 음색에 비해 너무 젊고, 너무 연약하다는 것이다.

내 노래는 뜨지 못했다. 〈질투하는 여자〉는 알려지지도 못했고, 팔리지도 않았다. 난 실패의 맛을 보았다. 프랑수아 베른하임은 나를 안심시키려고 애썼고, 뒤로 미뤄졌을 뿐이니 스타의 길에는 인내심을 가져야 한다며 나를 위로했다. 적당한 노래를, 마법을 일으킬 노래를 아주 빨리 찾아주겠다고 말했다. 나는 당장은 조금 실망했다.

그러나 체념한 건 아니었다. 내게는 생존 본능이, 엄마를 위해, 가족을 위해, 고향을 위해 성공하겠다는 욕망이 있었다. 파리도 알게 되었고, 사람들 마음에 들지 않으면 어쩌나 하는 두려움도 극복한 지금에 와서 멈출 수는 없었다. 뒷걸음질 치지는 않을 작정이었다. 프랑수아 베른하임이 제일 먼저 생각한 사람은 디디에 바르블리비앙Didier Barbelivien이었다. 그는 최근 몇십 년 동안 위대한 가수들을 위해 곡을 쓴 작곡가였다. 프랑수아와 함께 그를 두세 번 만난 적이 있는데, 상냥한 사람이라는 느낌을 받았다. 프랑수아는 내게 정말 좋은 곡이 필요하다고 그에게 말했다. 그의 서랍 속에 남아 있는 곡이 있으면 나한테 그걸 빌려줄 의향이 있는지 물었고, 그리고 급하다고 말했다. 이젠 성공해야만 했다. 전에는 조급하지 않았고 느긋하게 내 길을 걸었다. 그런데 이제는 시간이 중요했다. 엄마가 아프기 때문이었다.

얼마 전에 그 사실을 알았다. 우리는 엄마와 함께 에공이 운영하는 바 '루아얄 펍'에 있었다. 오빠가 벌써 몇 번째인지 모르지만 재미삼아 또 다시 연 장소였다. 우리는 느긋하게 커피를 마시며 우리에게 새로 구입한 장소를 보여주는 에공에게 축하 인사를 건넸다. 모든 게 잘 흘러가는 듯했다. 카스 가족 몇 명이 모일 때 늘 그렇듯이 분위기는 쾌활했다. 바에 미친 에공의 열정을 놀리는 것도 잊지 않았다. 그런데 이번에는 엄마가 우리 장난에 웃지 않았고, 바 뒤에 자랑스레 선 오빠를 보고도 기뻐하지 않았다.

엄마는 힘들 때처럼 찌푸린 얼굴을 하고 있었다. 아무 말도 하지 않았지만 엄마의 내성적인 성격을 알기에 우리는 걱정하지 않았다. 그러다 엄마가 중요한 무언가를 말하겠다고 알렸다. 그러곤 폭탄이 터졌고, 그것은 내 안에서 폭발했다. "난 아프단다. 암이라는구나. 어쩌면 석 달일지 아니면 조금 더 남았는지 모른대…."

엄마는 짓궂은 농담을 하기에는 너무 진지해 보였다. 그러기엔 우리를 너무 사랑했다. 엄마는 진지한 일로 장난을 하지 않는다. 아니다. 엄마는 우리에게 정보를 전달한 것이다. 보태지도 빼지도 않고 아주 솔직히. 객관적이고 중립적이며 냉혹한 정보. 차마 들을 수 없는. 사실 같지 않은 정보. 나의 어머니는 약해지고 병들고 죽을 권리가 없다. 그러려고 있는 사람이 아니다. 우리를 보호해야 하고 내가 필요한 만큼 오래도록 나를 사랑해야 한다. 산처럼, 녹슬지 않는 버팀대처럼, 엄마는 죽을 수 없다. 수퍼 히어로가 죽는 법이 있는가? 그런데 왜 엄마가 죽는단 말인가?

너희들 모두 성인이니 06

정의는 없었다.

무엇보다 엄마는 아직 젊었다. 예순도 되지 않았다. 정확히 말하자면 쉰아홉이었다. 그리고 엄마는 자유로웠다. 지금까지는 인생이 엄마를 이용하도록 내버려두었으니 이제는 엄마가 인생을 이용할 때였다. 엄마는 우리에게 이렇게 말했다. "이제 너희들 모두 성인이니… 너희들을 다 길렀으니 나를 위한 시간을 가지고 싶구나. 여행도 하고." 멋진 계획이었고, 좋은 일이었고, 정당했다.

그런데 아니다.

정의는 없었다.

나는 이 소식으로 우리에게 충격을 가하는 엄마를 보았고, 갑자기 질병을 보았다. 병은 엄마의 얼굴에서 표정을 앗아갔고, 창백하게 만들었고, 예전에 우리를 기르느라 기진맥진할 때조차도 보지 못했던 눈그늘을 안겼다. 엄마를 보니 최근에 엄마가 괴로워하던 것이 떠올랐다. 특히 배가 아프다고 했다. 엄마가 이렇게 말하는 걸 들었다. "이런, 여기도 아프고, 또 여기도 아프네…". 엄마는 그럴 때마다 의사를 보러 가지 않았다. 우리집 의사는 비스트로에서 자주 만나는 친구였다. 마을의 무도회가 있을 때면 같이 술을 마시는 사이였다. 우리에게 그는 의사가 아니었다. 우리는 인간으로서가 아니고 다른 식으로 그를 만나는 걸 가능한 한 피했다. 의사들은 질병을 만들기 위해 존재하는 사람이었다. 나의 부모님 세대, 우리가 속한 사회 환경은 병원을 그런 식으로, 타락의 장소로 여겼다.

통증이 계속되자 엄마는 결국 의사를 만났다. 조금 늦으셨군요. 아마도 그들은 그렇게 말했을 것이다. 검사결과는 받아들일 수 없는 사실을 단언했다. 암. 처음엔 신경절로 시작되었다가 번진 암. 온몸으로 퍼진 진짜 골칫덩이.

나는 오빠의 바에서 엄마가 한 말을 지우고 싶었다. 내겐 선택의 여지가 없었다. 그러다 다시 희망을 품었다. 아빠도 광산에서 살아남았으니 엄마도 그런 병에 무너질 수 없다. 의학의 발전, 내 어머니의 놀라운 저항력, 막 시작되고 있는 내 성공의 빛, 우리가 엄마를 감쌀 사랑으로 엄마는 의사의 예측에서 벗어날 것이다. 돌이키지 못할 건 없다. 죽음 빼고는. 죽음이 아직 오지 않은 한… 나는 기적을 믿는다. 삶을 믿기 때문이다. 나는 이 모든 것을 그 순간에 다짐했고, 앞으로 천 번도 더 다짐할 것이다. 그럴 힘이 있을 때마다.

우리가 다시 살 수 있기까지는, 아무렇지도 않은 척 다른 것을 생각하거나 그런 것처럼 보이려고 애쓰며 게임을 할 수 있기까지는 며칠이 걸렸다. 삶은 계속되었다. 엄마는 그대로 있었다. 병들고 아주 지쳤지만 그대로 있었다.

나는 디디에 바르블리비앙과 얘기를 하며 그에게 말했다. "나한테 노래가 필요해요. 급해요." 자세한 얘기는 하지 않았지만 핵심만 말했다. 어머니가 죽어가고 있다고.

그는 당장은 내게 줄 것이 없었지만 내 말을 듣더니 날 안심시켰다. 얼마후 그가 나를 다시 불렀다. 여러 차례 거절당한 노래가 한 곡 있다는 것이었다. 제목은 〈마드무아젤은 블루스를 노래해Mademoiselle chante le blues〉였다.

나는 그 노래를 녹음했고, 기도를 했다. 나는 성공을 기다릴 뿐 아니라 요구하고 강압적으로 호출했다. 잘될 것이다.

바르블리비앙과 밥 메디Bob Mehdi의 노래는 좋은 곡이었다. 웬 마법사가 그것을 낚아채 내 입속에서 흐르도록 바꿔놓았다. 그 마법사란 편곡자이자 제작자인 베르나르 에스타르디Bernard Estardy다. 직업상 여러 개의 별명을 가진 이 신사를 사람들은 음악의 귀족이기에 '남작'이라고도 부르고, '영주'라고도 하고, 또는 놀라운 키 때문에 '거인'이라고도 불렀다. 그는 손대는 것마다 황금으로 바꿔 놓았다. 그가 나를 보고 내 목소리를 듣고는 〈마드무아젤은 블루스를 노래해〉를 고치고 바꿔 내게 맞게 편곡했다. 좋은 리듬, 좋은 음조, 버라이어티와 블루스의 혼합, 그는 음악의 육신을 찾아냈다. 거인 덕에 나는 그 노래를 내 것으로 만들었다. 그런데 일은 그리 쉽지 않았다.

무엇보다 그가 내 노래에는 성공했지만 나한테는 무서웠다. 그리고 1987년 4월에 음반이 나왔을 때 〈마드무아젤…〉은 반응이 없었다. 라디오 프로그램 편성자들은 제목이 상업적이지 못하다고 판단했다. 그들은 이 노래를 내보내길 꺼려했지만 압력 때문에 결국엔 내보냈다. 무엇보다 청취자들이 좋아하자 라디오들은 뜻을 굽히고 〈마드무아젤…〉을 자주 내보냈다. 싱글 앨범은 인기를 얻고 라디오 방송을 휩쓸었다. 내 노래가 사방에서 흘러나왔고, 모든 귀에 들렸다. 〈마드무아젤은 블루스를 노래해〉는 내가 기대했던 성공을 거두었다. 내가 속한 음반사 폴리도르가 음반 판매량을 보여주었는데 믿기 힘들었다. 40만 장의 문턱을 넘어선 것이다! 초청이 비 오듯 쏟아졌다. 나를 출연시키고 싶어 하지 않는 미디어가 없었다. 그들은 이제 내가 어디 출신이며, 광부의 딸이고, 반은 프랑스인이요 반은 독일인이며, 국경 양쪽에서 10년 넘게 노래하고 있다는 걸 알았다. 나는 이것이 말하기 좋은 이야깃거리이며, 이 이야기가 사람들을 감동시킨다는 것도 알았다. 그들은 내 재능에 반응했듯 내 운명에도 문을 열었다.

나는 라디오 방송에서 텔레비전 무대로 뛰어다녔다. 겨우 옷을 갈아입고 무슨 프로그램에 출연하는지 들을 시간밖에 없었다. 나는 귀를 멍하게 만드는 항구적인 움직임 속으로 들어섰다. 나는 이끄는 대로 갈 뿐 고심하지 않았고, 소용돌이까지 세세히 들여다보지는 못했다.

내가 내게 일어난 일에 약간 눈이 멀긴 했지만 그래도 그 사람은 보았다. 그 남자를 나는 라디오 방송국 복도에서 이미 마주친 적이 있다고 확신했다. 그는 과묵해 보였다. 그의 미소도 매력적이었고, 그가 눈 속에 불꽃을 담고 나를 바라보는 방식도 좋았다. 사람들이 그를 내게 소개했다. 그의 이름은 시릴 프리외르Cyril Prieur였고, '나이아가라'나 '래프트'처럼 〈춤만 추면 되죠〉라는 곡으로 활동하고 있던 밴드의 매니저였다.

내가 만났던 몇몇 파리 사람들은 내게 관심보다는 콤플렉스를 더 불러일으켰다. 그런데 그는 달랐다. 우리의 사랑 이야기가 시작되었고, 그것은 결코 끝나지 않을 것 같았다. 그는 내 삶에, 내 가족의 마음 속에 금세 자리를 차지했다. 그는 엄마와 아주 잘 지냈다. 엄마는 두 팔 벌려 그를 환영했고, 두 사람은 눈으로 얘기했으며, 서로를 신뢰했다. 그는 엄마를 안심시켰고, 점점 더 날카로워지는 고통을 느끼던 내게 힘이 되어 주었다.

그 고통은 텔레비전에는 보이지 않았지만 한층 더 성숙해지고 더 허스키해진 내 목소리에서는 들렸다. 나는 어느 때보다 불행했다. 홀러가는 하루하루가 내 마음을 조금씩 더 찢어 놓았다. 엄마는 아팠다. 아주 많이 아팠다. 엄마는 버티고, 싸우고, 조금 더 보기 위해, 한 순간이라도 더 누리기 위해 자신을 짓누르는 죽음의 기계보다 더 강하고 싶어 했다. 〈마드무아젤…〉은 성공을 만끽하지 못했다. 성공 자체가 목표가 아니라 엄마를 기쁘게 하기 위한 수단이었기 때문이다.

그 사실을 알게 된 후로 나는 이중의 삶을 살았다. 내 작은 영광의 커튼 뒤로 드리운 그림자가 모든 걸 망가뜨렸고, 성공을 제자리로 되돌려놓았으며, 성공의 긍정적 효과를 망쳤다. 그 소식은 나를 변하게 만들었다. 결정적으로. 이젠 이미지들이 나를 사로잡고 나를 놓아주지 않았다.

1987년 12월 5일, 저녁 7시. 내 생일이었다. 거울 속에 비친 나를 보고 나는 웃었다. 난 스물한 살이었고, 파리의 올랭피아 극장에 있었다. 30분 후면 무대에 오를 참이었다. 난 차분했고, 준비가 되어 있었고, 심지어 어서 빨리 오르고 싶었다. 이건 꿈이 아니었다. 나는 나를 알아보았다. 모습이 달라졌지만 분명히 나였다. 이젠 짙은색 머리카락에 금발을 몇 가닥 늘어뜨린 모습이었다. 그리고 내 눈은 목과 마찬가지로 드러나 있었다. 나는 거의 벗은 느낌이었고, 거의 새 사람이 된 느낌이었다. 조금 전 복도에서 오늘 저녁 전반부를 책임질 스타, 쥘리 피에트리Julie Piétri와 마주쳤다. 80년대의 모발 경연대회는 여전히 열려 있었고, 이날 저녁엔 그녀가 승리를 거두었다. 대단한 헤어스타일이었다. 그녀는 〈이브, 일어나Ève, lève-toi〉라는 곡으로 활동의 절정기에 있었다. 투명한 눈, 행복한 치아, 살짝 쉰 듯한 목소리로 그녀는 모두의 사랑을 받았다.

음악의 사원이라 할 올랭피아의 그 유명한 빨간 좌석을 차지한 사람들은 모두 2천 명이었다. 그곳은 모든 불후의 명곡이 적어도 한 번은 공연되는 곳이었다. 그들은 그녀를 위해 온 사람들이었다. 그들은 나를 기다리는 게 아니었지만 난 그들이 나를 발견하기를 바랐다. 무대 앞엔 수없이 많은 사람들이 있었지만 난 한 사람밖에 보이지 않았다. 맨 앞줄에 앉은 엄마, 무대 조명에 밝혀진 얼굴. 푹 패인 그녀의 얼굴, 얼굴을 더 늘어지게 만드는 눈부신 그녀의 미소. 엄마는 대리로 여주인공이 된 동화 속에 빠져 황홀해하는 것처럼 보였다. 그녀는 몹쓸 병이 바꿔 놓은 눈을 크게 떴다. 난 엄마에게 마법의 문을 열어주고 싶었다. 엄마가 병을 잊도록.

조금 전에 내가 많은 예술가들의 이미지를 간직한 거울을 바라보며 웃었듯이 엄마도 웃었다. 엄마는 숨을 죽였고, 나는 무대에 들어섰다.

나는 〈마드무아젤은 블루스를 노래해〉를 노래했고, 내 앞에 앉은 청중들이 활기를 띠었다. 애무처럼 달콤한 분위기에 젖어 난 청중의 열기를 달궜다. 청중은 그런 게 좋았는지 더 해달라고 청하기까지 했다. 나는 그들을 이끌다가 그들의 열광에, 그들의 부추김에 빠져들었다. 전반부에서 내가 맡은 시간이 지났기에 무대를 떠나야 했는데도 분위기 때문에 나는 떠나지 못했다. 〈마드무아젤…〉을 다시 불러 그들의 요구에 응했다. 흥분한 공연장의 행복감에 완전히 젖어 있었다. 나는 무대 가장자리에 서서 노래를 부르고 있었는데, 내 뒤의 커튼이 들썩였다. 쥘리의 매니저-그녀의 약혼자이기도 한-가 초조해 했다. 그는 내가 어서 무대를 비우길 바랐다. 그가 커튼 너머로 팔을 내밀어 내 상의를 붙들고 세차게 잡아당겼다. 나는 버티고 서서 시작한 노래를 마저 끝냈다. 그리고 박수갈채를 받으며 아쉬운 마음으로 무대를 떠났다. 은혜로운 순간이었다. 엄마가 나와 함께 이 순간을 체험했다. 공연후 다시 만났을 때까지도 엄마는 창백한 얼굴로 다 커버린 어린 딸의 공연에 도취해 있었다.

눈을 감으면 엄마 눈 속의 두려움의 빛이 보였다. 날카로운 소리처럼, 이명처럼, 엄마의 병은 도처에 편재했다. 그것은 나의 모든 것을 망가뜨리고, 모든 것의 맛을 변질시켰다. 나는 더 이상 예전처럼 맛을 음미할 수 없었다. 이제 이 모든 것이 아무것도 아니며, 지나갈 뿐이라는 걸 알았다. 다시는 돌아오지 않으리라는 걸.

엄마가 옳았다. 엄마가 병든 후로 우리는 철이 들었다. 어제까지만 해도 나는 열아홉 소녀였다. 이제 난 백 살이다. 곧 엄마의 품에 안겨 웅크리지 못하리라는 걸 안 뒤로 나는 몸 곳곳이 아팠다. 더는 아무 것도 들리지 않았고, 아무 것도 보지 못했고, 움직이는 것도 힘들었다. 난 늙었다. 노래를 할 때는 산더미 같은 고통이 쏟아져 내 목소리에 걸렸다.

흘러가는 시간 07

나는 베를린에 있다. 프랑스와 독일의 국경지대 출신 사람은 독일에서 그다지 낯선 느낌을 받지 않는다. 나는 어둡고 혁신적인 이 도시가 좋다. 역사를 비추는 이 조밀한 도시가 좋다. 이곳에 오면 며칠 머물며 산책도 하고, 구경도 하고, 장벽의 폐허를 보려고 애쓴다. 지적인 영화들, 위험한 콘서트들도 보고 싶다. 하지만 일정상 그럴 수가 없다. 베를린은 이상하게도 진정한 독일문화가 표현되고, 조금은 뉴욕처럼 덜 독일다운 문화도 표현되는 곳이다. 나라를 대표하면서 동시에 그 나라에 어긋나는 한 도시의 패러독스. 독일인들이 다른 모순도 드러낸다는 걸 난 이미 알아차렸다. 그들은 안정적이면서 동시에 불안하다. 질서정연하면서 광적이고, 엄격하지만 열정적이다.

친근한 이 도시에 오면 나는 많이 걷는다. 곰이 상징인 이 도시에서 곰인형 수집가인 나는 우연히 진열창에 있는 곰인형 하나를 보게 되었다. 베이지 색 곰이었다. 바보스럽게도 이유 없이 첫눈에 끌렸다. 내 홍미를 끈 건 그 물건 자체가 아니라 내가 그것으로 하려는 무엇이었다. 나는 그 곰을 어린아이가 아니라 어머니에게 드릴 생각이었다. 나는 엄마를 위해 무언가 포근한 일을 하고 싶었다. 병실에 있는 엄마에게 내가 없을 때도 내가 곁에 있다고 말해줄 무언가를 드리고 싶었다. 나는 그 곰이 엄마를 보호해줄 거라고 생각했다. 베를린 상점에서 그것을 사면서 나는 내 모든 힘을, 다정한 마음과 사랑을 그것에 쏟았다.

독일은 늘 여전히 자주 찾는다.

프랑수아 베른하임과 디디에 바르블리비앙과의 협력이 풍성한 결과를 내어 다른 노래가 이어졌다. 아주 아름답고 상징적인 노래였다. 영감을 받은 작곡가가 날 위해 지은 곡 〈독일에 대해D'Allemagne〉는 내 안에서 완벽한 메아리를 발견했다. 맞은편에 대한 기억이 있고, 내 어린 시절의 추억이 있는 〈독일에 대해〉. 심오하고 정치적이며 역사적인 〈독일에 대해〉는 천재적인 노래였다. 프랑스와 독일 사이의 화해

찬가였다. 나의 두 조국, 나의 두 나라. 이 둘을 한데 모으는 것, 혼혈 부부의 자식, 포르바크의 자식이자 로렌의 자식인 나는 단 한 번도 이쪽이나 저쪽을 위해 결심을 하지 못했다.

동부 사람들은 역사적 사건들 때문에 열등의식을 가졌다. 불쾌한 지리학적 혼란이 우리를 미치게 만들었다. 우리는 독일 출신도 프랑스 출신도 아니었다. 국경 출신, 로렌 출신이었다. 우리는 그렇게 행복하려고 애썼다. 이제 이곳 사람들에겐 자신들의 색깔을 지켜줄 누군가가 생겼다. 그들은 지역 축구팀을 자랑스러워하듯이 나를 자랑스러워했다.

〈마드무아젤…〉에 이어 〈독일에 대해〉도 성공을 거두었다. 나는 대중의 관심을 확인해준 이 두 번째 승리에 감격했다. 사람들의 온기를 느꼈고 행복했다.

이후로 내 삶은 송두리째 급격히 달라졌다. 내 활동에는 속도가 붙었고, 어머니가 세상을 떠났다. 모든 게 갑자기 변했고, 갑자기 닥쳤다. 좋은 일만은 아니었다. 자동차 사고를 당해 내 코가 부러지기도 했다. 나는 엄마를 보러 동부로 자주 갔고, 오빠 언니들과 함께 서로 돕고 함께 모여 이따금 엄마의 병을 잊기 위해 기분전환을 하려고 시도했다. 에공의 바를 나와서….

내 얼굴이 본래의 색을 잃었다. 에공의 바에서 에공과 함께 술을 한 잔 마셨는데 아주 새하얘졌다. 차의 거울은 미화해주지 않았다.

그걸 해결할 방법이 있었다. 내 가방 속에는 볼터치도 있고, 립스틱도 있었다. 내가 그걸 찾으려고 몸을 숙이던 순간에 고주망태가 되도록 취한 한 남자가 네거리에서 신호를 어기고 달렸다. 그는 우리 차를 세차게 들이받았다. 내 머리가 계기판에 부딪쳤고, 난 안전벨트를 매고 있지 않았다. 머릿속에서 뼈 소리가 나더니 내 코가 부러졌다. 에공이 나를 병원으로 데려갔고, 다니가 날 돌보았다. 그는 응급실 간호사였다. 엄마에게 알려야 했지만 두 오빠는 알리지 않기로 합의했다. 그들에겐 그럴 용기도 없었고, 엄마에게 걱정을 안기고 싶지 않았던 것이다. 막내의 코가 부러졌다는 사실을 엄마에게 알리는 게 겁났던 것이다. 엄마가 아프다는 걸 안 뒤로 우리는 엄마를 불안하게 할 모든 걸 감췄다. 물론 나도 엄마에게 말하는 걸 원치 않았다. 병들기 전에도 엄마는 이미 나를 과잉보호하는 경향이 있었다. 사소한 일에도 걱정을 했다. 그렇지만 어려서부터 온갖 스포츠를 하고, 춤을 추고, 악대에서 활동했어도 내게 큰 일은 닥치지 않았다. 어려서 제네랄-르클레르 거리의 우리 집 발코니 모퉁이에 박아 머리가 살짝 깨지기도 했고, 다리가 부러졌던 기억도 난다. 청소년 시절 나는 어서 크고 나이 들고 싶어 하이힐을 신고 싶어 했다. 엄마는 내가 그렇게 높은 구두를 신다가 넘어져 다칠 거라고 경고했다. 내가 말을 듣지 않자 엄마는 나를 데리고 가 운동화 한 켤레를 사주었다. 그날 오후 나는 운동화를 신고 삐끗해 다리를 부러뜨렸다!

엄마는 화학요법을 받기 위해 스트라스부르그에 있었고, 그동안 나는 파리에서 앨범 홍보 활동을 했다. 나는 분투했고, 지쳤고, 쇼-비즈니스 복도와 질병의 복도를 오갔다. 번쩍이는 조명에서 병원의 흰 벽으로. 자극적인 향수에서 백색의 냄새로. 난 왔다갔다 이동하며 엄마와 함께 있고 싶었다. 내 마음의 소리에 귀를 기울였다면 온종일 엄마의 병실에 남아 있었을 것이다. 엄마는 소리를 지르고 나를 흔들었다. 난 엄마 곁을 떠나고 싶지 않았고, 엄마가 견뎌낼 때나 견디지 못할 때나 엄마의 손을 붙잡고 있고 싶었다. 질병, 화학요법 둘 모두 말이다. 엄마가 팔의 손상된 정맥에 주사를 꽂은 채 앉아 있을 때나, 앉아 있는 것만으로도 너무 힘들어 누웠을 때나. 오래 걸리는 일이었다. 주머니 속 액체가 전부 엄마의 피 속으로 떨어지기를 기다려야 했다. 액체는 붉었고 방사능을 띠어 무시무시했다. 그것은 험악한 인상을 풍겨야만 했다. 그것이 그 액체가 맡은 임무의 일환이었다. 가장 몹쓸 종양들을 겁주어야 하기 때문이다. 머리카락과 눈썹이 부러졌고, 색깔들이 사라졌고, 식욕이 자취를 감췄으며, 혈소판들이 보이지 않으려고 숨어들었다. 다른 더러운 녀석을 죽이기 위한 더러운 녀석이었다. 난 효과가 없을 거라고 생각했다. 더러운 것들끼리는 언제나 부패한 합의를 찾고 말기 때문이었다.

의사들은 치료법을, 약을, 용량을 바꾸고, 시도하고, 분석했다. 그러고는 역이나 비행장의 시간표처럼 얼굴에 그 결과를 과시했다. '제시간에 죽을 비행'인지 '연착'인지. 엄마에게는 집행유예가 조금 길어졌다. 그걸 위해 어떤 대가를 치렀던가! 고통으로 찌푸린 인상, 경련, 일시적 발작. 엄마는 고통스러워 몸을 비틀고, 자신을 물고, 미쳐갔다. 정신을 잃었다. 때로는 공포에 사로잡혀 벌떡 일어나기도 했다. 엄마는 잠옷 바람으로 병원에서 빠져나갔다. 오늘 내가 집에 돌아오기 때문에 내 방을 치우러 가려 했던 것이다. 집에서 엄마는 고통 때문에 벽지를 뜯고 기진맥진하고 좌절해서 쓰러졌다. 가혹한 시련이었다.

훗날 다른 환자들을 방문해야 한다면 나는 더는 견디지 못할 것이다. 고통은 나를 감금하지 못할 테고 메마르게 하지 못할 것이다. 네케르 병원에서 나는 너무 큰 침대 속에서 너무 성숙하고 너무 창백한 아이들을 쳐다보며 심장이 으스러지는 느낌을 받을 것이다. 그래도 어린 환자들을 찾아간 방문을 끝낼 테고, 아이들 뺨에 뽀뽀를 하고 선물을 줄 것이며, 미소를 지을 것이다. 그들에게 윙크도 할 것이다. 그 달처럼 동그랗고 부드러운 얼굴에. 하지만 마음속으로는 내 기억에 폭파당해 가라앉을 것이다. 그리고 비통한 마음으로 가족의 신경을 가지고 희롱하는 희망을, 의사들의 회피하는 눈길을 다시 보게 될 것이다. 다시 화학요법의 역효과를 느낄 테고, 흰 살균제 냄새를, 죽은 사람과 산 사람 사이에 걸친 그 경계를 느낄 것이다.

몇 년 뒤, 나는 네케르 병원을 다시 찾아간다. 하지만 그때는 그 무시무시한 분위기를 극복하려고 그곳에서 콘서트를 연다. 어린 환자들, 의사들, 부모들은 한순간이나마 나와 더불어 음악의 세계 안에서 삶 쪽으로 뛰어든다.

사실 우리는 죽음에, 질병에 결코 익숙해지지 못한다. 사랑하는 존재가 아직 있을 때는 그가 떠나리라는 걸 부인하고, 그가 이미 떠났을 때는 현재를 왜곡하고 부재를 거부한다. 우리 능력을 넘어서는 무엇을, 그토록 인간적이지 않은 무엇을 어떻게 체념하고 받아들인단 말인가? 흔히들 '애도 작업'이라는 말을 한다. 마치 끝이 있기라도 한 것처럼. 마치 어느 순간엔 무無에서, 그 절대적이고 짓누르는, 견딜 수 없고 뛰어넘을 수 없는 생각에서 벗어날 수 있기라도 한 것처럼 말이다. 출구는 없다. 그러니 애도를 위한 작업도 없다. 내 경우에는 함께하는 법을 배워야 했다. 정상적인 하루를 시작하기 위해 아침에 일어나서, 모든 게 제대로 돌아가는 척하고, 나를 옥죄는 이 고통을 다른 사람들에게 감춰야 했다. 없는 척한다는 건 죽음을 부인하고, 죽음의 길을 추격하고, 죽음이 언제나 나와 함께한다고 생각하는 것을 의미했다. 구원은 남는 자들에게 필요한 것이다. 병든 아이들과 접촉하면서 나는 이걸 깨달았고, 우리가 죽음에서 벗어나지 못하며, 시간이 흐르거나 치료법으로 죽음의 결과가 고갈되지 않는다는 걸 깨달았다. 목에다, 또는 다리에다 커다란 얼음덩이를 넣고 지내듯이 함께해야 한다는 걸. 무엇보다, 무엇보다 애도와 부채 청산을 끝냈다고 상상하지 말아야 한다는 걸. 암초는 여기 있다. 죽음 위로 관을 다시 덮었다고 생각하는 것. 나는 애도를 항상 달고 다닌다. 왜냐하면 그것이 혼자는 아무것도 못하기 때문이다. 내가 그것을 어깨 위에 얹고 다니지 않으면 그것은 내 뒤에서 늑장을 부리며 내 걸음을 지연시키고 내 길을 방해하고, 내 식량을 훔쳐간다. 오늘 나는 '애도 작업'이 존재하지만, 그것은 흘러가는 시간의 작업이라고 말할 수 있다.

나는 할 수 있는 한 어머니의 마음의 짐을 덜어주었다. 내 이야기들로, 내 성공으로 엄마를 위로했다. 나의 첫 앨범 〈마드무아젤…〉이 출시되었고, 나는 승리의 데뷔를 경험했다. 내 활동 소식은 희소식이었다. 나는 엄마에게 라 로셸의 프랑코폴리 축제에서 미셸 조나스 Michel Jonasz의 전반부를 맡을 거라는 소식을 전했다. 이 축제는 1985년에 생긴 후로 좋은 평판을 얻었다. 매년 7월에 수준있는 예술가들을 모으다 보니 '프랑코' 축제는 프랑스에서 점점 발전해 위엄있는 무대로 자리 잡았다. 축제의 총지휘자인 장-루이 푸키에는 프랑스 앵테르 방송의 활기찬 진행자로 색채 감각이 뛰어났고 자신의 선택에 확신을 가졌는데, 그가 나를 프로그램에 넣었다. 그는 언제나 나를 지지해주었고, 그것이 나는 매우 자랑스러웠다. 내가 나의 레퍼토리를 부르게 된 건 처음이었다. 게다가 나는 미셸 조나스보다 먼저 무대에 서게 되었다. 나는 미셸 조나스를 아주 좋아한다. 그는 〈재즈 클럽〉, 〈멋진 여자〉, 〈블루스 연주자들〉 등을 부른 가수다. 그에겐 고도로 기교적이면서 대중적인, 놀라운 음악적 재능이 있다. 아주 훌륭한 뮤지션들과만 작업하는 것으로 알려진 그가 나를 깊이 감동시켰다. 사람 자체도 멋졌다. 갈색 머리에 마음을 파고드는 듯한 눈길, 세련된 의상, 그의 풍모의 모든 것이 존경심을 불러일으켰다. 그의 콘서트 첫 부분을 맡은 것이 난 정말로 기분 좋았다. 하지만 겁이 나지는 않았다. 이제는 무대에서 내게 일어날 수 있을 모든 것보다 더 나쁜 일을 알기 때문이었다.

맞은편 콘솔 탁자에 음향 조절을 맡은 한 남자가 있었다. 그는 콘서트 프로듀서 리샤르 발터Richard Walter였는데, 그 역시 알자스 출신으로 시릴의 동료였다. 찌푸린 그의 얼굴에서 나는 그가 그곳에 온 걸 그다지 기꺼워하지 않는다고 추측했다. 아마도 그는 자기 동료의 여자친구를 도우러 온 모양이었다. 버라이어티는 그의 영역이 아니었다. 그는 재즈-록 출신이었다. 나는 엄마가 신뢰하는 눈길로 나를 쳐다보는 것만큼이나 그가 불신의 눈길로 쳐다보는 걸 느꼈다. 보아하니 그는 나에 대해 선입견을 갖고 있는 모양이었다. 리샤르는 자신의 생각을 감추는 그런 부류의 사람이 아니었다. 그는 직설적이고, 격렬하고, 타협을 몰랐다. 달콤한 사탕발림이나 예의, 우회 따위를 싫어했다.

나는 그다지 편치가 않았다. 그가 있는 것이 살짝 신경이 쓰였다. 나는 〈내 남자Mon mec à moi〉로 시작했는데, 후렴구가 시작될 무렵에 기어코 일이 벌어졌다. 솔직히 말하지만 나는 목소리를 최대로 냈다.

모든 바늘이 빨간 영역에 가 있었고, 음향기가 잘 따라오지 못했다. 이 때문에 리샤르한테서 점수를 얻지 못하리라는 생각이 들었다….

이날 저녁, 라 로셀의 무대 위에서 나는 관중과 밀월을 맛보았다. 내 청중이 아니라 미셸 조나스의 까다로운 청중이었는데도. 그들은 나를 두 팔 벌려 맞이해 주었다. 무대 위에서 나는 달랐다. 스스로 강하고 자신만만한 느낌이 들었다. 무대에 오르면 나는 일상생활에서 보이는 조심스러움을 잃었다. 나 자신이 여럿이 되고, 열 배로 커지고, 달라졌다. 이젠 아무것도 두렵지 않았다. 관중은 전율했고 감동했다. 나는 시험을 통과했다. 맞은 편 음향기기 쪽을 힐끗 쳐다보았다. 리샤르가 막 보고 들은 것에 도취되어 비행접시처럼 동그랗게 뜬 눈으로 나를 쳐다보고 있었다. 이제 그는 설득되었다.

나는 무대 위의 성공과 첫 앨범에 대한 지지층, 그리고 돈을 버는 만족감까지 얻었다. 룸펠캄머에서는 50에서 80도이치 마르크로 출연료가 올랐지만 은행에 내 계좌를 가질 만큼 부자는 되지 못했었다. 이제 나는 수표책도 가졌고, 자동차를 살 능력도 생겼다. 내가 산 조그만 회색 혼다 CRX의 값에 난 기겁했다. 118,000프랑! 엄청난 금액이었다. 천문학적인 액수였다. 나는 호화로운 사륜마차에 올라타듯 입가에 소녀의 미소를 띠고 그 차에 올라탔다. 안전벨트를 매고 스트라스부르그로 직통으로 이어지는 4번 고속도로로 접어들었다. 그리고 병원으로 달려갔다. 자동차 속에서 나는 조용히, 남몰래 울 수 있었다. 기나긴 고통에서 조금은 해방되는 것 같았다.

엄마의 상태가 악화되었다. 엄마는 더 말랐고, 더 창백하고 노래졌다. 오랜 공백 끝에 봄이 다시 찾아왔고, 바깥 날씨가 좋아져서 나는 엄마를 병원 내 공원으로 데려가 몇 발짝 걷고 신선한 공기를 마시게 하려고 애썼다. 엄마는 엘리베이터까지 아주 천천히 걸었고, 금세 숨이 가빠져 좌절했다. 엄마의 얼굴에는 내가 싫어하는 가면이 들씌워져 있었다. 한 곳에 고정된 퀭한 눈, 허공을 향해 열린 입, 극도의 긴장…. 우리는 엘리베이터까지 이르렀고, 웬 부인과 함께 탔다. 엄마 곁에 선 그 부인은 건강해 보였다. 화장을 했고, 맵시도 있었고, 향수도 뿌렸다. 누구를 방문하러 온 모양이었다. 부인이 나를 뚫어져라 쳐다보더니 말했다. "당신 알아요!" 나는 인정하듯 수줍게 미소를 지었고, 엄마의 얼굴이 빛나는 걸 보았다. 엄마의 아름다운 얼굴을 가두던 허연 틀이 사라졌다. 나는 생기 넘치고 자랑스럽고 행복해 하는 엄마를 되찾았다. 나를 알아봐준 그 부인 덕에 엄마를 되찾은 것이다. 나는 엄마를 뚫어져라 쳐다보며 그 은혜로운 순간에 감격했다. 눈물 때문에 눈앞이 부옇게 흐려졌지만 눈을 엄마에게서 떼지 않았다. 엄마는 고난에서 해방되고, 막중한 무게를 벗은 것처럼 보였다. 엄마의 파트리시아가 파트리시아 카스가 되었기 때문이다.

"파트리시아 카스!"

이날 저녁 역시 경연이지만 예전에 내가 살던 지역에서 치렀던 것들과는 차원이 달랐다. 이번엔 빅투아르 음악상으로, 음악의 세자르상에 해당하는 것이었다. 오늘 저녁 내게 기립박수를 보낸 관중은 음악의 전문가들이고 예술가들이요, 음반회사 사람들이며 공연 주최자들이고, 라디오 프로그램 편성자들이고 음악 기자들이었다. '올해의 신예 여자가수' 분야의 승리자로 내 이름이 호명되었다. 그것은 내 안에서 트럼펫 소리처럼 울렸다. 나는 조금 전에 노래를 불렀던 제니트의 그 넓은 무대에 트로피를 받기 위해 다시 올랐다. 약간 비틀거리면서 한 마디 해야 한다는 사실에 겁에 질린 채. 사람들이 들어찬 제니트 공연장은 놀라웠다. 관중은 모두 음악계 사람들로, 하나의 블록처럼 한 덩어리가 되어 있었다. 호의적이었지만-방금 내게 호의를 베풀었으므로-이 청중은 나를 마음 놓게 하지 못했다. 이런 보상을 받을 만했지만 나는 너무도 쉽사리 사기꾼 증후군을 느꼈고, 나를 축하하는 다른 사람들이 잘못 생각한 게 아닌가 싶었다. 나는 감히 영예의 월계관을 받을 생각을 못했다. 천성적인 나의 조심성이 되살아났다.

이날 저녁 나는 아마도 짤막한 연설을 했던 것 같다. 하지만 내가 무슨 말을 했는지는 전혀 기억나지 않는다. 너무 감격하고 너무 놀라서 그저 짧았던 것밖에는 기억이 나지 않는다. 아마도 고맙다는 말을 했을 것이다. 하지만 그것도 기억나지 않는다. 어머니에게 고맙다는 말을 했을까? 틀림없이 그랬을 것이다.

내가 그 자리에 선 것이 어머니 덕이라는 걸 알기 때문이다. 엄마는 나를 위해 그런 꿈을 꾸었다. 어머니는 나의 첫 숭배자요 첫 팬이었고, 나보다 더 나를 믿어준 첫 사람이었다. 엄마는 나의 어머니 이상이었고, 나의 선한 별이자 나의 행운이었다. 나는 이 승리가 어머니를 조금 더 살아 있게 해줄 부적이길 참으로 바랐다. 사람들은 우리에게 그렇게 말했고, 그걸 눈으로 보기도 했다. 림프암이 온 몸으로 퍼진 상태에서 3년을 버틴 것만으로도 승리라고! 그러나 승리란 없다. 속임수를 쓰는 전투에서 승리란 있을 수 없다. 누가 이길지 아는 전투에서 연장은 이기는 것이 아니다. 우리가 익숙해지려고 애쓰는 종말이 결코 뛰어넘을 수 없는 것이라는 생각에 난 익숙해지지 못했다. 나는 애원했다. "아직은 안 돼요. 당장은 안 돼요. 지금은 안 돼요." 우리의 시간을 조금이라도 더 얻기 위해서라면 난 지옥에라도 떨어질 것이다.

1989년의 아름다운 달 5월은 그다지 아름답지 못했다. 자연 속 곳곳에서 생명이 부풀어 올랐고, 사람들은 태양을 기다리며 행복해 했고, 여자들은 다리를 드러냈고, 남자들은 그걸 바라보았다. 모든 게 순조로웠다. 나만 빼고, 죽어가는 나의 어머니만 빼고. 절망한 나의 아버지는 침묵 속에 틀어박혔다. 그토록 말이 많던 그가 더는 말을 하지 않았다. 아버지는 유쾌한 표정을 잃었고, 슬프고 찌푸린 얼굴로 바뀌었다. 아버지는 어머니의 죽음을 받아들이지 못했다. 그는 준비가 되지 않았고, 어느 누구도 준비가 되어 있지 않았다. 우리는 결코 준비되지 않았다. 그러나 엄마는 알았다. 망가진 당신의 몸이 떠남을 외친다는 걸. 엄마는 호출을 들었다. 그래서 플랫폼에서 작별인사를 했다.

시릴은 침대 곁에서 엄마의 손을 쥐고 있었다. 예의바르게 엄마가 발판에 오르는 걸 도우려는 것 같았다. 엄마가 그에게 말했다. "이제 난 내 딸을 돌볼 수가 없네. 자네가 교대해주게. 자네에게 저 아이를 맡기네." 그는 그러겠다고 약속했다. 무겁고 아름다운 책임을 떠맡았다.

5월 16일 화요일, 엄마는 우리를 떠났다.

이제 엄마는 여기 없다. 그런데 나는 여전히 엄마의 목소리를 듣고 엄마를 보는 것만 같다. 거의 똑같이 엄마의 존재를 느낀다. 우리가 관을 땅속에 묻었을 때 관 속에 든 건 엄마가 아니었다. 그럴 리가 없었다. 엄마가 너무도 생생하게 여기 있어서 나는 엄마에 대해 말할 때 현재로 말한다. 거부와 분노로 몇 달을 보낸 뒤 나는 다시 죽은 시간이 없는 삶 속에 빠져 들었다. 고통을 피하기 위해서도 그렇고, 저 높은 곳에서 엄마가 나를 자랑스러워할 수 있도록 하기 위해서도 다시 빡빡한 삶을 살았다.

다른 걸 생각하기 위해, 무엇도 엄마를 떠올릴 수 없을 곳, 중립적이고 순결한 곳에 있기 위해 첫 순회공연을 했다. 게다가 내가 부인과 감수 사이에서 정지된 다른 시간 속에 있다고 믿기 위해서이기도 했다. 나는 고통에서 벗어나, 최근 몇 달 동안 겪은 것과 다른 것을 느낄 필요가 있었다. 그래서 도주를 선택했다. 이곳을 떠나서 나의 구세주들을 만날 필요가, 사랑으로 내 고통을 대체해줄 사람들을, 나의 청중을 만날 필요가 있었다. 내가 무대에 취하고 피땀을 흘린다면 덜 울 것이었다. 무대에서 사랑을 주고받으면 결핍을 덜 느낄 것 같았다.

08 러시아 인형

막이 오르면 나는 고통을 잊는다.

내 앞에는 올림피스키 스타디움이 있다. 여기는 1990년 6월 16일 모스크바. 도시를 뒤덮은 열기의 안개가 차츰 걷혔고, 밀집한 군중이 경기장을 점령했다. 경기장은 가득 찼지만 넘칠 정도는 아니었다. 이곳 군중은 잘 통제되어 가만히 앉은 채 귀조차 움직이지 않는다. 이날 저녁에 모인 청중은 만 6천 명이나 된다. 이곳은 세계에서 가장 넓은 나라다. 오히려 숫자는 날 겁먹게 하지 않는다. 무대는 내가 가장 겁먹지 않는 장소다. 나는 사태를 가늠하지 못한다. 무대에 서면 다른 사람이 된다. 덤벼들고, 긍정적으로 변하고, 자신감이 넘친다. 마치 다른 곳에 있는 사람처럼 초연해지고 방수상태가 된다. 순회공연을 함께하는 내 동료들은 우리가 겪고 있는 일의 경이로움을 의식하고, 이 갑작스런 규모를, 이 놀라운 나라 러시아를 의식한다….

우리를 레닌그라드로 실어가는 기차 속에서 분위기는 이미 얼어붙었다. 나는 시릴과 〈북북서로 진로를 돌려라〉[6]의 배경 시대를 떠올리는 객실을 함께 썼다. 안락함이 최소화된 객실이었다. 열차의 바가 바로 우리 뒤쪽에 있어서 손님들의 술기운 거나한 목소리가 신경을 거슬렀다. 그렇다고 열차의 분위기를 흥겹게 돋우는 것도 아니었다. 시릴과 나는 대단히 심각한 대화를 나누는 중이었다. 나는 그에게 혼란스런 마음을 알리려고 애썼으나 결국 돌이킬 수 없이 그에게서 멀어지고 말았다. 우리의 사적인 이야기가 더는 이어질 수 없었다…. 나는 연인이면서 직업인이라는 우리의 이중 관계를 조화롭게 살아내지 못했다. 실제로 두 관계가 서로 영향을 미치는 걸 막지 못했다. 우리는 칸막이를 칠 능력이 없었다. 함께 일하면서 서로에게 소리를 질렀다가 집으로 돌아와서는 어떻게 모든 걸 잊겠는가? 앞으로 우리는 커플은 아닐 테지만 여전히 함께할 것이다. 그는 여전히 나를 위해 언제 어디서건 곁에 있을 것이다. 서약을 충실히 지키며 지금껏 알았던 사랑

6) 알프레드 히치콕 감독 영화

보다 더 큰 사랑으로 채울 것이다.

하지만 기차 속에서 우리는 슬펐고, 유리창 너머로 지나가는 어둠이 집요하게 우리의 모습을 되비추었다. 그래서 역 플랫폼에 내렸을 때 나는 침울했다. 시릴도 마찬가지였으리라.

몇 달 전, 1989년 11월 9일에 베를린 장벽이 무너졌다. 독일은 곧 통일되겠지만 동유럽 블록은 아직까지 여전히 남아 있었다. 그토록 오랫동안 밀폐되어 온 국경은 아직 꿈쩍하지 않았다. 여전히 왕래는 불가능했다. 어느 쪽이건 건너가게 되면 다른 행성을, 다른 측면을 발견하게 될 터였다. 별개의 세상을.

1990년 소련에 도착했을 때 우리는 눈앞에 펼쳐진 광경에 놀랐다. 대단히 무겁고, 냉랭하고, 행정적인 분위기였다. 당국에서는 우리에게 통역인들을 붙여서 따라다니게 했다. 어쩌면 우리를 관리하고 감시하기 위해서였는지도 모른다. 실제로 그들이 우리를 감시하는 모스크바의 눈이라는 사실은 금세 알게 되었다. 콘서트가 있는 저녁엔 우리를 둘러싼 보안이 너무도 철저해서 나는 거의 증인 보호 프로그램에 끼어 있는 느낌이 들었다. 몰로스 개처럼 무시무시한 열다섯 명이 우리를 둘러싸고 자동차에 오르고 내리게 했다. 그들은 우리를 보호하는 데 강박적으로 사로잡혀 있었다.

진짜 영화 같았다.

그러면서도 우리에게 소비에트 조직은 이제 흑백의 전설이 아니라 우리가 첫 순회공연 때 뛰어든 현실이었다. 모든 게 똑같았다. 무엇 하나도 두드러지지 말아야 했다. 사람들은 모두 칙칙한 옷을 입었고, 식사 메뉴도 달라지지 않았으며, 모든 게 잿빛이었고, 모든 게 조용했고, 모든 게 춥고 안락하지 않았다.

우리가 1주일을 묵은 모스크바의 호텔은 우리를 일상적인 공산주의 음역에 맞춰 주었다. 자기 방으로 가는 데 30분은 족히 잡아야 했다. 끝없이 이어지며 교대로 불 밝혀지는 복도가 방까지 이어졌으며, 방은 또 어땠나! 모든 방이 완벽하게 똑같았다. 어느 날 저녁, 보드카를 꽤 많이 마시고 이 나라를 조금 더 깊이 알게 된 나는 방을 찾느라 밤새도록 이 퇴색한 호텔의 모든 층을 더듬었다.

나라는 공산주의였지만 내가 출연한 곳의 관중은 칸막이로 구분되어 있었다. 두 블록으로. 콘서트 홀에서 VIP는 앞쪽에, 대중은 뒤쪽에 있었다. 게다가 대중은 꼭 묘혈 속에서 꼼짝않는 단역배우처럼, 권력의 거물들을 위한 인간 배경처럼 자리하고 있었다. 배경으로 밀려나 있었다. 제일 앞에는 제복들, 군인들, 오페레타가 있었다. 8년 전 권력에 오른 미하일 고르바초프는 소련을 외부로부터 변화시켰다. 서양이 소비에트에 던지는 시선을 바꾸어 놓았다. 그런데 내면에서 이 나라는 여전히 너무 빳빳하고 너무도 잿빛인 옛 옷을 벗지 못했다. 보안 요원들이 관중을 구속하는 방식과 관람석이 군대식 서열에 따라 배치된 걸 보니 소련 체제가 잠들지 않은 것 같았다.

레닌그라드에서 관중은 공직자들 뒤쪽에 막혀 있었고, 그들에겐 움직일 권리도 없었다. 모든 움직임은 수상쩍은 것으로 간주되었다. 엄격한 질서와 억압적인 권력 표명에 나는 숨이 막혔다. 관중을 보고 싶었다. 관중이 움직이고 춤추고 나와 함께 전율하는 걸 보고 싶었다. 끝내 나는 화가 나서 제복 입은 특권층 뒤로 빙 돌아갔다. 그들 뒤에서 대중을 마주 보고 노래할 작정이었다. 그래서 그들은 나를 보기 위해 고개를 돌려야만 했다. 나는 법을 어기는 것보다 더한 짓을 했다. 그들 뒤에서 노래해 그들을 수치스럽게 만든 것이다. 강박증과 염탐행위의 나라에서 큰 잘못을 범한 것이다. 그들은 잔뜩 화가 나서 이튿날 콘서트를 취소하려고 했다.

나는 내가 어디 출신인지 잊지 않는다. 민중 출신이라는 걸 말이다. 광부의 딸에서 성공한 내 이야기가 소비에트 주민들의 마음에 들었고, 그들을 꿈꾸게 했다. 이 사실이 내가 가는 곳마다 그토록 많은 사람들이 내게 박수갈채를 보내는 걸 설명해주었다. 하지만 그것만은 아니었다. 그 너머에는 아주 독특한 내 목소리가 있었고, 내가 무대에 섰을 때 그들에게 전해지는 광적인 에너지가 있었다. 그들은 내 이야기를 알았고, 게다가 나를 더욱 놀라게 한 건 내 노래들도 알고 있다는 사실이었다. 더구나 내 음반을 구하기가 쉽지 않은 사람들이었다. 그들이 서방에서 오는 문화에 접하는 길은 암시장밖에 없었다. 자유롭게 판매되지 않았기 때문이었다. 그곳에서는 서양 음악 앨범들의 복사판 껍데기들이 속이 빈 채로 내걸린 노점들을 볼 수 있었다. 손님이 나타나면 판매자는 원하는 앨범을 가게 뒷방에서 몰래 꺼내와 몇 분 만에 카세트테이프에 복사를 해주었다. 그러니 그들이 프랑스어로 된 가사를 외워 나와 같이 노래하는 소리를 들으면서 나는 내 음반을 구해서 듣는 데 필요했을 술책에 감동했고 측은한 마음마저 들었다.

육체적으로 나는 그들을 닮았다. 나도 동부 출신이다. 프랑스인인 건 맞지만 그래도 동부 출신이다! 게다가 내겐 슬라브적인 구석이 있다. 아주 금발인데다 파란 눈, 흰 피부, 불거진 광대뼈, 그리고 그들과 똑같이 얼음 같은 외모를 가졌다. 이곳 사람들이 나에 대해 꿈꾸는 경향이 있다는 소리를 자주 듣는데 고백하지만 아무리 들어도 질리지 않는 얘기다! 나는 그들이 좋아하는 유형이다. 훗날 소련에 다시 돌아왔을 때 나는 우연히 소련 군인들의 자서전들을 보게 되었는데, 나에 대해 얘기하고 있었다. 그 책들 속에서 나는 그들이 소유하거나 결혼하거나 또는 둘 다를 꿈꾸는 섹시한 여자의 환상 같은 존재였다. 이 사실이 무척 재밌기도 했지만, 무엇보다 그들에게 내가 어떤 존재일 수 있는지를 알게 해주었다. 이상적인 여자의 상징이었다. 몇 가지 결점은 가졌지만!

또한 여성 관객들의 눈에 나는 프랑스 세련미의 화신이었다. 첫 순회공연 때는 칼 라거펠트의 의상을 입었다. 파티 드레스와 남성 정장을 입었는데 대단히 프랑스적이었다. 그들은 프랑스를, 프랑스인들을 좋아했다. 나는 학교에서 그들이 내 노래 가사로 우리 언어를 배운다는 소리를 들었다. 무척 자랑스러웠고, 프랑스어 사용 운동의 대사가 된 것 같아 뿌듯했다. 처음 모스크바에 갔을 때 나는 그들의 프랑스어 실력에, 그들이 쉽게 자기 생각을 이해시키는 것에 놀랐다. 그리고 무엇보다 나는 장벽 건너편에서 그곳을 찾은 사람이었다. 아주 오래 전부터 아무도 그들을 찾아오지 않았다. 예술가들은 감히 시도하지 않았고, 공연 제작자들은 위험 부담을 안고 싶어 하지 않아서 잘 아는 땅에 머무는 걸 선호했다.

이곳에서 노래하는 것이 매우 예외적인 일이다보니 사람들이 나를 높이 평가하는 것 같았다. 관중은 매번 내게 고마워했다. 모스크바에서 네 번, 레닌그라드에서 다시 네 번을 공연한 콘서트는 모두 만석이었다! 나는 그들의 열광에 놀라서 말을 잃을 지경이었다. 러시아는 잿빛이고 추운데, 러시아인들은 태양처럼 뜨거웠다. 극도로 따뜻하고 호의적이었다. 더 나중에는 이 거대한 나라의 모든 지역에서 나를 왕처럼 기분좋게 환대해준다. 당장은 레닌그라드와 모스크바에서 여자아이들이 전통 의상을 입고 내게 작은 선물을 건네고 나를 끌어안았으며, 환영 공연을 보여주었다. 대개는 민속춤이었다. 매번 나는 감동했고 매번 이 애정에 놀랐다.

그들은 가진 게 아무것도 없었지만 내게 모든 걸 주었다. 나는 그들이 얼마나 가난한지, 그들의 삶의 조건이 얼마나 혹독한지, 그렇지만 그들이 얼마나 너그러운지 알았다. 그들은 배가 고파도 종종 먹지 못하며, 배부른 상태로 식탁을 떠나는 법이 없다는 것도 알았다. 잘 먹을 만큼 식권이 충분하지 않았고, 암시장을 이용하려면 중진 당원 이상이어야 했다. 보통 러시아인의 한 달 월급은 3~4달러 정도였다. 그런데 내가 노래하는 걸 보려고 1달러에 달하는 금액을 쓰는 사람이 수천 명이 넘었다. 나는 그들이 내게 쏟는 희생과 대가를 짐작했다.

그들은 자신들의 문화를 전부 내게 보여주고 싶어 했다. 가는 도시마다 우리는 그 지역 기념물들을 빠짐없이 방문할 권리를 누렸다. 통역 행렬에 안내원들까지 더해졌는데, 그들 역시 KGB에서 일하는 사람들이었다. 경호원과 공무원들이 우리 곁에서 한 치도 떨어지지 않았다. 우리는 성당을 본 직후에 올림픽 수영장을 거쳐 묘지에서 미술관으로 항해했다. 이런 집약적인 문화 프로그램보다는 나는 인간적인 프로그램이 더 좋았다.

기념물들을 방문하는 것도 흥미로웠지만 무엇보다 내 기억에 각인된 건 사람들이다. 모스크바 레닌 묘의 아름다움은 인정하지만 훗날 《랑데부》 공연차 벨로루시에 있는 국립음악학교의 어린 학생들을 방문했을 때가 더 향수와 더불어 또렷하게 떠오른다. 그들 가운데 가장 재능 있는 아이들, 진짜 어린 천재들이 우리에게 콘서트를 제공했다.

그들은 대개 불편한 자세로 피아노 앞에 자리 잡았다. 예산 부족으로 피아노 전용 의자가 없었던 것이다. 몇몇 어린 피아니스트들은 키가 너무 작아서 코 높이에 건반이 있었다! 이것이 마음에 깊이 각인되어 나는 돌아오자마자 진짜 피아노용 의자들을 아이들에게 보냈다.

그들 역시 내게 선물을 했다. 감동적인 의미가 담긴 작은 물건들이었다. 우리가 크리스마스 때 찾아간 어느 부인이 준 곰인형 같은 것 말이다. 그 부인 집의 아기자기한 실내가, 수놓은 식탁보가 기억나고, 내게 선물을 내밀며 짓던 부인의 넉넉한 미소가 기억난다.

나는 이 슬라브인들을 그들이 나를 좋아하는 만큼이나 좋아한다. 진심으로. 감동적인 큰 사랑이다. 그들은 거의 나의 세 번째 조국인 셈이다. 겨우 스물네 살이었던 나는 그 거대한 나라에서 나를 스타처럼 여기는 걸 보았다. 이 해 모스크바에 도착하자마자 나는 붉은 광장에서 생방송으로 진행되는 방송에 초대되었다. 거기서 모든 것이 시작되었다. 이듬해 다시 찾았을 때는 경기장이며 콘서트장은 만석이 되었다. 그 후 다른 많은 방송들을 했고, 내 노래들은 성공을 거두었다. 물론 나는 기분이 우쭐했다. 어찌 안 그럴 수 있겠는가? 그들은 내가 자유의 초상, 러시아 인형이라도 되는 듯이 내게 환호를 보냈다. 동쪽의 마돈나라도 되는 듯이.

자기 길의 주인 09

첫 순회공연이었지만 나는 무대에서 두번째 앨범 〈인생의 무대〉를 소개하기로 결심했다. 우리 직업에서는 흔하지 않은 일이지만 나는 위험을 무릅쓰는 걸 좋아한다. 〈마드무아젤은 블루스를 노래해〉 앨범 때처럼 바르블리비앙과 베른하임이 작품의 주인이었다. 그들은 여전히 탁월한 재능을 발휘해 사람들의 머리에 각인될 제목을 만들어냈다. 〈스쳐가는 남자들 Les Hommes qui passent〉이다. 반면 거인은 이제 나와 함께 있지 않다. 나는 그가 이 모험에 함께하기를 바라고 그를 만나러 갔다. 그에게 내 계획을 얘기하면서 뜻하지 않게 무례를 범하고 말았다. 그의 기계도 좋지만 진짜 뮤지션들과 함께 작업하고 싶다는 마음을 얘기했던 것이다. 그는 차갑게 나를 쳐다보더니 이렇게 말했다. "진짜 뮤지션들을 원하신다? 나가는 문은 저쪽이야!" 나는 그 문으로 나왔다. 장-자크 수플레가 〈인생의 무대〉의 감독이 된다.

이 긴 순회공연, 그 모든 콘서트로 우리는 기진맥진했다. 그리고 이날 저녁은 너무 감동해서 기진맥진했다. 프랑스 문화원이 있는 튀니지 궁 안뜰에서 우리는 멋진 쿠션에 기대어 늘어졌다. 남자들은 제과점의 오렌지 꽃향기를 아직 입에 머금은 채 물담배를 피웠다. 오후의 짓누르는 열기가 물러가고 온화한 기온이 이어졌다. 나는 너무 피곤해서 잠이 오지 않았다. 팀원들은 농담을 하며 이날 저녁에 대해 평가했다. 저마다 있던 곳에서 본 것에 대해 얘기했다. 사실, 무대에서 우리는 모두 똑같은 광경을 보았다. 5천 명을 수용하는 극장의 작은 입구들로 몰려드는 믿기 힘든 인파. 계단식 좌석과 오케스트라 박스를 둘러싸고, 무대 앞까지 몰려든 사람이 만 명은 되었다. 그들은 초조해했다. 음향문제 때문에 콘서트를 취소하려던 참이었기 때문이다. 그 문제를 해결하려고 애쓰느라 공연이 늦어버렸다. 하지만 무대에서는 여전히 소리가 들리지 않았다. 라이브로 노래를 들을 수 없어 관객용 스피커로 듣는 수밖에 없었다. 연주자들과 내게는 정말이지 곤혹스런 일이었다.

그런데 관중이 우리 앞에 있으니 뭔가를 해야만 했다. 따라서 우리는 이 콘서트를 하긴 하되 우리 소리가 들리는 객석에서 해야만 했다. 내 입에서 첫 음이 나오자 조금 전까지의 소란은 사라지고 종교적인 침묵이 이어졌다. 나는 그 큰 열정에 감동 받았고, 분명히 말하지만 그 함정에서 빠져나온 것에 안도했다. 나는 그들의 존재를 말없는 키스, 성스런 키스에 이어진 포옹처럼 받아들였다. 말없이, 약속 없이 행하는 키스, 배반하지 않는 키스. 넉넉하게 주는 키스. 튀니지를 나는 쉽게 잊지 못할 것이다!

이날 저녁은 특별했다. 강렬하고 무모한 순간이었다. 지울 수 없는 폴라로이드 사진처럼. 쿠션에 기대 누운 채 나는 반짝이는 하늘을 쳐다보았다. 하늘의 별들이 이 순회공연의 콘서트들 같았다. 러시아, 프랑스, 캐나다, 독일, 일본. 통틀어 2백50개의 공연이었다. 첫 세계 일주였다. 피로한 내 몸에서 이 일주가 그대로 느껴졌다. 그래도 내 팀과 좋은 시간을 보내고 싶은 마음은 억누를 수 없었다.

나는 무대 스트레스나 여행, 판에 박힌 호텔 생활은 잘 견뎌낸다. 만나는 관중에게서 힘을 얻는다. 나는 끝없는 경주에서 질주한다. 사람들의 사랑이 나를 부르는 곳으로 간다. 내 고통 앞에서 질주하고, 빛의 향기 속에서 군중과 교감하는 일시적이지만 멋진 사랑으로 내 상처의 생살을 잠재운다. 나는 콘서트에 중독되고, 공연과 무대라는 인공낙원의 강력한 마약을 내게 주사한다. 나의 일부는 마취되었다. 나는 더 이상 고통을 느끼지 못한다. 고통을 가라앉히려 애쓰기보다는 억누르고 통제하고 파묻는다.

일 기계가 되어버린 나는 저녁에 잠이 들면서 이런 꿈을 품었던 어린 소녀를 생각하지 않을 수 없다. 그 소녀는 이렇게 빨리, 이렇게 강렬히 꿈이 이뤄지리라는 걸 알았을까?

일정은 빡빡했다. 시릴과 리샤르는 나의 인내력을 확인했다. 그들은 내가 쉬지 않고 50개국에서 공연을 연이어 갈 수 있다는 걸 안다. 나는 불평하지 않는다. 불평을 배우지 못했다. 우리 가족은 이유가 있어도 누구도 자기 운명을 절대 후회하지 않았다. 견뎌내야 할 그 모든 것에도 불구하고 나는 아버지가 이렇게 말하는 걸 들어본 적이 없었다. "난 지쳤어. 지긋지긋해." 여행할 특혜를 누리고, 노래하며 생활을 꾸려나가는 특혜를 누리는 내가, 공주 대접을 받는 내가 무슨 권리로 불평을 늘어놓는단 말인가?

나는 내 직업이 좋고, 조금은 모험적이기도 하고 분주한 이런 유랑생활이 좋다. 지구를 누비고 다니고, 매일 저녁 다른 곳에서 자는 것이 좋다. 줄곧 낯선 곳에 있는 것도 좋다. 무대에 오르기 전에는 흥분을, 무대에서는 취기를, 어느 나라에건 처음 내리면 놀라움을 느낀다. 모험은 내 삶이 일상으로 엮어내는 것이다.

때로는 이 끊임없는 움직임 사이로 무도회의 바람 속에 흔들리는 등불처럼 사랑의 삽화가 걸렸다. 내가 세상 밖에서 열정의 순간을 함께 체험한 그 친구가 그랬다. 스코틀랜드에서, 방에 번호가 붙은 게 아니라 시적인 이름이 붙은 마법적인 호텔에서였다. 1주일 동안 나는 이 남자의 '호수의 여인'이었다. 짧은 사랑, 일시적인 관계가 주는 매혹. 사랑은 이렇게 아주 짧은 시간 동안 단 한 페이지에 쓰이고 이뤄지기도 했다. 순간의 목적 외에 다른 목적이라곤 없이. 내게는 순회공연의 제약에서 잠시 벗어나 짧게나마 사랑과 포옹의 맛을 되찾는 방식이기도 했다.

한창 순회공연 중에 나는 음반사를 바꾸는 데 동의했다. 이대로 머물러 있다가는 내 활동에 필요한 폭을 갖지 못하리라는 걸 우리는 오래전에 깨달았다. 그들은 국제적 규모를 무시해서 그런 데 투자하기를 거부했다. 따라서 나는 달려들었고, 어떤 위험이 있을지 짐작했다. 하지만 내 자유를 얻으려면 모든 걸 시도해야 한다고 믿었다. 숱한 의논 끝에 나는 리샤르에게 옛 계약에서 날 놓아달라고 요구했다. 분명 쉬운 일은 아니었다.

18개월 동안의 맹렬한 싸움 끝에 우리는 합의점을 찾아냈고, 결국 요구를 관철해냈다. 이제 내 활동의 통제권을 회수한 것이다. 앞으로는 내가 내 음반의 제작자가 될 것이다. 나는 예술가에게 이것이 얼마나 가능성의 영역을 넓힐 수 있는 특혜인지 가늠했다. 더 멀리 갈 수 있는 특혜라는 걸. 국경을 넘어.

순회공연은 마지막으로 포르바크의 내 집으로 나를 데려갔다. 나는 고향의 한 천막 아래에서 콘서트를 열었다. 나는 모두가 나를 기다리고 있다는 걸 알았다. 이날 저녁 나는 겁이 났다. 그곳을 잘 알고, 좋은 자리를 잡으려고 몰려드는 사람들을 잘 알고 있었는데도. 사람들이 내가 자라는 걸 본 그곳, 분명히 사람들이 나를 자랑스러워할 그곳에서 나는 마음이 편안했어야 마땅했다. 그런데 전혀 그렇지 않았다. 끔찍한 긴장감이 느껴졌다. 관중 모두가 나를 안다는 사실은 불리한 조건이었다. 마치 그들이 내 결점만 보고 예술가 파트리시아 카스를 보지 못할 것처럼, 나를 아직도 어린아이로 볼 것처럼 느껴졌다. 나는 집중하고 그곳에 내 이웃들과 가족이, 시장이, 온 동네 사람들이, 친구들이 있다는 사실을 잊으려고 애썼다. 이 공연이 좋은 일을 위한 것이라는 것만 생각하려고 애썼다. 공연 수입이 맹인견들을 훈련시키는 재단에 제공될 것이기 때문이었다. 나는 감격해서 노래했다. 그리고 관객들 역시 감격해서 박수갈채를 보냈다. 아빠는 나를 자랑스러워하며 그 자리에 있었다.

나의 첫 두 앨범의 성공과-매번 전세계의 수백만 명이 앨범을 샀다-내가 받은 상들(빅투아르 상, 월드 뮤직 어워드, 독일의 밤비 상)로 점점 더 출연 요청이 많아졌다. 이제 나는 온갖 좋은 일이나 1993년의 체르노빌 추모일 같은 사건들에서도 노래 초청을 받았다.

내가 가장 먼저 본 건 마을이었다. 체르노빌이라는 말을 들으면 사람들은 원자력 발전소를 떠올리고 끔찍한 사고와 희생자들을 생각하지만, 그 이름의 마을을 떠올리지는 못한다. 마을은 음산하고 황폐했으며, 생명이 떠나버린 냄새를 풍겼다. 마을은 공허를 절규하고 있었다. 아직도 공포가 서늘하게 느껴졌다. 공장 곁을 흐르는 강은 과거의 무시무시한 기억들과 그 결과들을 씻어가는 것처럼 보였다. 공장은 아직 폐쇄되지 않은 채 이미 실행된 위협처럼 우뚝 선 굴뚝들 아래 자리하고 있었다.

마을에는 추모를 표하려고 모여든 사람들이 많았지만 마치 아무도 없는 듯했고, 사람들이 다니지 않는, 다닐 만하지 않은 곳처럼 느껴졌다. 몇몇 숨죽인 목소리만이 들렸다. 그곳을 지배하는 정적과 명상에 잠긴 분위기는 얼음장 같았다. 내가 그 분위기를 다시 덥힐 수 있었으면 싶었다. 그러려던 찰나, 나는 주민 없는 그 모든 주거지의 공허 속으로 뛰어드는 느낌이 들었다. 목구멍에 닿는 공기의 접촉이 처음엔 차가웠다. 그러다 차츰 나를 둘러싼 싸늘한 감동 속에서 더 뜨겁게, 더 강렬하게 노래할 이유를 찾았다. 나는 정적을 깨고, 어제는 죽음으로, 오늘은 질병과 끝 모를 비극으로 대가를 지불하고 있는 재앙을 떠올리는 시간을 깨뜨렸다. 콘서트 내내 소름이 나를 떠나지 않았다. 마지막으로 입을 다물었을 때 나는 마을에 영원한 침묵을 돌려준 느낌이 들었다. 그 사라진 가족들이 나를 잊지 않길 희망해본다.

10 남는 남자들

장엄한 천장. 파랑과 빨강의 생생한 소용돌이 장식 속의 거대한 아라베스크 문양. 샤갈과 그의 눈부신 천장. 나는 싫증나지 않았다. 기다리는 중이었기에 더 좋았다. 그곳에 있다는 건 어쨌건 경이로웠다. 내가 기다리는 건 조니 할리데이 Johnny Hallyday였다. 그와 함께 노래하기로 되어 있었기 때문이다. 때는 1992년, 이날 저녁 팔레 가르니에는 '레장푸아레 Les Enfoirés'[7]를 맞이하기로 되어 있었다.

나는 모험에 가담해달라는 요청을 받았다. 무척이나 기뻤고, 더 젊고 덜 유명해서 조금 주눅 들었고, 덜 편안했다. 사실 그들은 내 긴장을 풀어주고 내게 신뢰를 심어줄 정도로 충분히 보호자처럼 행동했고, 호의적이었으며 내가 느낄 수 있을 긴장을 사라지게 했다.

나는 그들과 함께 있는 것이 좋았고, 웃었고, 많이 배우기도 했다. 19년 뒤에도 나는 이 모임을 떠나지 않았다. 나는 거기서 듀엣으로 노래하는 걸 좋아했고, 데뷔 때의 작은 팀이 거대한 무리가 된 이후로도 남아 있는 착한 어린이 같은 분위기를 여전히 높이 평가한다. 지금은 훨씬 편안해졌지만 1992년 그 시절에만 해도….

이날 저녁 나를 긴장시킨 건 그때가 나의 첫 번째 참여였고, 그가 리허설 때 한 번도 오지 않았기 때문이었다. 조니는 스타였고, 프랑스에서는 믿기 힘들 정도로 상징 같은 존재였다. 그의 폭발적인 성량, 무대 위에서 그가 보이는 짐승 같은 면모는 내게 그와 함께 노래를 부르고 싶은 욕구를, 우리의 목소리를 만나게 할 순간에 대한 강렬한 욕망을 불러일으켰다. 그런데 저녁공연이 곧 시작될 순간에… 할리데이가 우리를 바람 맞혔다! 그러자 장-자크 골드만이 즉흥적으로 내게 조니를 대신하겠다고 제안해왔다. 몇 분 뒤, 우리는 무대에 섰고, 함께 〈약속해요〉를 불렀다. 조니가 바람 놓은 것이 우리를 이어주었다. 예술적

---

7) 무료급식소 '마음의 식당'을 돕기 위해 결성되어 1986년부터 매년 공연을 하고 있는 예술가 모임. Les Enfoirés는 '얼간이', '바보'라는 의미이다.

공모가 이어지게 된다. 장-자크는 내게 가장 중요한 작곡가 중 한 사람이 된다. 그는 내 활동에 길잡이가 되는 여러 곡을 쓰게 되는데 내게 잘 어울리는 노래들을 언제나 만들어낼 줄 안다.

나는 골드만을 예술가로서 언제나 존경했고, 인간으로도 높이 평가하게 되었다. 그는 개방적이며 세심하게 배려하고, 예의 바르며 정중했다. 어떤 이들이 보이는, 나를 주눅 들게 하는 쇼 비즈니스 측면이 그에겐 없었다. 그는 번쩍이는 것들을 눈에 띄게 싫어했다. 그의 소박함이 나를 닮아 마음 놓였다. 그와 함께 있으면 자신감이 생겼고 긴장이 풀렸다.

나는 환한 미소를 머금고 머릿속에 한 가지 생각을 품은 채 팔레 가르니에를 떠났다. 장 자크 골드만이 다음 앨범의 곡들을 써줄 수 있을 거라는 생각이었다. 나는 그가 노래를 만드는 재능을 다른 가수들에게 빌려준다는 사실을, 때로는 이름을 숨기고 빌려준다는 사실을 알았다. 그의 명성이 그들에게 그늘을 만들지 않게 하려고 그는 가명을 붙이는 걸 좋아했다. 가명을 지어내는 데서 거의 기쁨을 찾는 것 같았다. 내게 그는 샘 브레브스키Sam Brewski가 될 것이다.

두 앨범의 성공을 고려해 나는 나의 작사-작곡가 폭을 넓히고 싶었다. 시릴은 내가 풍성해지고 싶어 한다는 걸 알고 좋아했다. 나처럼 그도 열림을, 약간의 새로운 바람을 찾았다. 어쩌면 도전정신에서였는지도 모르고, 어쩌면 위험과 도박, 도전 욕구 때문이었는지도 모른다. 다른 무엇이 필요했던 것이다.

주부라면 누구나 하듯이 나는 옷을 개고 정리했다. 낡은 장롱 앞에서서 이런 중대한 의문을 제기하던 중이었다. "이 칸에 스웨터를 넣는 것이 훨씬 논리적이지 않나?" 그때 전화가 울렸다. 일상생활에 방해를 받자 짜증이 나서 나는 약간 퉁명스럽게 "여보세요?" 하고 응답했다. 그때 전화기에서 이런 소리가 들렸다. "안녕하세요, 저, 알랭 들롱입니다." 나는 완전히 화가 치밀었다.

습하고 무거운 날씨 탓에 약간 신경이 곤두서 있기도 했다. 나는 빈정거리는 웃음을 터뜨리며 잘라 말했다. "네, 물론 그러시겠죠. 그런데 못 믿겠군요!" 무엇보다 《로코와 그 형제들》의 숭고한 진짜 배우 알랭 들롱이, 이 엄청난 스타가 내게 전화할 이유가 없었기 때문이다. 그런데 그 목소리는 거듭 말했다. "알랭 들롱이 맞아요. 당신이 칸 영화제 계단을 저랑 같이 오르시면 좋겠습니다." 그제야 나는 의혹이 들었고, 벌린 입을 다물지 못했다. 너무도 어안이 벙벙해서 거의 말을 더듬기까지 했다. 나는 "모르겠어요, 다시 전화를 드려도 될까요?" 하고 말했다. 심장이 너무 세차게 고동 쳐서 혈관이 터질까봐 겁이 났다. 나는 즉각 리샤르에게 전화를 걸어 도무지 사실 같지 않은 이 전화에 대해 얘기했다. 그가 전화를 받자마자 나는 바보 같은 질문을 던졌다. "샤론 스톤이 칸 영화제 계단을 같이 오르자고 제안하면 당신은 받아들일 거야?"

–물론이지!

–알랭 들롱이 나한테 제안했어!

안타깝게도 한창 공연 연습중이어서 칸 영화제 참석은 불가능했다. 하지만 나는 그를 만나고 싶었다. 절대적으로. 그리고 동화가 시작되었다…. 우리는 만났을 뿐 아니라 서로 마음에 들었다. 우리는 플라토닉하게, 그러나 낭만적으로 서로를 사랑했다. 우리 사이엔 소중하고 둘도 없는 관계가 생겨났다. 나는 자주 그와 저녁식사를 했고, 자주 의견 교환을 했으며, 농담을 했고, 서로를 알아갔다. 그는 멋진 사람이었다. 그렇지만 그의 스타성이 나를 불편하게 만들 수도 있었다. 나는 그에게 말했다. "당신의 아이를 갖고 싶어 하는 여자들의 수를 생각하면! 대륙 하나를 채울 만큼 많을 거예요!" 이 말이 그를 미소 짓게 만들었다. 우리는 몇 시간이고 얘기를 나누었다. 나는 그라는 사람에 매료되었고, 그가 스타의 조건에 관해 많은 것을 내게 가르쳐줄 수 있으리라고 느꼈다. 고독, 거짓 친구들, 영광… 감추지 말자. 나는 그가 나를 유혹한다는 걸 확실히 알았고, 마음속으로 나 역시 그와의 정사를 원했다! 하지만 세상 그 무엇을 준다 해도 그의 다정한 애정을, 그의 우정을 잃고 싶지 않았다. 그의 보호 또한 잃고 싶지 않았다. 약간은. 우리는 서로에게 속내 이야기를 털어놓았고, 미소를 머금고 애정 어린 눈길로 서로를 바라보았다. 그는 내게 자기감정의 징표를 주었다. 독일 여가수 마를린 디트리히가 직접 헌사를 쓴 책이었다. 그녀는 그에게 이렇게 썼다. "내가 무척이나 사랑하는 알랭 들롱에게". 이 아름다운 고백 아래 알랭 들롱은 이렇게 썼다. "내가 사랑하는 파트리시아 카스에게."

소문은 우리를 연인이라 떠들어댔다. 이 소문은 신문을 통해 퍼졌다. 내 여자친구들은 대놓고 비웃었고, 질투심을 드러냈다. 여자들은 나를 부러워했다. 사람들은 내게 그에 대해 물었고, 무대에서 보이는 멋진 자신감을 잃고 삶에서는 조심스런 어린 여자가 되는 수줍은 내가 너무 놀라지는 않았는지 물었다. 물론, 들롱의 스케일이 나를 조금 주눅 들게 한 건 사실이다. 그와 나의 관계는 존경과 친밀감이 뒤섞인 관계였다. 이 관계가 나의 세 번째 앨범의 타이틀 곡 〈그대를 당신이라고 부를 게요〉를 낳았다.

우리는 나이와 경험의 격차를 뛰어넘어 친해졌다. 그는 내게 조언을 해주었고, 인기에 따르는 함정들을 조심하게 했다. 다른 사람들이 부주의로 반드시 떨어지는 함정들, 떨어지면 빠져 나오기가 불가능한 함정들이었다. 영광이 만들어내는 고립과 고독 같은 함정들. 유명세에 관한 그의 말은 나를 겁에 질리게 했다. 공허감을 알고, 사물들의 말 없는 순환을 알고, 더 이상 전화로 내게 말해주지 않는 엄마의 목소리를 아는 나는 유명세를 비싸게 치렀다는 생각이 들었다. 나는 내게 추위를, 부재를 예고한 그가 원망스러웠다. 그의 말이 옳다는 걸 직감하면서도 말이다. 유명해서 맺게 되는 거짓된 관계, 가까운 이들과의 멀어짐, 너무 얼굴이 알려져서 생길 수 있는 강박증. 팬들과 사진기자들이 내 삶에서 지나치게 큰 자리를 차지할 수 있다는 것. 몽테뉴 거리에서 사람들이 흔히 내게 모델처럼 인용하는 디트리히처럼. 아니면 수퍼스타라는 자신의 입지에 갇힌 들롱처럼. 그는 내게 묘사해준 증후군을 물론 스스로도 느끼고 있었다. 그가 나를 조금 사랑하면서 내게 자신을 투사한다는 게 느껴졌다. 우리의 관계가 플라토닉한 것일지라도 그는 내게 필요한 애정을 가져다주었다.

세 번째 앨범은 잘 되기도 하고 못 되기도 했다. 우리는 지휘에 따라 앨범을 영국의 트윈켄햄에서 사드의 프로듀서인 로빈 밀러와 함께 녹음했다. 마르크 라부안, 내게 〈그는 내가 예쁘다고 말해요Il me dit que je suis belle〉를 써준 그 유명한 샘 브레브스키 같은 새 작사-작곡가들도 가담했다. 이 앨범에는 내 레퍼토리에서 좋아하는 노래가 된 〈빛 속으로 들어가다Entrer dans la lumière〉도 들어 있다. 새 협력자들을 얻고, 〈빛 속으로 들어가다〉 같은 아름다운 노래를 갖게 된 기쁨은 프랑수아와 함께 나에 대한 독점권을 잃었다고 생각한 디디에 바르블리비앙 때문에 망가졌다. 까다로운 그는 다른 작사-작곡가들과 포스터를 공유해야 한다는 걸 견디지 못했다. 그래서 싫은 얼굴을 했고, 퉁명스럽고 불쾌한 표정을 드러냈다. 그는 틈만 나면 나를 깎아 내렸고, 공격적인 어조로 말했다. 그를 친절하고 존경스런 사람으로 여겼던 나는 예전의 그를 더는 느낄 수 없었다. 난 실망했고, 무엇보다 상처를 입었다. 그의 공격성은 내게 상처를 입혔고, 그의 멸시는 나를 도마 위에 올려놓았으며, 자신감을 완전히 잃게 만들었다. 그래서 나는 방어하지 않고 그가 하는 대로 내버려두었다. 그의 태도가 앨범의 준비작업을 망쳤다.

이 일로 나는 디디에 바르블리비앙과 사이가 틀어지게 되었다. 그에게서 멀어져 몇 년을 보내고 나서야 갈등을 삼켰고, 〈그대를 당신이라 부를 게요〉 작업 동안 입었던 상처를 잊거나 누그러뜨릴 수 있었다. 게다가 최근에 나는 그와 마주친 적이 있다. 그는 엘리제에서 나오던 길이었고, 나는 포부르-생-토노레 거리를 걷고 있었다. 그는 멈춰 서서 내게 인사를 건넸고, 우리는 얘기를 나누었다. 그는 호의적이었으며, 우연히 나와 마주친 것에 행복해 하는 듯 보였다. 우리는 다시 보자고 말했다. 이런 게 인생 아니던가.

나는 잊지는 않아도 원한을 품는 성격은 못 된다. 나는 시간과 세상만사와 존재의 취약성에 대해 일찍 깨달았기에 나를 아프게 한 사람들을 원망하느라 시간을 허비하고 싶지 않다. 디디에는 내 데뷔 시절을 함께 했고, 그건 소중한 일이다. 누군가 내게 이런 저런 방식으로 공격을 가하면 나는 명철함으로 이겨낸다. 언제나 그런 행동에 합리적인 설명을 찾으려고 애쓴다. 만약 찾지 못하면 나를 사로잡을지 모르는 분노를 적어도 잠시나마 제쳐두려고 애쓴다. 그리고 자존심 때문에 용서를 하고, 관대하려고, 스스로 높은 곳에 서려고, 선과 미 속에 자리하려고 애쓴다.

사무실 동료들과의 관계가 그렇듯이 음악계에서 맺는 관계들도 단선적일 수가 없다. 바르블리비앙과 우리는 첫 두 앨범을 위해 결합했고 공모했다. 그건 다른 작품이고, 다른 마음가짐이었다. 세 번째 앨범에서 우리 관계는 망가졌지만 그렇다고 〈그대를 당신이라 부를 게요〉의 품질이 달라진 건 아니다. 다만 앨범 작업을 좀 더 유쾌하게 할 수도 있었는데, 아쉬운 일이다.

이런 불협화음도 대중이 앨범을 위해 마련해둔 열광적인 수용을 가로막지는 못했다. 몇백만 장의 앨범이 더 판매되자 시릴은 흥분했다. 이 국제적 성공이 내게는 또 다른 음악적 승리, 내 나라에서 인정받는 것을 의미했다. 나는 리샤르와 시릴과 함께 외국에서 거둔 이 성공이 우리가 판단했던 투자 덕분이라는 걸 알았다. 나의 선택과, 우리의 출신지 덕이라는 것도 알았다. 국경에서 살다보면 나라라는 걸 의식하지 않게 된다. 어쩌면 독일 규율의 영향을 조금은 받았는지도 모른다. 그것이 우리를 일하게 하고, 최선을 다하고, 필요한 노력을 기울이도록 부추겼는지도 모른다. 어쨌든 프랑스 가요계에서 나는 예외적인 인물이 되었다.

매혹된 군중 II

사람은 자신이 선동한 것을 늘 제어하는 건 아니다. 특히 여자일 경우에는 더욱 그렇다. 고백하건대 나는 그렇게 옷을 입지 말았어야 했다. 하지만 진짜 세계, 현실 세계의 사람들에게 파급효과를 미치지 못할 유사세계인 무대 위에서 내가 모든 걸 허용하는 건 내 잘못이 아니다. 나는 조금 전에 살색 드레스를 입었다. 몸매가 드러나는 긴 니트 드레스였다. 이곳 하노이는 냉방장치가 되어있는 분장실 밖에는 습한 열기가 맹위를 떨쳤다. 분장을 마치고 밖으로 한 발짝을 내딛자마자 나는 땀범벅이 되었다. 단 몇 초만에 내 드레스가 완전히 젖어 버려 착시현상이 일어났다. 사람들은 내가 벌거벗었다고 생각했다. 그렇게 보였기 때문이다. 투명해진 내 살색 드레스는 더 이상 나를 가려주지 못했다. 나는 섹시함을 넘어서서 외설스런 차림이 되었다.

나는 순식간에 남자 관중을 들끓게 만들었다. 그들은 자제력을 잃고 무대가 설치된 발판을 향해 몰려들었다. 나는 아연실색해서 베트남인들이 떼를 지어 무질서하게 무대 앞으로 다가오는 걸 보았다. 관계자들의 좌석들이 넘어지고 가드레일이 쓰러졌고, 군중이 앞으로 쇄도했다. 나를 향해. 나는 공연을 계속했지만 수만 명 관객의 압박에 흔들거리는 발판의 금속성 소리를 듣고서 멈췄다.

그들은 내 몸을 보고 광적으로 변했다. 물론 나는 감동했지만 베트남에서는 이런 결과가 일어나기 십상이었다. 베트남은 오랜 통상금지 이후에 이제 겨우 외국인들에게 문호를 열었다. 이 나라는 수년의 억압을 겪고 이제 조금 숨을 쉬는 형편이었다. 회복기에 있는 대중이 자유의 공기에 다시 길이 들려면 시간이 필요했다. 내게는 기분 좋은 일이긴 했다. 다만 그들이 무대를 무너뜨리는 것만 피할 수 있다면 말이다. 난 겁이 났고 내 차림을 후회했다. 〈타임스〉에 대단히 기분 좋은 제목을 단, 나에 관한 기사가 실릴 때까지는 그랬다. "프랑스의 마돈나, 하노이를 뒤흔들다". 마돈나를 대단히 존경하는 나로선 이 칭찬이 아주 좋았다.

이제 막 나는 두 번째 순회공연을 시작했다. 아시아, 독일, 핀란드,

그리고 런던에서 150여개의 콘서트를 여는 《매혹의 순회》였다. 무엇보다 첫 대형 순회공연이었다. 미국에서 여는! 늘 그렇듯 나는 순회공연을 하는 것이 행복했지만 이번에는 아버지를 남겨두는 것이 마음에 걸렸다. 엄마의 죽음 이후로 아버지는 건강이 좋지 못했다. 아버지는 아무렇게나 살았고, 술을 너무 많이 마셨고, 웃지 않았다. 늙어가고 있었다. 아버지를 지구 반대편에 버려둔 느낌이 들었다. 나는 행성 다른 끝쪽, 아시아에, 세상의 동쪽에 있었다. 일본에.

우리가 있는 곳은 야외이고, 하늘은 포근하다. 작은 강의 맑은 물은 짙은 파랑이다. 나는 숨을 들이마신다. 부드러운 녹차 목욕처럼 몸의 긴장을 풀어주는 회색과 파란색의 멋진 기모노를 입고 있다. 강의 요란한 소리에 맞춰 새들이 지저귄다. 우리는 샤브샤브라고 부르는 맛있는 일본식 퐁뒤 요리를 맛보고 있다. 나는 시릴을 바라보고, 그는 나를 향해 미소 짓는다. 우리의 식탁은 외딴 작은 집 같다. 거기에 우리는 가부좌를 틀고 앉아 점심식사를 한다. 정말이지 나는 이 고요가, 이런 삶의 예술이, 일본이라는 이 섬이 마음에 든다. 나의 불안들이 가라앉고 기분이 좋다.

이렇게 기분이 좋을 때 나는 긴장이 풀린다. 특히 이곳처럼 음식이 맛나고 훌륭하고, 건강하고 섬세할 때 그렇다. 우리는 거듭 데판야키를 먹었다. 나는 우리 눈앞에서 뜨거운 철판 위에 음식을 익히는 이 일본 식당들에 거의 중독되었다. 두 번의 미식 기항 사이에는 노래를 했다.

일본 하늘의 청명함이 잠시나마 내 마음을 가라앉혔다. 정말이지 나는 아시아가 좋았다. 논과 절들, 강들을 발견했다. 베트남에서 나룻배를 타고 메콩 강을 항해하면서 나는 클로드 가시앙의 렌즈를 위해 포즈를 취했다. 마법 같은 순간이었다. 물을 체험하기 전에는 베트남 육군과 멋진 시간을 보냈다. 나는 사진작가를 위해 그들의 철모를 써 보기도 했다. 유난히 평화로운 강물에는 사람을 매료하는 무언가가 있었다. 서서히 퍼지는 비밀처럼. 우리는 조용히 항해했고, 나는 장소와 상황의 매력에 푹 빠졌다. 늘 거의 반쯤은 무의식 상태로 살던 내가 그 순간만큼은 몰입할 수 있었다. 나는 모터소리와 배에 부딪치는 물소리를 들으며 메콩 강을 물끄러미 응시했다. 그런데 갑자기 배가 멈춰 섰다. 모터가 고장난 것이다. 노를 저으면 될 텐데 노가 없었다. 우리는 강 한가운데 섰고, 공교롭게도 그 순간 거대한 배가 나타났다. 배가 우리를 못 보고 돌진할 수도 있었다. 우리는 그 길목에서 벗어날 시간이 없었다. 나는 거인의 움직임에 목숨이 달린 신세였다. 다행히 그 배는 속도를 늦추더니 멈춰 섰다.

아시아에서 나는 이런 신비스럽고 비밀스런 느낌을 자주 받았다. 캄보디아에서 대충 뚝딱거려 만든 경기장 무대에서 노래했을 때도 그랬다. 그곳이 고문의 장소였고, 야만행위가 자행된 장소였다는 걸 나는 알게 되었다. 크메르 루주가 그곳에서 폴 포트 체제에 반대하는 자들을 학살했던 것이다. 모르는 척해야 하는 건지 아니면 그곳에 가는 걸 거부해야 할지 의견이 나뉘었다. 그런 순간들에는 마음의 소리를 듣는다. 나는 언제나 상처를 치유하기 위해 노래하는 편을 선택할 것이다.

12 광적인 사랑

아직 두 번째 순회공연을 시작하지 않았을 때 나는 파리의 사보 거리에 있는 내 집에서 시릴과 전화통화를 하고 있었다. 벨소리가 나서 전화기를 내려놓았다. 바빠서 문구멍으로 내다보지 않고 문을 열었다. 중간키의 20대, 갈색 수염이 막 나고 있는 얼굴의 모르는 남자가 문지방에 바로 발을 들이밀어 문을 닫지 못하게 가로막았다. 그는 나를 안심시키려는지 대뜸 괴롭히려고 온 게 아니라고 말했다. 오히려 그 반대라고 했다. 그는 착한 사람이며 악한으로부터 나를 보호하고 싶다고 말했다. 나를 납치하려는 악당 패거리가 있기 때문이라는 것이었다. 그 남자가 내게 한 얘기 때문에 나는 환각이 일어나는 것 같았다. 그리고 한 마디도 믿기지 않았다. 나는 약간 신경질적으로 웃었고, 그에게 존칭을 쓰며 혹시라도 나를 가만히 내버려둘 수 없는지 정중하게 요구했다. 그리고 그가 하는 말의 증거를 요구했다. 그는 증거를 갖고 있었고 내게 보여주었다.

나는 그걸 보고 얼굴이 하얗게 질렸다. 거기엔 엄마의 무덤이, 아빠의 빨간색 차가, 언니의 아이들이, 최근 몇 주 동안 입었던 나의 모든 옷이 있었다. 나의 생활과 내 가족의 생활 전부가 사진 한 장 한 장을 넘길 때마다 펼쳐졌다. 그러니까 나는 가까이서 감시당하고 있었던 것이다. 나는 불시에 찾아온 그 사람을 연상했다. 내 얼굴에 나타난 공포를 읽고 그는 내게 결코 해치려는 게 아니라고 다시 말했다. 그저 내게 알려주고 싶었다는 것이다. 그러더니 나타난 것처럼 홀연히 사라졌다. 나는 문을 쾅 닫았다. 그리고 아연실색했다.

내가 내려놓은 전화기를 다시 들지 않자 걱정이 된 시릴은 내 집 아래 레스토랑에 전화해서 내가 괜찮은지 올라가 보라고 부탁했다. 그렇게 올라온 그들은 울고 있는 나를 발견했다. 나는 막 보고 들은 것 때문에 마음이 황폐해졌다. 낯선 이가 나를 속속들이 알고, 내 주소부터 내가 어머니의 무덤에 꽃을 어떻게 꽂는지도 알고 있었다. 그리고 그의 말대로라면 그의 친구들도 나를 해치고 싶어 했다. 그가 내게 들려준 이야기가 진짜인지 아닌지 몰라도 나는 누군가 나를 뒤쫓고 감시한다는 걸 알게 되었다.

이날 나는 평온을 잃었고 잠을 이룰 수 없었다.

시릴이 집으로 왔을 때 나는 모든 걸 그만두고 싶다고 말했다. 내 직업 활동, 내 콘서트, 예술가로서의 내 삶까지. 내 가족들을 위험에 빠뜨리는 건 생각조차 할 수 없는 일이었다. 영광을 위해 그들의 안전과 나의 안전을 희생해야 하는 건 있을 수 없는 일이었다. 내가 활동을 그만두면 그들도 그만두고 내게 관심을 갖지 않을 것이다.

그는 내 반응을 전적으로 이해하면서도 내가 이성적으로 생각하게 하려고 애썼다. 나는 겁이 났다. 이런 건 처음, 거의 처음이었다.

그 청년은 자주 내게 전화를 걸었다. 너무 자주. 그의 전화 소리는 내 머리 위에 떠 있는 협박을 환기하는 예방주사처럼 울렸다. 나의 스토커는 언제나 똑같은 소리를 했다. 내 적들이 여전히 나를 해치려고 음모를 꾸미고 있다는 것이다. 그가 찾아온 뒤로 나는 지독한 불안감에 시달렸다.

어느 날 밤, 꽤 깊이 잠들었을 때 창문 깨지는 소리가 갑자기 나를 깨웠다. 내가 꿈을 꾼 건지 아니면 진짜 일어난 건지 알 수가 없었다. 나는 숨을 헐떡이며 일어나서 발끝으로 걸어가 내 가방 속에서 호신용 스프레이를 꺼냈다. 아주 조심스레 부엌으로 갔다. 그곳에서 소리가 나는 것 같았던 것이다. 나는 꼼짝하지 않았다. 가로등에 비친 창틀 위로 방독면을 쓴 시커먼 실루엣이 살그머니 움직이는 게 보였다.

상황이 위험하지만 않았더라면 난 웃었을 것이다. 따라서 내 스프레이는 무용해 보였다. 방독면을 쓴 방문객 앞에서 잠옷 차림으로 쓸모없는 무기를 든 나는 우스꽝스러울 정도로 취약했다. 나는 숨을 죽였다. 잠이 완전히 깨지는 않았지만 내 뇌는 가능성들을 명료하게 제시해 주었다. 나는 불을 켜기로 결심했다. 그는 들어오든지-그러려고 창문을 깬 것이니까-아니면 나갈 것이다. 나를 만나게 되리라고 생각지 않았을 테니까. 몇 초 망설이다가 그는 두 번째 선택을 했다. 그의 그림자가 어둠 속으로 사라졌다. 나는 맨발로, 혈관 속에 불안이 가득 채워진 조각상처럼 굳어 있었다. 다시 정신을 차리고 경찰을 불렀다. 경찰은 발코니와 창틀, 배수관 등을 세심히 살피더니 장갑과 방독면을 찾아냈다. 그러자 난 정말이지 겁이 났다.

나는 이 일을 알랭 들롱에게 말했다. 그는 보호하는 아버지처럼 반응했다. 물리적 공격에 대비해 나를 지켜줄 수 있을 사람을 내게 붙여주었다. 이후로 나는 항상 경호원을 대동하고 다녔다. 내 아파트가 작아서 오랫동안 경호원을 데리고 있지는 못했다. 그렇지만 이제는 나를 걱정하는 사람이 많아졌다.

모든 게 너무 복잡해졌다. 매번 이동할 때마다 준비과정이 길어졌고, 나는 24시간 경호를 받았으며, 나의 모든 콘서트들이 입구에서 검색을 하느라 늦게 시작되었다. 내 거실에서 잠을 자는 경호원이 생겼고, 일시적으로 경찰들도 떼지어 와있었고, 매복해서 지키는 이 모든 군대가 주는 스트레스를 나는 감내해야 했다. 게다가 나는 이런 방식의 삶을, '검은 선글라스를 쓴 경호원들이 지키는 미국 스타'의 삶을 싫어했다. 이건 데뷔 때의 러시아를, 그 부정적인 측면을, 그림자처럼 시커먼 옷을, 무거운 분위기를 떠올렸다. 어떤 콘서트 장에서는 나를 공중으로 이동하게 했다. 카르카손에서 나는 헬리콥터를 타고 도착했다! 우스꽝스럽고 거북스런 일이어서 나는 잘 견디지 못했다. 하지만 진짜 최악은 상황의 물질적 제약이 아니라 그 남자가 나를 빠뜨린 공포와 의심, 강박증의 분위기였다. 그래서 나는 그가 싫었다. 그는 팬에 대한 내 시각을 바꿔놓았다. 나는 이제 모든 사랑 고백을 의심했고, 약간 격앙된 모든 우정의 행위를, 약간 지나치게 계속되는 출석을 의심했다. 나는 모든 걸 의심했고, 그건 끔찍한 일이었다. 예전에는 알아차리지도 못했던 것조차 이제는 두려웠다.

어느 날, 나는 팬으로부터 우편물 하나를 받았다. 그걸 열자 이런 말이 있었다. "경고합니다만 내 남자가 당신을 사랑합니다. 그가 당신에게 사인을 청했는데 당신은 응하지 않았어요. 경고합니다. 그는 위험한 인물이 되었어요. 술을 마시고 무기를 가졌어요. 조심하세요." 나는 경찰에 알렸고, 경찰은 이 사건을 매우 심각하게 받아들이고 내 콘서트마다 나를 보호하기로 결정했다.

브장송에서 난 무대 위에서 〈그는 내가 예쁘다고 말해요〉를 부르기 시작했다. 웬 남자가 손에 장미꽃을 들고 일어서는 게 보였다. 그가 무대를 향해 천천히, 그러나 단호히 다가오는 것 같았다. 관중 속에서 팬들이 꽃다발을 주려고 내게 다가오는 건 얼마나 자주 일어나는 일인가? 여자들과 남자들, 이성애자들과 게이들이 모두 내 팬을 대표했다. 그들이 수줍음을 이기고 선물을 주려고 내게 다가오려는 걸 보고 난 얼마나 여러 차례 감동했던가? 이번에는 공포영화 속의 여주인공이 된 느낌이 들어 거의 몸을 떨었다. 나는 뮤지션들과 테크니션들을 향해 겁에 질린 눈길을 던졌고, 뭔가 비정상적인 일이 일어나고 있다는 걸 알리려고 애썼다. 남자가 무대에서 10미터 떨어진 거리에 이르기 전에 안전요원이 그를 붙잡아 땅바닥에 엎드리게 하더니 약간 거칠게 옆쪽으로 데려갔다. 나는 안심을 하고 무사히 콘서트를 마쳤다. 그리고 수상한 자의 신분에 대해 물었다. 전날 받은 편지에서 언급한 정신적 균형을 잃은 사람이었을까. 나는 그 수상쩍은 사람이 전혀 수상한 인물이 아니었다는 사실을 알게 되었다. 그의 의도는 선하고 순수했다. 나를 만나러 가는 것을 행복해 하던 가련한 팬이었을 뿐이다!

또 한 번은 라 로셸에서 공연을 끝낼 무렵 한 남자가 플라스틱 봉지를 흔들며 나를 향해 달려왔다. 그가 내게 그걸 주기 전에, 내 곁을 떠나지 않던 시릴이 그를 막아서 봉지 속 내용물을 확인했다. 그 안에는 더러운 티셔츠가 하나 들어 있었다. 그가 입었던 티셔츠를 내게 주려 했던 것이다. 그 사람도 나를 해치려던 건 아니었다. 그저 자신의 체취를 내게 조금 나눠주려고 했던 것뿐이다. 두려움은 종종 이상한 행동을 하게 만들고, 별것 아닌 행동도 적대적으로 보이게 한다.

오늘은 전화 내용이 달라졌다. '나의 미치광이'(나는 그를 이런 별명으로 불렀다)가 내게 전화를 걸어 약속을 전했다. 이번에는 납치하려고 나를 좇는 무장 갱 얘기가 아니었다. 약속 이유에 대해 묻자 그는 밝히지 않았다. 대신 나머지는 자세히 얘기했다. 그는 내게 정해진 날 정해진 시각에 흰 옷을 입고 생-제르맹-데-프레 성당으로 오라고 명령했다. 의문을 제기하지 말고 그가 시키는 대로 해야 한다는 것이었다.

전화를 끊고 나는 바로 나를 보호하는 임무를 맡은 팀에 알렸다. 위험 부담에도 불구하고 이번에는 내가 직접 나섰다. 그를 체포하고 일을 해결할 절호의 기회였다. 나는 더 이상은 견딜 수 없었다. 이 광기가 멈추길 원했다. 그 청년이 나를 해치는 걸 막을 유일한 방법은 그에게 수갑을 채우는 것뿐이었다.

나는 그가 요구한 대로 옷을 입었다. 흰색으로. 그리고 예쁘게 치장했다. 어떤 일이 일어날지 알 수 없었기 때문이다. 거울을 들여다보면서 나는 웃었다. 어처구니없는 일이었다. 처음부터 이 모든 이야기엔 의미가 없었다. 사실, 공포영화처럼 나는 나와 약속한 사람을 함정에 빠뜨릴 준비를 했다. 시릴과 리샤르도 와서 내가 운명적인 만남을 준비하는 동안 옆 거실에서 얘기를 나눴다. 사복 경찰들이 건물 앞쪽과 건물 안 5층까지 배치되었다. 건물은 철저하게 안전한 상태였고, 내 문이 열렸다. 내가 막 나가려는 찰나 현관 내 앞에 미치광이가 있었다! 그는 내 아파트로 들어왔다. 나는 아연실색했다. 주변에 이 많은 경찰들이 있는데 어떻게 그가 거기까지 왔는지 이해되지 않았다. 모두가 그를 형사로 여긴 게 아니라면… 그 역시 사복 차림이었다…. 나는 몸이 굳었지만 내가 혼자가 아니라고, 두 친구들이 옆에 있다고 생각하며 나를 안심시켰다. 나한테는 아무 일도 일어나지 않을 것이다. 그들이 그의 얼굴을 알지 못하며, 그를 한 번도 본 적이 없어서 상황을 깨닫지 못할 위험이 있다는 생각이 섬광처럼 떠올랐다. 그래서 나는 아주 목소리를 높여 말했다. "아니, 당신 여기서 뭐하는 거예요? 우리가 생-제르맹-데-프레 성당에서 약속이 있는 걸로 알았는데요?"

나의 약속 상대는 불만스러워 보였다. 그는 종이라도 꺼내려는 듯 상의로 손을 가져가는 동작을 했다. 그가 무기를 가졌는지도 모른다는 뜻이었다. 리샤르와 시릴이 다가오는 걸 보고서 그가 외쳤다. "거기 두 사람, 밖으로 나가요!" 그들이 밖으로 나가서는 절대 안 될 일이었다. 그건 절대적으로 막아야만 했다. 나는 아드레날린이 촉진하는 현기증나는 속도로 생각을 했고, 심리적이고 외교적인 길을 시도했다. 나는 그가 나를 사랑한다는 걸 알았다. 나를 광적으로 사랑한다는 걸. 그는 틀림없이 나와 함께 내밀하고 다정한 순간을 가지고 싶어할 것이다.

나는 말했다. "아뇨, 아뇨. 그 두 사람은 밖으로 안 내보내도 돼요. 그 사람들은 내 친구들이고, 우리 둘이 하려는 얘기와는 아무 상관이 없어요. 어쨌든 그들은 저기 뒤쪽 사무실로 갈 겁니다. 우린 여기 얌전히 앉아요. 얘기나 합시다. 당신이 하고 싶은 말을 하세요. 무슨 일인지, 됐죠?" 그는 고분고분 고개를 끄덕였다. 나와 단 둘이 있는 것에 동의한 것이다. 그는 오직 그것만 꿈꿨다. 나는 다시 희망이 생겼다. 상황을 조금 더 제어할 수 있었다. 시릴과 리샤르는 뒤로 가서 문을 닫았다. 나는 그 미치광이에게 나와 같이 거실에 앉자고 초대했다. 그리고 이야기를 하려고 시도했다. 나는 그에게 질문을 던졌다. "왜 이런 식으로 내 집에 불쑥 찾아오는 거죠?" 그의 대답은 횡설수설이었고, 나는 그의 말을 거의 듣지 않았다. 사무실 전화를 사용할 게 분명한 친구들을 생각했다. 거실 전화기에서 소리가 나면 일을 그르칠 거라고 생각했다. 그래서 그가 그 소리를 듣지 못하도록 최선을 다했다. 우리 대화에 집중했다. 그리고 전화소리를 덮으려고 크게, 아주 크게 말했다. 나는 쉬지 않고 계속 말했다. 아무 얘기나 했다. 끊이지 않는 수다를 10여 분 늘어놓고 나자 문에서 노크 소리가 들렸다.

그는 거친 반응을 보였고, 협박의 몸짓을 하며 손을 상의께로 가져갔다. 나는 재빨리 반응하며 이렇게 말했다. "친구들, 문 좀 열어줄래요? 조금 전에 아래층 레스토랑에 주문한 커피예요." 내 임기응변이 너무도 즉각적이어서 그는 내 말을 믿었다. 나의 두 공모자들이 사무실에서 나와 문을 열었다. 나는 그들이 지나갈 때 쳐다보지 않으려고 애썼다. 우리 면담에 몰입한 것처럼 굴었다. 어쨌든 커피가 온 것뿐이니까 말을 끊을 이유가 없었다. 나는 자연스런 태도를 유지했다. 시릴과 리샤르가 경찰에 연락했고, 문 뒤에 경찰이 와 있으리라고 짐작했다. 시릴이 문을 반쯤 열자마자 들이닥친 경찰들 때문에 문이 날아갔다. 나의 미치광이는 바닥에 몸을 던졌고, 경찰들이 그를 제어하려고 애썼다. 그는 머리를 바닥에 박으며 나를 향해 외쳤다. "당신을 믿었는데! 당신을 믿었는데!" 그러곤 상의에서 무전기를 꺼내 재빨리 말했다. "도망쳐. 난 붙잡혔어. 어서…."

그것이 그의 무기였다. 권총도 칼도 아니고 무전기였다.

원망 어린 그의 외침과 잠재적 공범에게 던진 경고가 내 머리에서 떠나지 않았다. 경찰관들이 광인에게 수갑을 채워 아파트를 떠난 이후에도 나는 평화를 찾지 못했다. 죄책감이 들지는 않았지만 그의 비난을 메아리처럼 들으면서 괴로웠다. 게다가 무엇보다 그는 혼자가 아니었다. 무전기로 누구에게 말을 했을까? 다른 남자가 그와 함께 했다면 그 사람도 나와 내 생활, 내 가족들에 관해 똑같은 초정밀 정보들을 갖고 있다는 얘기였다. 나는 언니에게 전화를 걸어야 했다. 언니가 잠시 아파트를 비우길 바랐다. 그가 언니의 주소를 가지고 있을 테니 그러는 편이 신중했다. 위험이 아직 남아 있는지 확인할 동안만이라도.

나는 여전히 쇼크 상태였다. 그 순간에는 이 상황에서 벗어나기 위해 필요한 수단을 찾았다. 그러고 나자 긴장이 풀렸다. 완전히는 아니었다. 안도감에는, 두려움의 끝에는 이르지 못했다. 나는 몸이 떨렸고, 몇 달째 계속되는 막연한 협박을 대면하고 있었다. 견디기 힘들었다. 너무 오래 지속되었다. 내가 자동차 사고를 당했을 때 오빠들이 엄마를 보호하려 했던 것처럼, 나도 이 모든 걸 가족에게 말하지 않았다. 무엇보다 그들을 놀라게 하고 싶지 않았던 것이다.

나의 미치광이는 감옥에 갇혔다. 그러나 그곳에 오래 머물지는 않을 것이다. 그가 내게 상해를 입힌 건 아니었기에 법정은 그를 오래 가둬둘 아무런 이유가 없었다. 그가 정신이상자이고, 나를 협박했다는 사실만으로는 충분치 않았다. 단죄는 증거와 불법침입, 흘린 피, 타격과 상처를 근거로 내려진다. 그가 책임져야 할 내적 피해를 가지고 그를 판단할 수는 없다. 1년 넘도록 그가 내 삶을 병들게 하고 있다. 그가 나를 두려움에 빠뜨렸고, 그 때문에 나는 조금도 쉴 수가 없다. 하지만 법적인 관점으로는 그는 내게 아무것도 하지 않았거나 아주 별것 아닌 일을 했을 뿐이다. 그래서 체포된 지 몇 달 뒤 그는 감옥에서 나왔다. 시릴과 리샤르가 스트라스부르그에서 초상이라도 당한 얼굴로 그 사실을 내게 알렸을 때 나는 완전히 무너졌다. 아직 평온을 되찾지도 못했는데 지옥이 다시 시작되는 듯했다. 나는 그걸 느꼈다. 미치광이는 포기할 사람이 아니었다. 자신의 사랑이 상처 입을수록 그는 광적으로 사랑할 것이다. 난 안다. 그는 해치는 걸 끝내지 않았다. 그는 배가된 열정으로 더 고약한 짓을 할 것이다.

몇 달 뒤 나는 시릴의 걱정스런 전화를 받았다. 거의 영국사람처럼 언제나 침착하고 차분한 그가 공포가 실린 목소리로 다급히 말했다. 나는 미치광이가 또 일을 벌였다는 걸 즉각 깨달았다. 시릴은 그가 자기 조수를 납치했다고 내게 알렸다. 그가 사무실에 들이닥쳤고, 청년을 협박하며 결박했고, 우리에게 전화를 걸어 알리라고 명령했다는 것이다. 요컨대 그는 자기 논리를 따랐다. 그의 추론으로는 주거침입 후 감금, 협박, 스토킹은 그다지 심각한 것이 아니었다.

이번에 그는 나에 관한 정보를 얻으려고 온 것이다. 그는 회사 서랍 속에는 자신에게 없는 자세한 사실들과 이미지들, 또는 내 사생활에 관한 다른 무엇이 있을 거라고 생각한 것이다. 그래서 그는 모든 걸 훔쳤고, 머릿속에는 공갈 협박을 할 계획이 잔뜩 들어찼다. 그는 인질을 풀어주고 달아났다. 신고 받은 경찰이 그의 뒤를 좇았다. 끝이 불확실한 추격이 시작되었다. 결국 나는 너무도 오래 전부터 내 삶을 방해하는 이 문제를 해결할 희망을 잃었다. 등에 누군가를 달고 계속 살아갈 생각에 익숙해지려고 애썼다. 그의 호흡을, 내 목덜미에서 그의 숨결을, 비극적으로 나를 사랑하는 그 미치광이의 숨결을 느껴야 한다는 것은 생각만 해도 끔찍했다. 하지만 그와 내가 막다른 골목에 이르렀다는 사실을 확인할 수밖에 없었다. 나는 그에게 아무것도 줄 수 없었고, 무엇보다 그에게 아무것도 주고 싶지 않았다. 그리고 그는 빌어먹을! 날 좀 가만히 내버려뒀으면!

이제 적극적으로 수배중인 나의 광인은 사방에 사진이 내걸렸다.

우체국의 한 여직원이 그를 알아보고 즉각 경찰에 연락했다. 경찰은 그가 어디서 일하는지 알았고, 그가 어디 사는지도 알게 되었다. 그들은 그의 은신처 주소를 알아냈다. 그들이 은신처에서 발견한 것은 나를 얼어붙게 만들었다. 방의 사방 벽에 수백 장의 내 사진이 걸려 있었다. 나는 사진이 사방에 걸린 채 도처에 존재했다. 그는 내 사진을 모조리 수집해 갖고 있었다.

경찰은 그의 강박증 외에 다른 이유로도 그를 좇았다. 그는 사취와 횡령의 혐의를 받고 있었다. 그래서 잠수했던 것이다. 완전히. 사람들에게 들은 얘기에 따르면 그는 검문에 잘못 반응했다가 그 자리에서 사살되었다고 한다.

이제 위협에서 해방되었으니 날더러 안심해도 될 거라고 사람들은 말했다. 불가능한 일이었다. 나는 사람의 죽음에 기뻐할 수가 없었다. 그의 죽음일지라도. 그 청년은 환자였고, 자기처럼 병든 사랑으로 나를 사랑했다. 그것은 치료받아야 할 이유는 될지언정 죽을 이유는 되지 못했다. 그리고, 많은 희생자들이 그들의 가해자들과 유대관계를 맺듯이 나 역시 그에게 애착 비슷한 무언가를 느꼈다. 그의 삶은 침울한 것이었고, 그의 죽음 또한 그랬다. 나는 조금은 죄책감이 들었다.

흥분하는 관중, 환상과 현실을 혼동하는 팬들, 친절한 건지 아니면 지나치게 친절한 건지 규정하기 망설여지는 태도들, 위협은 결코 멀리 있지 않았고, 팬과 광팬 사이의 경계는 언제나 모호했다. 팬의 키스 뒤로 때로는 이빨이 드러난다. 그들은 날더러 예쁘다고 하고, 내 노래들을 사랑하고, 나의 모든 콘서트에 온다. 때로는 용기 내어 공연이 끝나면 내게 꽃다발을, 선물을, 편지를 건넨다. 영감 넘치는 이들은 내게 마음으로 쓴 편지를 보내고, 무모한 이들은 내게 고백을 한다. 나는 내 인생을 좇는 데 자기 삶을 바친 사람들을 만났다. 한 여성은 심지어 자기 트럭 내부에다 내가 마셨던 생수병들 같은 물건들로 파트리시아 카스라는 박물관까지 만들었다. 그녀는 내 무대의상 중 하나에서 떨어진 반짝이들을 부적처럼 수거해 두었다. 당혹스럽고 놀랍고 오싹한 일이었다. 경계를 어떻게 식별해야 할까? 이 비이성적인 사랑을 이해할 수는 있지만 그것에 겁먹지 않기도 힘들다.

팬은 넘어서지 말아야 할 경계를 안다. 광인은 그 경계를 알지 못한다. 지표를 잃고 현실을 자기 식으로 해석하기 때문이다. 그러고 보면 약간은 예술가와 마찬가지다! 광적인 팬은 위험하다. 자기 강박증의 대상에게도 그렇고 그 자신에게도 그렇다. 경탄이 극단으로 치달으면 내게는 수상쩍어 보인다. 내 팬들 무리 속에 남자들이 너무 자주 모습을 드러내면 종종 나는 그들에게 이렇게 설명했다. "저를 정말로 사랑하신다면 절 가만히 내버려둬 주세요." 또한 나는 좀 더 직설적으로 표현하는 법도 터득했다! 팬들에게 그들이 요구하는 것을, 심지어 그들이 간청하는 것을 해주지 않기가 쉽지만은 않다.

콘서트가 끝난 저녁에 나를 보려고, 내게 말도 걸고 사인을 받고 사진도 같이 찍으려고 팬들이 기다리면 나는 행복하다. 하지만 항상 몸 상태가 좋은 건 아니다. 그들이 내게 미소와 감사와 우정과 포옹을 기대한다는 건 이해한다. 내가 남자친구와 말다툼을 해서 또는 기진맥진해서 그날 저녁 기분이 안 좋다는 걸 그들은 이해하지 못한다. 사진을 찍기 위해 미소 지을 기분이 전혀 아니라거나 그들과 무관한 개인적인 걱정거리가 있다는 걸 이해하지 못한다. 그래서 나는 억지로 손을, 얼굴을, 미소를 내민다. 그들을 사랑하기 때문에 내가 자제한다. 그들이 파트리시아보다 우선이다. 나는 최선을 다한다.

내 팬들이 늘 그렇게 극단적인 건 아니다. 친구가 되기도 한다. 나는 코핀-이렇게 부르기로 하자-을 다른 여자들과 함께 자주 보았고, 그들은 내 콘서트마다 왔다. 자주 보다 보니 그녀가 눈에 띄었다. 어느 날 저녁 나는 그녀에게 '패스'를 내주었다. 그녀와 그녀의 친구들이 무대 뒤로 와서 나를 볼 수 있도록. 우리는 얘기를 나누었고, 콘서트가 끝난 뒤에 그들을 다시 만났다. 이런 식으로 계속되어 우리는 정말 잘 통하는 사이가 되었다. 이제 코핀은 나의 소중한 친구다. 그녀는 나처럼 머리를 손질할 필요도, 나처럼 옷을 입을 필요도, 나와 같은 향수를 사용할 필요도 없다. 그녀는 다른 여자다. 코핀은 나에 대한 관심 말고는 정상적인 삶을 살고 있다. 나는 그녀의 마약이 아니라 기분전환거리다.

나의 미치광이는 이제 없지만 그의 광기와 죽음의 결과는 여전히 남아 있었다. 이 비극이 있고 며칠 뒤 그의 엄마가 내게 전화를 걸어왔다. 사태를 이해해 보려는 것이었다. 어머니의 눈물이 내 마음을 찢어 놓았다. 그녀는 자기 아들이 나를 사랑했고, 상냥한 아이였으며, 내게 해를 입히려 했던 것이 아니며, 죽지 말았어야 했다는 말을 거듭 했다. 나는 감정이 복받쳤고, 마음이 불편했다. 죄책감을 느끼는 건 아니지만 그 어머니에게 아들을 돌려주고 싶었다. 영화를 다시 만들고, 시퀀스를 다시 쓰고 싶었다. 수화기에 대고 울던 이 여성은 끔찍한 불행의 책임을 내게 전가했다. 나는 그녀에게 무슨 말을 해야 할지 몰랐고, 할 말이 아무것도 없었다. 희생자는 나였다. 애석하지만.

두려움이 나를 떠나지 않았다. 나는 밤에 조그만 소리에도 잠을 깼다. 신경이 생생하게 살아서 망을 보느라 잠드는 데 몇 시간이나 걸렸다. 방에 등이 켜져 있지 않으면 눈을 감지 못했다. 조그만 삐거덕 소리에도 화들짝 놀랐고, 문을 제대로 잠갔는지 확인하려고 여러 번 일어났다. 나는 사람들이 나를 쳐다보는 것이 무서웠고, 눈길이 집요해지면 바로 불안해졌다.

스토킹에 시달린 2년이 내게는 약간 정신적 외상이 되었다. 나는 여전히 공포 속에서 살았다. 걸핏하면 군중 속에서 나의 광인을 보게 된다. 혼자서 자는 데 큰 어려움을 겪고, 잠시라도 눈을 붙이려면 보호받고 있다고 느껴야 했다. 나는 이성적으로 생각하려고, 더 이상 겁낼 게 없다고 생각하려고 애쓰지만 안전하지 않다고 느껴지는 걸 막을 길이 없었다.

다시 내가 최악의 상황을 상상하지 않고 집에서 외출할 수 있게 되기까지는 몇 달이 필요했다. 하지만 집에 혼자 있는 건 여전히 두려웠다. 아주 오랜 시간이 흐르고 나서야 나는 이 일화를 극복했고, 거기서 심지어 얻은 것도 있었다. 최악의 상황을 경험했으므로-이런 일이 다시 일어난다는 건 있을 수 없으므로-내가 어느 정도 극단적인 상황에서 뇌관을 제거할 줄 안다는 느낌이 들었다. 실제로 광인 일로 나는 강인해졌다. 이제는 지나치게 끈질긴 팬들의 공격에 견뎌낼 수 있게 되었다. 면역이 생긴 것이다. 내게 더 이상은 어떤 일도 일어날 수 없다. 최악의 경우가 이미 일어났으므로. 그러길 나는 바란다.

그렇지만 내가 폭력에 맞닥뜨린 것이 처음은 아니었다. 아주 어려서, 청소년 시절에 나는 남성적 폭력의 쓴맛을 보았고, 여자로서 내가 어떤 위험에 놓였는지를 꽤 일찍 깨달았다. 첫 남자와 첫 폭력은 오랫동안 비밀로 남았다. 나는 그와 연애를 시작했고, 그는 나보다 나이가 많았다. 이 점이 그를 지배적인 입장에 놓이게 했다. 그는 나를 자기 취향이라고 생각했고, 매혹적인 미소와 세심한 관심으로 나를 유혹했다. 그러다 시간이 흐르면서 그가 원하는 걸 내가 하지 않자 그는 난폭해졌고 고약해졌다. 나를 소유하지 못하면 화를 냈다. 어느 날 친구들과 디스코텍에 갔을 때 일이 꼬였다. 그 저녁모임에 초대받지 못한 것에 화가 나서인지 그는 멀리서 내 뒤를 미행했다. 그곳에 도착한 그는 내게 자기를 따라 주차장으로 나오라고 요구했다. 나는 시끄러운 일을 만들고 싶지 않아서 받아들였다. 그곳은 추웠고, 나는 추위에 떨었다. 그는 가죽점퍼를 벗어 내 어깨에 얹어주더니 그 자리에서 사람들의 눈길을 피해 내 따귀를 때리고 마구 두들겨 팼다. 남자에게 이런 일을 당하니 고통보다는 수치심이 컸다. 얼굴에 자국이 남고, 머리가 무겁고, 몸이 아파도 나는 스스로를 희생자로 여기지 않았다. 그가 아무것도 아닌 일로, 어쩌면 화풀이로, 어쩌면 광기로, 비열함으로, 어리석음으로 주차장에서 나를 때렸어도 그랬다.

고소하려는 생각조차 들지 않았다. 첫째로, 그 누구도 날더러 그런 사람과 사귀도록 강요하지 않았기 때문이다. 둘째로, 난 경계도 하지 않고 주차장으로 그를 따라갔다. 이 모든 상황 속에 나 스스로 들어섰던 것이다. 내게 닥친 일이 내가 마땅히 겪어야 할 일도 아니었고 나를 원망할 일도 아니었지만 내겐 투덜댈 용기가 없었다. 왜냐하면 내가 벌 받은 것이었기 때문이다. 엄마에게 거짓말을 한 벌이었다. 난 이 남자와 만난다는 걸 엄마에게 얘기하지 않았다. 엄마는 그를 알았고, 그를 좋아하지 않았다. 무엇보다 엄마는 자기 딸이 나이 많은 남자와 사귀는 것도 견디지 못했을 텐데, 더구나 따귀까지 맞은 건 더더욱 견디지 못했을 것이다! 그래서 나는 이 모든 걸 내 안에 깊이 묻어 버렸다. 한 마디 말도 하지 않고.

사실 나의 광인은 청소년기부터 내 안에 잠들어 있던 두려움을 깨운 것뿐이었다. 육체적 공격에 대한 두려움이었다. 그것은 무시무시한 원초적 긴장을 되살려 놓았고, 그것에서 나는 벗어나지 못했다. 나는 힘에 억압당하고 속박당하는 희생자가 되는 걸 견디지 못한다.

2008년 우크라이나에서 여성 예술가 스베틀라나 로보다가 여성에게 가해지는 폭력에 대한 예방 캠페인에 자기를 지지해달라고 내게 부탁했을 때가 기억난다. 나는 그녀 편에 가담했다. 포스터에 실린 부어오른 우리 얼굴들은 꽤 강렬한 인상을 남겼다.

가련한 나 13

나는 문을 다시 닫았다. 눈에서는 별이 빛났고, 촛불이 일렁였고, 심장이 온통 전율했다. 그가 방금 내게 키스했고, 이 길고, 호소력 짙고, 열정적이고, 사랑 가득한 키스는 발끝부터 머리끝까지 내 온 몸을 휩쓸었다. 감미로운 포근함에 감싸여 나는 꿈꾸기 시작했다. 내가 사랑하는 그는 아주 멋졌다. 너무 멋져서 내가 그의 마음에 들 수 있으리라고는 감히 생각조차 못했다. 나는 내가 예쁘다고 생각하지 않았다. 그는… 바삭거릴 정도로 매혹적이었다.

그를 만난 건 순회공연에서였다. 그는 작곡가이자 가수였다. 이웃나라에서 조금 명성을 얻은 그는 다른 곳으로 진출하려고 애쓰고 있었다. 물론 내 앞에 선 가수가 예쁜 남자라는 건 알았지만 일할 때 나는 일과 관계되지 않은 모든 것에 귀를 닫고 입을 닫는다. 그리고 콘서트 현장의 분위기는 로맨틱 코미디보다는 군대 막사 같은 분위기에 더 가깝다. 내 주변에는 온통 남자들뿐이다. 그들은 내가 길들어 있다는 걸 알아서 외설스런 농담을, 여성혐오성 발언을, 자신들의 연애 얘기를 꺼내는 것도 서슴지 않는다. 그런 얘기는 날 웃게 한다. 그리고 아마 남자라는 족속에 대한 통찰력과 어떤 냉소적 태도를 내게 안겨주었을 것이다. 그런데 그런 온갖 소리를 듣고도 내가 아직 감상적일 수 있다니… 아니, 그럴 수 있기를 바란다….

하지만 나는 사랑에 능숙하지 못했다. 어쩌면 약간 주눅이 든 건지도 모르겠다. 나는 부모님이 키스를 하고 달콤한 말을 주고받는 걸 본 적이 없다. 나의 어머니는 이런 문제에서는 수줍어하는 편이었다…. 우리 집에서는 "사랑해"라는 말을 하지 않았다. 그래서 나도 그 말을 잘 못하고, 누가 그 말을 내게 하면 거북해하며, 솔직히 말해 그 말을 자주 하지 않는다. 마치 그 말이 모든 것을 뜻하거나, 아무것도 뜻하지 않는 것처럼. 그 말은 나를 얼어붙게 만든다. 사람들은 별 의식없이 조금만 감동해도 그 말을 내뱉는다. 나는 "사랑해"가 내포하는 것이 겁난다. 남자들은 나를 질책한다. 내가 너무 침묵을 지키고, 나를 드러내지 않고, 속마음을 털어놓지 않는다고 비난한다. 나는 나를 내놓지 않음으로써 나를 내놓는다. 언제나 다시 나를 다시 거둬들일 준비를 하고서.

오늘 아침, 내가 사랑하는 이가 묘한 눈길로 나를 바라보았다. 나를 감싸안은 그의 두 팔, 그리고 부드러운 그 입술. 나는 꿈꾸고 싶었고, 이 새벽을, 그의 눈길에 담긴 그것을, 내 마음에 쏙 드는 그것을 믿고 싶었다. 어제 저녁, 우리는 서로에게서 눈을 떼지 못했다. 어제는 파티였다. 파리의 제니트에서 콘서트를 연이어 마친 뒤에 연 파티였고, 그를 초대했다. 나는 언제나 그렇게 했다. 우리의 모든 노력을, 우리의 피로를, 세계를 유람하는 우리의 기쁨을 마감하기 위해 성대한 연회를 열었다. 우리는 마시고 춤추고 대개 한껏 즐겼다. 어제의 파티는 특히 성공적이었다. 오늘 아침 조금 전 7시경에 내 집에서 끝이 났다. 열 명 가량이 밤을 연장하고 싶어 했다. 우리는 따뜻한 초콜릿 빵과 크루아상을 사서 이곳에 왔고, 그렇게 아침식사를 함께하며 파티를 이어갔다. 내밀하고 소중한 순간이었다. 나는 그의 말에 감동받았다. 그와 같은 남자의 눈 속에서 자신을 예쁜 사람으로 본다는 건 기분 좋은 일이었다. 겁먹었던 사건 때문에 나는 아직 허약한 상태였다.

그가 내게 키스를 했다. 내가 사랑하고 싶었던 그가. 그러자 최근 몇 년의 중압감이 모두 날아갔다. 마법 같은 순간이었다. 이 순간이 오래 지속되지 않으리라고 나는 애써 생각했다. 짧고 달콤한 순간. 미래 없는 한 번의 키스, 하나의 추억이리라고. 어쨌든 내 직업에 지속성은 부적합한 말이었다. 예술가의 삶은 고독으로 인도한다고, 알랭 들롱은 내게 수차례 반복했다. 그래서 나는 사랑 이야기를 믿지 않았다. 이 키스를 믿는 것으로 만족했다. 게다가 그는 외국에 살았다. 그 때문에 우리가 미래를 함께 꾸릴 여지가 많지 않았다.

그런데 이 일이 있고 이틀 뒤 사랑하는 그가 내게 전화를 걸어 말했다. "당신과 함께 살고 싶어서 파리로 갑니다." 나는 깜짝 놀랐고 들떴다. 그리고 받아들였다. 이 남자와 이 상황에 매료되었던 것이다. 나는 믿기 힘들었다. 사랑에 빠졌다고 확신하고서 나는 그를 5구에 있는 내 집으로 이사 오게 했다. 우리는 함께 커플의 삶을 살기 시작했다. 보통의 커플과 닮지 않은 삶이었다. 왜냐하면 내 활동이 휴식시간을 거의 주지 않았고, 그도 자기 활동을 시작하려고 아주 바빴기 때문이다… 처음에는….

나는 행복했다. 다시 살고 숨을 쉰다는 느낌이 들었다. 언론은 이 이야기를 낚아채 대서특필했다. 그들은 인터뷰 때 내가 만들고 있는 앨범보다는 남자친구와의 관계에 관한 질문을 더 많이 했다. 그리고 폐쇄적인 질문들로 나를 곤경에 빠뜨렸다. 나의 연인에게는 상황이 덜 거북했다. 그의 활동에는 별다른 지장이 없었고, 이따금 나는 그에게서 씁쓸한 감정이 살짝 스치는 걸 느꼈다. 이런 조건에서 내 성공을 돕고 내 명성의 일상적 증인이 되기란 쉽지 않은 일이었다. 나는 그를 이해했다. 그리고 그를 사랑하기에 그의 자존심에 상처가 되지 않도록 늘 조심했다.

돈이 있다 보니 나는 그에게 지나치게 베풀었다. 그가 내 남자였으니 당연한 일이었다. 게다가 나는 쉽게 죄책감을 느끼는 경향이 있다. 가족과 친구들 중 몇몇은 지나는 말로, 그가 내 곁에서 사는 것이 얼마나 행운인지 내게 말하곤 했다. 들려오는 암시들을 나는 부정한 말이라 판단했다. 내가 가진 것이나 나의 명성 때문에 그가 나와 함께한다는 걸 인정하고 싶지 않았다. 듣기 거북하고, 정말이지 슬픈 그 생각을 나는 할 수 있는 한 거부했다. 그 생각은 더 끔찍한 다른 생각과 이어지기 때문이었다. 속았다는 생각 말이다. 그것이 사실이라는 걸 인정해야 할 것이다. 단서가 쌓이면서 점차 드러나는 명백한 사실에도 나는 고집스레 눈을 감았다. 내 사랑 속에 오래도록 머물고 싶었던 것이다.

처음에 그는 자기 일을, 자신의 작곡을, 예술가의 삶을 계속해 나갔다. 그런데 점차 그는 내 일에 몰두하기 시작했다. 그는 나를 촬영하고 싶어 했다. 다음 순회공연을 위한 준비과정을 가까이에서, 이를테면 아침식사 때 촬영한 내밀한 영상들, 내가 공연을 평가하는 순간들, 또는 준비 모임을 녹화하기도 했고, 별 목적 없이 수수한 것들을 촬영하고 싶어 했다. 그래서 나는 최신 모델의 새 카메라를 사주었다. 앞으로 일어날 일은 한 순간도 짐작하지 못했다. 그는 내게 알리지 않고 내 음반사와 약속을 잡았고, 파트리시아 카스의 삶에 대한 영화의 제작자로서 돈을 요구했다. 그리고 한 술 더 떠서 그 걸작의 제작자가 되겠다고 요구하고 나섰다! 제대로 보지 못한 내 잘못이었다! 나는 그 이야기 속에 말려들었다. 주변 사람들은 내 약혼자를 금세 간파했다.

그는 내 주변사람이 내게 해로운 존재들이라고 설득하려고 애썼다. 실제로 그는 내 주변사람들의 통찰력을 의심했다. 특히 시릴과 리샤르를 물고 늘어졌다. 그들이 내 활동을 제대로 관리하지 못한다고 생각했다. 그가 내 곁에서 그들을 대신하고 싶었던 걸까? 그건 끝내 알지 못할 일이다. 어쨌든 그가 내 주변인들에게서 나를 고립시키려고 시도했을 때, 그를 사랑한다고 생각한 나는 진실을 거부했다. 나는 사랑 안에 남고 싶었고, 그의 의도를 간파하는 것이 너무 겁이 났던 것이다.

그의 앨범들은 나오지도 못해 그에겐 수입이 없었다. 그는 내 영상들을 촬영하고, 나에 관한 글을 썼다. 요컨대 내 빛 속에서 꿀을 모았다. 내가 너무 저자세라는 걸 사람들이 내게 솔직하게 말하기 시작했다. 호의로 드러내는 그 솔직함을 나는 좋게 보지 않았고, 질투로 여겼다. 사랑 이야기를 나는 믿었고, 끝까지 살고 싶었다. 안타깝게도….

그는 싫은 얼굴을 했고, 나는 무엇이 문제인지 물었다. 그는 이제 파리를 견디지 못하겠다고 대답했다. 사람들, 교통체증, 스트레스…. 그는 우리가 시골에 산다면 이런 문제는 더 이상 없을 거라고 거듭 말했다. 그것이 해결책이라고. 그리고 나는 우리 직업이 도시 밖에서 사는 걸 허용한다고 생각했다. 그래서 무슨 수를 써서라도 우리의 이야기가 아름답게 남기를, 그것이 시간 속에 기록될 수 있기를 바랐던 나는 한 가지 생각을 해냈다. 우리가 함께 집을 찾는다는 생각이었다. 난 주택을 가져본 적이 없었다. 언제나 아파트에서만 살았다. 내게 남자가 있으니 이제 집을 사도 될 것 같았다. 혼자라면 그런 생각을 하지 못했을 것이다. 여자 혼자 사는 집은 내 머릿속에 떠오르지 않았을 것이다. 그런데 남자가 있는 여자는? 그들은 함께 주택에 정착하고 아이들을 낳고, 나중에는 손자들을 맞이할 테고, 그 모든 시간 동안 행복할 것이다. 나는 보통 사람들이 그렇게 산다고 생각했다.

요컨대, 나는 파리에서 너무 멀지 않은 랑부이에 근처에 예쁜 집을 사면 모든 게 해결되리라고 믿었다. 자연 속에 자리 잡고 나면 내 연인이 멋진 미소를 되찾을 것이라고 말이다. 내 생각이 틀렸다. 아주 심하게 틀렸다. 아무것도 해결될 수 없었고, 진짜 문제는 파리가 아니었다. 더 이상 감출 게 없었다. 우리는 말다툼조차 멈췄다. 우리의 사랑은 점점 가지부터 썩어 들어갔다. 초기의 그 예쁜 열정은 얼음장 같은 바람으로 변했고, 그것이 내 입술을 트게 했다. 우리가 헤어질 때, 그의 모호한 태도에 지친 내가 그를 떠나기로 했을 때, 그는 내가 그에게 길들인 생활수준을 유지하기 위한 돈을 요구하면서 얼굴을 붉히지도 않았다.

나는 어제 가방 세 개와 상자 세 개에 담긴 내 물건을 가지러 랑부이에 집에 들렀다. 날씨가 선선해서 두툼한 스웨터를 걸쳤고 차를 한 잔 준비했다. 랑부이에 숲의 습기가 문 밑으로 스며들었다. 나뭇잎들은 어느 새 노랗게 물들었고, 태양은 아직 공기를 덥히지 못했다. 나는 이 집의 큰 창문들과 저녁이면 근처를 지나는 동물들이 내는 소리를 좋아했다. 결국 나는 이 집을 거의 누리지 못했다. 이곳에 자리를 잡아보지도 못했다. 거의 살지 않았고 위층 큰 침실 침대에서 잔 적도 별로 없었다. 내 물건은 거의 없어 가져갈 것도 없었다. 그렇지만 이곳은 우리 집이었다. 우리가 몇 달 전 이 집을 찾았을 때 나는 구름 위를 나는 듯 들떴었다. 그 안에 나를 투영하고 우리의 사랑을 피신시킬 오두막처럼 보았다. 그걸 보호하기 위해 입구에 관리인 부부까지 두었다. 그리고 나는 그를 기쁘게 해주고 싶었다.

나의 연인은 나뭇잎이 채 다 떨어지기도 전에 나를 법정으로 소환했다. 그는 자기를 사랑하고 많은 것을 준 나를 비난했다. 나는 좌절했다. 이런 이유들 때문이 아니라 그가 나의 모든 희망에 최후의 일격을 가했기 때문이었다. 그는 되찾은 나의 미소를 지우고 말았다. 엄마가 죽은 뒤로 되찾은 첫 미소를.

슬픈 광대 14

나는 네 번째 앨범이 미국에서 발간되기를 원했다. 1996년의 그날 아침, 도시를 뒤덮은 안개 속에 뉴욕에 도착했을 때 나는 약간 휘청거리는 상태였다. 행운을 헤아려 보았지만 부정적인 직감이 들었다. 예전 순회공연 때 이미 나를 사로잡았던 거대한 차들, 높은 빌딩들, 빠르게 움직이고 경적을 울려대는 거리들, 손에 종이봉지를 들고 달리는 사람들, 곳곳에 보이는 핫도그 가게들을 다시 보았다. 그리고 우리를 실어 나르는 리무진, 그 속의 기상천외한 바, 색 입힌 차창들. 이 모든 게 신기했다. 나는 평온했다. 이곳에 와서 바람을 쐬고 다시 시작하는 것이 행복했다. 나는 변화를 찾고 있었는데, 이곳 경이로운 나라에 와서 그걸 발견했다. 새로운 영감을. 나는 천재적인 프로듀서와 함께 앨범을 녹음할 예정이라는 특혜를 얻었다. 필 라몬. 그는 폴 사이먼이나 빌리 조엘 같은 거인들의 노래들을 손에 쥐고 있었다. 믿기 힘든 일이었다. 맥주 축제 때 어린 가수였던 나를 위해 필 라몬이 앨범을 제작해줄 거라는 사실이.

뉴욕 호텔방에서 돌아본 여정에 즐거워하고 있는데 오빠 다니가 전화를 해왔다. 목소리를 듣고서 문제가 있다는 걸 금세 알아차렸다. 아빠였다.

내가 미국으로 떠나기 몇 주 전에 아버지는 낙상을 했고, 그 결과 엉덩이가 심하게 손상되어 수술을 받아야만 했다. 아버지는 보철기구를 삽입하기 위해 입원했다. 내가 뉴욕 행 비행기를 탔을 때만 해도 아버지는 괜찮았다. 다니는 프랑스에서 전화로 아빠가 위독해서 내가 돌아와야 한다고 설명했다. 오빠는 아버지가 입원한 병원에서 건강관리부 직원으로 일하기 때문에 정보를 알수 있었다.

엄마가 우리를 떠난 뒤로 아빠는 잘 지내지 못했다. 늘 웃고 유쾌하던 아빠는 고통 속에 빠져들었다. 나는 할 수 있는 한 아버지를 모시고 휴가를 떠나려고 했고, 사보 거리의 내 작은 아파트에 자주 모시곤 했다. 아버지를 즐겁게 해주려고 최선을 다했다. 이따금은 성공적이었다. 태양 아래서 친구들과 함께 변장하며 즐겁게 놀았던 그 여름처럼.

하지만 무엇보다 아버지가 좋아한 건 식전 술을 마시는 시간에 하는 페탕크 놀이였다.

나는 포르바크 행 비행기를 탔고, 병원에 도착해서 아버지가 수술에서 회복되지 못했다는 걸, 아버지의 몸이 새 보철기구를 거부했다는 걸 알게 되었다. 무엇이건 누구를 원망하는 건 내 기질이 아니지만 진단을 내리는 데 시간이 너무 오래 걸렸다는 생각은 들었다. 아버지는 나를 보고 기뻐했고, 내 접촉에 기운을 조금 되찾았다. 나는 아버지의 머리맡에서 온 가족을 다시 보았다. 우리는 아버지에게 사랑의 말을 했고, 기운을 북돋아 주려고 애썼다. 사실 아버지가 거부한 건 보철기구가 아니라 삶이었다. 아빠는 사는 데 지쳤던 것이다. 지치고 고통스러워했다. 광산에서 보낸 세월이 아버지의 몸을 쇠약하게 만들었고, 엄마 없이 보낸 세월이 아버지의 심장을 쇠약하게 만들었다.

언젠가 나는 시릴과 함께 사진 촬영차 광산을 보러 간 적이 있었다. 우리는 지옥의 화물용 승강기 속에 들어갔고, 검은 팔레트 속으로 천천히 내려가기 시작했다. 처음엔 밝다가 색조는 점차 짙어지고 반짝였다. 점점 좁아지고 나아갈수록 더 어두워지는 그 공간은 불안했다. 우리는 더 아래로 내려가지 않을 것이다. 나는 아버지를 이해했다.

침울한 아버지의 병실에서 나는 아버지의 기분이 나아지도록 이야기를 들려드렸고, 아버지를 웃기려고 애썼다. 아버지는 미소를 짓더니 이렇게 말했다. "내가 그래도 너한테 예쁜 눈은 줬지!" 나는 이 말이 내게 남긴 마지막 말이라고 느꼈다. 그리고 이날 저녁 나는 아버지 곁을 떠나면서, 이날 밤만을 위해 떠나는 게 아니라 영원히, 아주 긴 오랜 밤을 위해 떠난다는 느낌을 받았다.

6월 7일 토요일, 아버지는 우리를 떠났다.

나는 묘지 오솔길을 걸으며 내 안에 살아계신 아버지를 간직하려고 애썼다. 늘 웃고 감동하던 아버지가 침대에서 병자로 바뀌었다. 나는 기억한다. 4년 전 생신 때 무척이나 기뻐하던 모습을. 아버지에게 65세 생일에 무엇을 원하는지 물었다. 나는 머릿속으로 여행을 생각하고 있었다. 아버지가 친구분과 함께 떠나 세상 한구석을 발견하는 걸 상상했다. 아버지에게 지평선은 광산 벽과 스터링-벤델의 굴뚝들로 축소되어 있었기에 나는 아버지가 낯선 환경과 이국적인 고장에 재미있어 하리라 상상했다. 그건 아버지를 모르고 하는 생각이었다. 아버지의 삶이 당신 마음에 들고, 광산과 친구들, 동네 축제들, 가족 이외의 다른 것은 전혀 안중에도 없다는 걸 아직 이해하지 못했던 것이다. 그리고 아버지는 어머니를 그리워하셨다. 어머니의 부재가 아버지의 모든 욕구를 끊어 놓았다.

선물을 하겠다는 내 생각에 아버지는 투명한 파란 눈을 치켜뜨고 찌푸리더니 웃기 시작했다. "뭘 받으면 내가 좋아할지 아니? 네가 동네 비스트로에 와서 한 잔 하는 거야." 나는 깔깔거리고 웃으며 대답했다. "좋아요, 아빠. 하지만 모든 사람에게 볼인사를 하라는 건 안 돼요." 아버지는 받아들였다. 아버지의 소원에서 나는 당신이 나의 아버지라는 자부심을 읽었다.

나는 그 바에 갔고, 스터링 사람 전부가 그 사실을 알고 있었다는 걸 직감했다. 비스트로에는 사람들이 새카맣게 들어차 있었다. 나는 단골들과 호기심에 온 사람들, 어린 시절부터 나를 알아온 오래된 지역 주민들로 구성된 군중 속에서 눈으로 아버지를 찾았다. 아버지는 "내 사랑하는 딸"이라고 부르며 나를 품에 안았고, 이렇게 외쳤다. "내 딸입니다. 볼인사를 해도 좋습니다. 파트리시아 카스, 최고죠."

우리 주위로 사람들이 몰려들어 죄어 왔다. 우리 협정에 위반되게 나는 볼인사를 하는 기계가 된 느낌이었다. 두 시간 뒤 마침내 떠날 때 나는 뺨에 온 도시 사람들의 침 표본을 얻었다. 아버지는 행복해 했다. 그는 몇 잔 더 마시며 아버지의 자격을 의연하게 누리면서 그 순간을 만끽했다.

이어지는 내 기억 속에서 아버지의 불행한 얼굴, 아내 잃은 남자의 얼굴, 광산 잃은 광부의 얼굴은 나중에야 떠올랐다. 아버지는 변해 있었다. 지루해 하고 있었다. 아버지는 여전히 예전만큼 사회적이었지만 내심으로는 타고난 유쾌한 기분이 예전 같지 않았다. 자주 피곤해 했고, 투덜거렸고, 불평했다. 매년 여름마다 나는 아버지를 모셨다. 이비자나 코르시카 어딘가에 집을 한 채 빌려 친구들을 초대했고, 아버지와 함께 비행기를 탔다.

나는 아버지가 알지 못하는 장소에 딸과 함께 있으면 행복해 하리라고 상상했다. 그러나 매번 아버지가 즐거워하지 않는다는 걸 확인할 수밖에 없었다. 아버지는 아름다운 섬에 있어도 아랑곳하지 않았다. 날씨가 화창하고 따뜻하고, 집들이 눈부시게 새하얗고, 울창하고 신비롭고 메마른 식물이 바다의 푸른 선을 다시 그리는 곳에 있어도 아버지는 관심이 없었다. 심지어 다른 사람들이 그걸 누리는 것조차 가로막았다. 아버지에게는 역설적이게도 순박한 것들이 최고의 것이었고, 내 삶을 복잡하게 만드는 데서 짓궂은 재미마저 느끼는 것 같았다. 우리는 휴식하고 무위안일하고 잠자고 행복한 순간을 보내려고 온 휴가였는데, 아버지에겐 지켜야 할 일정한 시간이 있었다. 식사시간도 그 중 하나였다. 정해진 시간에, 아침식사는 9시, 점심은 12시, 식전 술은 오후 3시, 저녁식사는 정각 8시에 내 방문을 두드리며 아버지는 이렇게 외쳤다. "이 집에서는 밥을 안 먹나?"

일단 식탁이 차려지고 음식이 나오면 아버지는 미소를 되찾고 자리를 잡았다. 그러면 기분이 좋아졌다. 하지만 아버지는 거의 먹지 않고 깨작거렸다. 이것이 나는 신경에 거슬렸을 뿐 아니라 걱정이 되기도 했다. 나는 말했다. "아빠, 날 놀리시는 거예요? 10분 전에는 배고파 죽겠다고 하셨잖아요! 아빠가 너무 기다릴까봐 서둘렀는데 이제 건드리지도 않으세요? 장난치시는 거죠?" 장난이 아니었다. 음식은 아버지의 관심사가 아니었다. 원칙상 하루를 나누기 위해 식사를 요구했을 뿐이었다. 그래야 안심이 되었고, 가장으로서 역할을 다하는 것이었다. 아버지는 틀니를 끼는 것도 늘 싫어했는데 그걸 끼지 않으면 음식이 잘 넘어가지 않았다. 난 아버지가 틀니를 끼게 하려고 전쟁을 벌였지만 아버지는 고집을 부렸다. 아빠는 고집스러웠다. 그래서 광산에서 살아남은 것이기도 했다. 그는 호락호락 넘어가지 않았다. 아무것도 아닌 일에 벌컥 화를 내기도 했다. 어렸을 땐 나만이 아버지를 설득할 수 있었다. 자식들 중 아버지를 겁내지 않는 건 나뿐이었다. 아버지가 텔레비전을 너무 크게 틀고 축구경기에 흥분해서 가게에서 일하기 때문에 아주 일찍 일어나야 하는 카린의 잠을 방해하거나, 이웃들이 서로 얘기를 듣지 못하게 방해하면 나는 허리춤에 손을 얹고 아버지 앞에 섰다. 그러면 아버지는 나를 '경찰'이라 부르며 TV 소리나 목소리를 낮추었다.

하지만 최근에는 아버지에게 아무런 힘도 미치지 못했다. 나는 같은 소리를 되풀이했다. 늘 똑같은 소리였지만 아무 소용도 없었다. 그리고 아버지의 몸 여기저기가 망가지는 걸 보고서 난 손을 놓고 아버지에게 귀찮게 구는 걸 그만두었다. 소용없는 일이었기 때문이다. 아버지는 지쳤다. 어느 순간 나는 아버지가 나와 싸우는 데 힘을 쓰는 걸 면제해 주었다. 아버지는 1927년에 태어났고, 69세밖에 되지 않았지만 훨씬 나이 들어 보였다. 광부들은 일찍 죽는다. 아버지는 싸우는 걸 포기했다. 평생 싸워왔는데 또 싸워야 하다니…. 광산이 그를 붙들었고, 어둠이 끝내 이겼다. 병원에 들어가기 전에 양로원에서 지냈는데 아버지는 그곳에다 늙은 뼈를 묻고 싶어하지 않았다. 정말 울적해지는 일이었다. 늙는다는 게 그랬다. 특히 어둠의 전사였던 사람에게, 자신의 힘과 용기를 입증해 보였던 사람에게는 더욱 그랬다. 몸이 배반을 한 뒤로는 그런 가치들에 대해 향수밖에 갖지 못한다.

이제 나는 고아다. 완전한 고아. 어머니와 아버지를 잃은 고아. 이제 겨우 서른 살인데. 오늘 나는 아버지 때문에 우는데, 어머니 때문에 우는 일도 아직 끝내지 못했다. 아버지를 떠나보낸 고통이 몰려오지만 그 고통이 이젠 친근해져서 예전보다는 잘 견딘다. 나는 애도할 일을 자주 접하지만 엄마의 애도를 끝내지 못했고, 사랑의 애도를 시도했고, 이제는 아버지를 애도한다. 나는 아버지의 마지막을 광대의 퇴장으로, 여흥의 끝으로, 기쁨의 장례로 본다. 아빠는 재미난 사람, 생기 넘치는 사람이었고, 눈물 뒤에 하는 재주넘기 같은 분이었다. 이제는 아빠 없이 지내야 한다. 다른 수단들을 찾고, 웃음을 되찾기 위해 어른처럼 헤쳐 나가야 한다.

아버지의 무덤 앞에 멈춰 서니 거의 불행한 10년을 살았다는 생각이 들었다. 아빠를 묻으면서 나는 앞으로 10년을 위한 액운을 쫓고 싶다. 엄마의 곰이 내가 가는 곳마다 따라다니는데, 곰의 슬픈 눈은 쏟은 눈물의 강을 떠올리는 것 같았다. 이제 나는 나를 구렁에 빠뜨리고, 내게 흔적을 남기고, 날 더 냉혹하게 만드는 과거를 내 뒤에 남겨두어야 한다. 페이지를 넘기고, 음반을 갈고, 주기를 바꾸고, 배경을 바꿔야 한다…. 당장은 뉴욕으로 다시 떠나 앨범 작업을 하는 것이 급선무다.

15 지평의 변화

녹음작업도 내 고통을 잊게 해주지는 못했다. 하지만 네 번째 앨범에 들어가야 할 때였다. 필 라몬이 제작할 앨범이다. 나는 이 호인을 보자마자 강한 인상을 받았고, 내 의견을 내세울 입장이 되지 못했다. 그런 일에 끼어드는 습관도 없었다. 상황은 금세 미묘해졌다. 나는 이 음악의 신들의 발에 입을 맞추어야 할, 그들이 무례하다고 판단할 우려가 있는 지적으로 그들의 기분을 거스르지 말아야 할 입장이었다. 더구나 영어로 그런 말을 할 능력도 없었기에 참으로 복잡한 상황이었다.

나는 라일 로베트Lyle Lovett의 리메이크 곡과, 다이앤 워렌의 오리지널 곡을 노래했다. 이 곡은 앨범의 첫 번째 곡이 될 〈모든 게 겁날 때 Quand j'ai peur de tout〉다. 이 앨범에는 제임스 테일러와 함께한 듀엣 곡도 실렸다.

훌륭한 사람들이 주변에서 도와주었기에 나는 앨범이 좋다고 확신했다. 내가 제목을 붙인 〈내 살갗 속에Dans ma chair〉는 새로운 프랑스 콜라보레이션으로 풍성해진 음반이었다. 프랑크 랑골프Franck Langolff, 자지Zazie 등이 참여했고, 바르블리비앙과 베른하임도 여전히 참여했다. 장-자크 골드만이 쓴 〈그녀를 알고 싶어요〉도 이 앨범에 수록되었다. 불륜과 질투를 노래하는 아주 아름다운 곡이었다. 녹음 때 장-자크는 내 목소리가 대단히 호소력 있다고 말했다. 이 새 작품은 예전 것들과는 약간 달랐다. 프랑스-미국 합작이어서만이 아니라 내가 달라졌기 때문이기도 했다. 나는 내 이미지, 룩을 바꾸었다. 이제 내 머리카락은 샛노란 금발의 직모로 바뀌었고, 〈내 살갗 속에〉 앨범 재킷 사진에서 나는 깊게 패인 시스루 빨간 블라우스를 입었다. 부모님의 감시를 받지 않는 청소년처럼 더 섹시한 스타일을 시도했고, 솔직히 말하자면 마를린과 닮은 점을, 파란 눈의 천사 같은 보글보글한 머리를 벗어난 것이 싫지 않았다.

내 팬들이 좋아한 건 마를린 디트리히Mariene Dietrich를 닮은 점, 카바레, 검은색 스타킹 너머의 맨다리였다. 그들은 파티 드레스 차림의 나를 이해하지 못했고, 내가 좋다고 받아들인, 인위적으로 꾸민 모습에서 나를 알아보지 못했다. 그들은 나의 네 번째 앨범도 덜 좋아했다. 앞선 세 앨범처럼 성공을 거두지 못했다. 처음에 나는 놀랐다. 나중에는 설명을 찾기 위해 곰곰이 생각했다. 시간이 흘러서일까? 멀어진 걸까? 팬들의 식어버린 관심에 나는 초연할 수가 없었다. 어떤 예술가도 사람들이 좋아하지 않는다는 사실을 무시하지 못한다. 일시적일지라도. 하지만 나는 이 앨범을 만든 것을 후회하지는 않았다.

나는 오래도록 의문에 머물러 있지는 않았다. 바로 세 번째 순회공연을 시작했기 때문이다. 《랑데부》 공연은 150번의 콘서트를 위해 나를 전세계로 실어 날랐다. 성공적인 순회공연의 회오리가 아버지의 죽음과 저조한 앨범 판매로 인한 실망에 빠져있는 걸 막았다. 나는 무대 위에 섰고, 그것이 무엇보다 중요했다. 경험을 공유하는 것, 그것이 나는 좋았다. 나는 기쁨을 되찾았고, 엄마의 곰 인형을 무대 한구석에 놓는 의식도 되찾았고, 목소리를 훈련하지 않는 나쁜 습관도 되찾았다. 난 언제나 목소리를 기교나 능란한 기법 없이 날것 그대로 간직하고 싶었다. 나는 목소리를 무대 위에서 벼렸다. 콘서트를 하기 직전에 발성연습조차 하지 않는다. 목소리를 덥히지 않는다. 성대의 긴장을 풀려고 차가운 물로 헹굴 뿐이다. 그러면 내 목소리는 준비되었고, 무대에 들어서면 목소리는 나를 배반하지 않았다.

예술가가 된다는 건 운동선수가 되는 것과 같다. 몸은 자기 한계를 두려고 한다. 난 그 말을 듣지 않는다. 오히려 몸의 뜻을 거스르고 나의 원칙을 강요하고, 한계에 이르렀을 때조차 강요하는 경향이 있다. 순회공연 중 어느 저녁, 아비뇽에서 나는 한쪽 무릎에 피를 흘리면서 콘서트를 끝낸 적이 있다. 무척 아팠다. 무대 뒤 어둠 속에서 길을 찾다가 무대장치에 심하게 부딪쳤던 것이다. 나무로 된 커다란 물건이었다. 무대에 올라서면서 나는 공연이 끝날 때까지 고통을 주머니 속에 넣어두었다. 나는 나를 공격해오는 것을 밀치는 법을 알고, 육체적 고통을 겁내지 않는다. 그리고 내 감정에 거리를 둘 줄 안다. 그리고 맞서서 노래한다.

또 한 번은 두애Douai에서 아마도 순회공연에 지쳐서인지 잘못 보고 추락을 한 적이 있다. 관객과의 거리와 무대 넓이를 잘못 계산한 것이다. 나는 걷다가 무대 끝으로 너무 다가가는 바람에 구덩이로 사라졌고, 무대 위에는 연주자들만 남게 되었다! 끔찍한 공포였다.

세 번째 순회공연에서 나는 처음으로 베르시Bercy에서 세 번이나 노래해야 했다. 파리에서 가장 큰 공연장의 무대에 서니 아주 작아진 느낌이 들었다. 그 무대는 내게 아주 중요해서, 일종의 인정을 받는 것과 마찬가지였다. 파리에서 공연할 때면 늘 그러듯이 나는 카스 가족을 전부 오게 했다. 오빠들과 언니, 그들 각각의 가족까지 모두 불렀다. 로렌에서 너무 멀지 않은 곳에서 콘서트를 할 때면 그들은 늘 만사를 제치고 왔다. 모이기 위한 좋은 이유였다. 가족들의 이동을 준비한 건 나였다. 그들은 만 천 명을 수용하는 공연장에서 노래하는 나를 보는 걸 자랑스러워했고, 파리에서 24시간을 보낼 수 있어 좋아했다. 우리

가족 안에서는 타인들의 시선, 친구들, 지인들, 낯선 이들이 비추는 거울이 중요하게 작용했다. 엄마는 그것에 민감했고, 아빠도 그랬다. 다른 사람들만이 우리의 성공을 유효하게 인정해주었다. 아버지에게는 동네 친구들의 감탄이 자신을 사랑하게 해주었다. 평판과 신화가 현실보다 더 중요했다. 엄마는 내게 재주가 있다는 걸 알았지만 다른 사람들의 입에서 그 소리를 들을 필요를 느꼈다. 아빠는 자신이 유명인사의 아버지라는 걸 알았다. 나에게도 타인들의 시선이 중요하다. 때로는 지나치게 중요하다. '파트리시아 카스'가 되면서 나는 그것이 나를 온전히 점유하도록 내버려두었다. 그것에 엄청난 힘을 부여하면서.

내 순회공연의 제목인 《랑데부》가 예상치 못한 새 의미를 발견했다. 나는 한 남자를, 태풍을 만났다. 우리의 사랑은 갑자기 열정적으로 시작되었다. 피할 길 없고 불가능한 사랑이었다. 그 사람은 자유롭지 못했고, 그럴 수도 없었다. 하지만 나 없는 미래는 생각하지 못했다. 우리는 이 사랑에 맞서 싸울 수가 없었다. 나는 자유로웠다. 물론 나의 의무들, 내 일의 광적인 리듬이 내게 기이한 일상을 부과하긴 했다. 하지만 우리는 근근이 서로를 사랑하는 데 이르렀다. 미친 듯이. 그러나 만나고 헤어지고, 오고가느라 우리의 관계는 결국 무뎌지고 낡아갔다. 물론 우리는 친구로 남을 것이다. 친구로.

《랑데부》는 꽤 기분 좋게 끝났다. 나의 두 '맨 인 블랙' -나는 시릴과 리샤르를 그렇게 불렀다-이 마지막 공연 날 내게 멋진 깜짝 선물을 했다. 그들은 여장을 하고 빨갛고 파란 가발을 쓰고 무대에 올라와 스트립쇼를 하기 시작했다. 사람들은 모두 취했고, 관중은 웃으며 우리의 광기에 가담했다. 이 순회공연의 마지막 이미지는 내 기억 속에서 언제나 웃고 있다.

16 합의와 불화

나는 내 목소리가 순회공연으로 단련되고 달궈졌을 때 작업실에 들어가는 걸 좋아한다. 그래서 《랑데부》가 끝난 뒤 기다리지 않고 다섯 번째 앨범 작업에 들어갔다. 프랑스에서는 신세대 작사 작곡가들이 빛을 보고 있었다. 그들은 지난 10년을 묘사했던 작곡가들보다 어쩌면 더 낭만적이었다. 에이즈라는 유행병의 슬픈 현실을 보상해야 할 한 시대의 자식들이었다. 콜뤼슈의 원래 계획으로는 사라질 운명이었던 '레스토 뒤 쾨르(마음의 식당)'[8]가 점점 더 성공을 거두고 있었고, 가난한 사람의 수는 계속 늘어나고 있었으며, 시대는 위기에 봉착했다. 그래서 그것을 표현하거나 뭔가를 하려고 시도하는 이들이 있었다.

이 낭만적이고 참여적인 젊은 가수들 가운데 파스칼 오비스포Pascal Obispo가 있었다. 그는 프랑스 가요에 새 바람을 가져왔다. 또한 꽃다운 나이의 젊은 여자들을 울리는 인기 가수이기도 했고, 인기 있는 작사-작곡가로 꼽혔다. 쇼 비즈니스계에서 그에게 노래를 청했다. 그럴 수밖에 없었다. 그들이 만드는 모든 것이 라디오 전파를 타고 대중의 마음을 사로잡았기 때문이다. 파스칼 오비스포와 내겐 두 가지 공통점이 있었다. 레스토 뒤 쾨르와 음반회사였다. 우리는 만날 수밖에 없었고, 콜라보레이션을 고려하게 되었다.

레스토 뒤 쾨르를 위해 우리는 바바라Barbara의 노래 〈검은 독수리L'Aigle noir〉를 불렀다. 우수 젖은 분위기의 작사 작곡가들은 나와 함께 하는 걸 좋아했다. 그들은 나를 바이올린처럼 사용해 자신들의 활로 켰다. 파스칼 오비스포와의 듀엣은 강한 인상을 남겼고, 우리는 이 노래를 함께 부르며 기쁨을 맛보았다.

그는 내게 곡을 만들어줄 의사가 있었지만 우리의 공동작업에 공식적인 조건을 내걸었다. 그가 주도권을 쥐겠다는 것. 유일한 작사 작곡가이자 프로듀서가 되겠다는 것이었다. 그는 까다로운 성격이어서 혼

8) 일자리 없고 거처 없이 떠도는 가난한 사람들이 최소한 더운 식사를 식탁에 앉아서 할 수 있게 배려하자는 취지로 코미디언 콜뤼슈가 1985년에 시작한 구호단체.

자 주인이라고 느껴야만 잘할 수 있었다. 그는 자존심이 곧 그의 모터여서 성공하더라도 나누고 싶어 하지 않았다. 그는 내 음반에 열정적으로 매달렸다. 이 음반이 〈암호Le Mot de passe〉이다. 파스칼은 내 목소리에 맞는 폭과 가사의 내밀함 사이에서 적정선을 찾으려고 애썼다. 그때까지의 앨범들이 버라이어티와 블루스 계열에 속했다면 나는 오비스포와 함께하면서 훨씬 더 팝 쪽에 가까운 음색으로 표현할 수 있게 되었다. 내게는 새로운 일이었다. 새롭지 못한 건 그렇게 확고하게 지시를 받는다는 점이었다. 파스칼은 여유로움과 천재성으로 나를 주눅들게 했지만 좋은 지적이건 나쁜 지적이건 지적을 용인하지 않았다. 그는 다른 사람들의 의견 때문에 자기 창작의 끈을 잃을까 겁냈다. 그가 재능있는 가수이기도 하기 때문이었을까? 모르겠다.

힘든 녹음작업이 나를 짓눌렀다. 나는 파스칼의 태도, 권위적인 태도 때문에 힘들었다. 그가 감동적이고 흥미로운 사람이라고 생각하면서도 그의 세계 속에서 나를 표현하기가 힘들었다. 나는 그를 앨범 작업의 지휘자로 받아들였지만 그가 그렇게까지 자기 색채를 부과하는 점은 아쉬웠다. 〈암호〉는 훌륭했지만, 거기엔 어쩌면 파스칼 오비스포의 터치가 지나치게 실려 있었다. 그는 자기 세계에 누구도 들어오는 걸 허용하지 않았다. 그가 자기 스승으로 간주하는 한 사람만 예외였다. 장-자크 골드만. 그가 나를 위해 쓴 〈동부의 여자Fille de l'Est〉는 탁월했다. 가사는 설득력 있고, 따뜻하고, 선이 분명했다. 이 노래는 그와 나의 예술적 공모를 다져주었다. 〈동부의 여자〉는 내가 잘 아는 내 지역의 역사와 그곳에 사는 용기있는 사람들에 대한 노래였다. 이 노래를 통해 사람들은 내게 깃든 성격, 강하고 자존심 강한 성격을 더 잘 이해할 수 있었다. 〈동부의 여자〉는 나의 피난처이자 나의 해변이고 친근한 장소였다. 녹음실의 긴장된 분위기에서도 장-자크 골드만이 나에 대해 잘 안다는 점과 그의 절제가 내 마음을 놓이게 했다. 이 곡은 내 고향의 상징적인 깃발 같은 노래가 되었다.

이 앨범의 또 다른 놀라운 곡은 〈당신의 자유에 맞서는 나의 자유 Ma Liberté contre la tienne〉였다. 내게 특별히 와닿고 감동적이라고 생각되는 노래였는데, 라디오 프로그램 편성자들의 호감을 얻었다. 꽤 오랜만의 일이었다.

오비스포는 내 콘서트에 새로운 차원을 부여했다. 나는 현악 4중주단이나 필하모니 오케스트라와 함께 공연했다. 그렇게 음악의 다른 행성에서 온 그 많은 연주자들과 함께하는 건 경이로웠다. 아마 오비스포 덕에 내 목소리에 조금 더 섬세한 색채를 부여할 줄도 알게 되었을 것이다.

이날 오후, 장-클로드 카자드쉬가 지휘하는 릴 필하모니 오케스트라가 뤽상부르 공원에 모인 6만 관중 앞에서 날 위해 반주를 했다. 철책이 닫혔고, 상원 의사당 뒤에 무대가 설치되었다. 청중은 구분되어 보였다. 앞줄에는 대단히 공식적인 분위기가 지배적이었다. 3만 명이나 되는 프랑스 시장들이 초대되어 심각한 얼굴로 접이식 의자에 앉아 있었다. 날 겁나게 하는 건 그들의 수가 아니라 그들의 직책이었다. 그들은 내 팬이 아니기에 내 편이 아니었다. 나를 위해 온 사람들이 아니었다. 나는 그저 그들에게 주어진 선물 같은 것이었다. 사실, 이 점이 나를 불안하게 만들었다. 나는 언제나 나쁜 법정에서 판결을 받는 것이 겁난다. 나를 잘 알지 못하고 사소한 것으로 나를 판단할 수 있는 사람들의 의견이 두렵다. 시간도 없고, 내 노래를 들을 마음도 취향도 없는 사람들이 너그러운 마음도 없을까봐 겁난다. 불만스러워 보이거나 무관심해 보이는 한 개인 때문에 나는 관중 전체의 열광과 사랑을 망칠 수도 있다. 오스트리아의 어느 날 저녁 공연장 앞줄에서 그런 식으로 여자친구를 즐겁게 해주려고 따라온 청년을 보았다. 그는 꿈쩍 않고 팔짱을 낀 채 차갑게 나를 지켜보았다. 내 눈에는 그 청년밖에 보이지 않았다. 그래서 결국 그 청년에게 다가가 노래하며 그 앞에 무릎을 꿇었다. 종종 무대에서는 가장 과묵한 관객들을 설득하려고 애쓰게 된다. 왜냐하면 단 한 사람이 당신의 진짜 재능에 의심을 낳을 수 있기 때문이다. 불행히도. 이곳 뤽상부르 공원에서도 나는 그런 청년 같은 군중 앞에서 노래해야 할 판이었다.

《우리가 될 것이다》 순회공연은 평상시와는 다른 일도 일어난다는 걸 내게 보여주었다. 기억력의 구멍 같은 불행까지도. 설상가상으로 그 사고가 일어난 건 파리의 제니트 무대에서였다. 〈암호〉를 부르려던 참인데 가사를 잊어 버렸다. 왜 그런지 이해할 수 없었다. 내게 무슨 일이 일어난 거지? 재앙이었다. 평소에 악천후며 뜻밖의 나쁜 일, 불쾌한 사고들이 내 삶에 닥쳤지만 무대 위에서는 아니었다. 나는 공포에 사로잡히기에 앞서 놀랐다. 두 번이나 다시 시작하고도 나는 다시 주춤거렸다. 곧 나는 엄청난 고독의 순간을 경험했다. 벗어나려고 애쓸수록 더욱 빠져들었다. 이 노래를 위해 피아노와 목소리만으로 무대를 꾸몄기에 나는 완전히 벌거벗은 무대 위에서 사라지고만 싶었다. 나의 난파를 목도하고 있던 6천 명의 사람들은 내가 말없이 허우적대는 걸 가만히 지켜보고 있었다. 서스펜스 영화를 보듯이, 얘깃거리가 될 한 순간의 증인이 된 것이 자랑스러운 듯이. 나는 〈암호〉의 가사를 완전히 잊어 버렸다. 마치 어둠 속에서 기어가는 듯한, 출구를 찾을 아무런 희망 없이 더듬어 나아가는 듯한 느낌이 들었다. 원래 가사가 아닌 단어를 더듬거리다가 벌써 세 번이나 멈췄다. 그리고 이젠 흰 바탕에 검은 글씨로 적힌 가사가 눈앞에 있는데도 계속해서 아무 말이나 했다. 공포가 나를 얼어붙게 만든 것이다. 종이에 적힌 모든 게 흐릿했다. 글씨가 춤을 추었고, 음표들이 왈츠를 추었으며, 나는 박자마저 헷갈렸다. 혼돈상태였다.

분위기는 참담했다. 나는 파리떼가 나는 소리를 들었다. 내가 쓰러질 순간이 보였다. 이 곤혹스런 상황에서 어떻게 벗어나야 할지 알지 못했다. 이런 순간에는 도망치고 무대를 떠나야 한다는 생각이 든다. 그러나 아니다. 관객들은 이런 유일한 순간을 목도하는 걸, 이런 약한 모습을 공유하는 걸 좋아한다. 그래서 최악의 경우를 생각하기보다는 그들에게 용서를 구했다. 나는 유머를 시도했다. "좋아요. 이 모든 걸 없던 일처럼 합시다!" 10여분의 고문 끝에 나는 궁지에서 빠져나왔다. 다른 사고 없이 콘서트가 끝났을 때 무대 뒤에서 장-자크 골드만이 나를 위로해 주었다. 나는 웃으면서 그가 내 혼란의 원인이었다고 원망했다.

모로코 여행에서 영감을 얻은 《우리가 될 것이다》 순회공연에서는 많은 나라를 방문했다. 특히 동방의 나라들을. 이번에는 양탄자, 부드러운 조명, 동양적 분위기로 형형색색의 따뜻한 무대를 꾸미고 싶었다. 독일에서 예외적인 날짜들을 잡아주는 등 최고의 후원을 받고 순회공연은 시작되었다. 그리고 심포니 오케스트라의 반주를 받았다. 무엇보다 오케스트라 단장과 악기 일체와 연주자들의 존재가 나를 즐겁게 했다. 그런데 나는 검은 옷을 갑갑하게 입은 오케스트라 단장의 동작이 내게 스트레스를 준다는 걸 금세 깨달았다. 완벽하게 갖춘 오케스트라와 함께 공연하자니 엄청난 집중이 요구되었다. 오케스트라 단장은 내게 큰 도움이 되지 못했다. 그는 자기 세계 속에, 자기 조국에 남아 있어서 내 연주자들과 내게 그다지 주의를 기울이지 않았다. 그는 독백을 하고 있어서 우리에게 맞춰주기가 어려웠다. 게다가 그가 지휘봉으로 하는 동작은 이해할 수 없는 것이었고, 내게는 박자가 맞지 않았다. 나는 그 동작들을 이해하지 못했고, 그것들은 나의 리듬 지표들에 혼란을 주었다. 그를 너무 쳐다보면 끈을 놓쳤고, 그를 충분히 쳐다보지 않으면 우리는 따로 놀았다. 한 마디로, 나는 연습하는 동안 깊숙이 파묻힌 인내심까지 끌어냈다. 그저 결과가 장엄하리라는 생각에만 매달렸다.

독일에서 연 연이은 특별 콘서트는 언론의 찬사를 받았다. 언론은 팝과 버라이어티와 클래식 서정성의 성공적인 혼합을 칭찬했다. 결국, 오케스트라 단장과 나는 실제 공연에서는 익숙해졌던 것이다. 그의 지휘봉 끝의 리듬이 변해서가 아니었다. 하지만 나는 그를 따라가게 되었고, 나중에는 그가 빠르게 변하는 걸 보았다. 자기 오케스트라를 이해할 수 없는 원칙으로 이끌던 뻣뻣하고 막혀 있던 사람이 기상천외한 인물로 바뀌었다.

이 긍정적인 메아리가 나를 안심시켰다. 그들은 나를 이방 카사르가 이끄는 심포니 오케스트라와 함께 파리의 국회에서 한 번뿐인 콘서트를 열도록 이끌었다! 이방 카사르는 앨범 현악에 탁월한 편곡자였다. 오비스포로 시작된 이 길로 사람들이 나를 따라오는 것이 기뻤다. 대담한 시도에는 대가가 있었다. 미학적인 차원에서 우리는 새로운 것을 발견했다. 예전의 네 앨범에서 갖지 못했던 낭만적인 숨결이었다. 상업적으로는 절반의 성공밖에 거두지 못했지만 나는 이 〈암호〉가 자랑스럽다.

17 극단에서 극단으로

평화를 찾기 전에 나는 전쟁을, 희생자를 낳는 진짜 전쟁을 경험했다. 코소보에서 노래해달라는 영국 여배우 바네사 레드그레이브Vanessa Redgrave의 초대를 받았다. 이 기회에 크포르의 프랑스 군인들도 방문했다. 그들의 용기에 감사하고 싶었던 것이다. 1998년부터 세르비아와 알바니아는 강대국들이 무력하게 바라보는 가운데 그들의 나라를 두고 분쟁을 시작했다. 코소보는 유혈전쟁을 벌였고, 주민들은 비극적인 상황에 빠져들었다. 두 민족 사이에서 찢긴 이 나라는 파괴되어 가고 있었다. 프랑스에서는 관찰보다는 개입을 주장하는 사람들과 코소보에 스스로의 운명을 맡기는 편을 선호하는 사람들 사이에 의견이 대립했다. 그러는 사이 이곳 사람들은 싸우다 죽어갔다. 내가 도착했을 때 사람들은 내게 꽃다발 대신 헬멧과 방탄복을 안겼다. 바로 그 순간 내가 전쟁중인 나라에 발을 들여놓았다는 걸 깨달았다. 게다가 어떤 전쟁인가….

나는 저녁에 모닥불을 둘러싸고 프랑스 군인들과 노래했다. 내가 조금 수줍어하자 군인들은 나를 도우려고 외설적인 노래 몇 곡을 흥얼거렸다. 코소보에서는 소박하다 못해 감옥 같은 호텔에서 이틀 밤을 보냈다. 시트는 변색된 부분과 수상쩍은 자국이 있어 혐오스러웠다. 폭격 때문에 물도 전기도 없었다. 그리고 바퀴벌레는 어디에나 있었다.

바네사 레드그레이브 말고 다른 스타들은 코소보 주민의 비극에 더 관심을 가졌다. 마이클 잭슨 재단이 전쟁에 희생된 아이들을 돕기로 해서, 훗날 마이클 잭슨도 코소보 분쟁과 같은 분쟁들을 겪는 아이들을 위한 '마이클 잭슨과 친구들' 콘서트에 나를 초대했다. 나는 고통받는 사람들을 위한 이런 활동에 참여하는 것이 언제나 가슴 벅찼다. 그리고 팝의 천재를 만나는 것도 기분 좋았다. 마이클 잭슨과 만나는 것은 1980년대에 자란 내겐 하찮은 일이 아니었다. 그 콘서트는 서울과 뮌헨에서 열렸다. 나를 꿈꾸게 했고, 어떤 경우에는 이 직업을 갖고 싶게 해준 최고의 가수들과 함께 공연한다는 걸 나는 한껏 의식했다. 어렸을 적엔 이들과 무대를 함께할 수 있으리라고는 상상도 못했다.

마이클 잭슨을 나는 아연한 얼굴로 바라보았다. 다시 크리스마스에 도취한 아이가 된 것이다.

아직은 코소보에 있다. 우리는 떠나야 하는데 그럴 수가 없었다. 폭격이 다시 시작되었고, 공항이 파괴되었기 때문이다. 최대한 빨리, 최고 수준의 보호를 받으며 우리는 군 기지를 향해 떠났다. 군 헬리콥터가 우리를 기다리고 있었다. 이미 날개가 돌아가고 있었다. 위급한 상황이라 나는 거대한 이 헬리콥터에 자크 랑이 우리와 함께 타고 있다는 것도 보지 못했다. 헬리콥터 안의 긴장된 분위기를 보고 나는 우리가 심각한 상황에서 가까스로 빠져나왔다는 걸 깨달았다.

나는 갈등을 넘치게 겪었다. 사랑하는 사람과의 갈등은 나를 숨막히게 만들었고, 전쟁에서 본 갈등은 나를 질겁하게 만들었다. 바람도 쐬고 다른 곳에 가 있을 필요가 있었다. 나는 여행가방을 풀 새 장소를 찾았다. 내 상처를 치료할, 조용하고 중립적인 나라를, 도시를 찾았다. 당연히 나의 나쁜 기억으로부터 멀리 떨어진 취리히가 중립적인 지역으로 다가왔다. 그곳이라면 내 친구들과 내 가족들에게서 너무 멀리 떨어지지도 않았다. 취리히에서 나는 편안했다. 그곳에서는 나를 훤히 드러내고 살 수 있다. 사람들이 멈춰 서서 나를 쳐다보는 일 없이 거리를 활보할 수 있다. 스위스 사람들은 조심스럽다. 그곳에서는 내가 누구인지 아는 사람들과 정상적인 관계를 맺을 수 있다. 모두가 제 자리를 지킨다. 취리히에서는 스위스 독일어나 독일어를 사용한다. 내게 친근한 언어, 내 모국어다. 스위스는 이상적인 선택이었다. 나는 프랑스를, 반쯤 해결된 내 모든 문제들을 떠날 필요를 느꼈다. 배경과 생활을 바꾸고 다시 숨을 쉬어야만 했다. 게다가 취리히에는 나 혼자가 아니라 친구들이 있었다. 시릴과 리샤르가 나를 따라온 것이다. 나의 공모자, 형제이자 친구, 사업 파트너들인 두 사람이.

오래 전부터 우리는 뗄 수 없는 트리오가 되었다. 각자 맡은 책임이 분명하고 우리의 우정은 깊어서 꼭 용접된 것처럼 붙어 지냈다. 셋이서 내 활동을 조직하고 지지하는 회사를 구성했다. 회사는 잘 굴러간다. 리샤르는 뇌, 시릴은 심장, 나는 영혼이다. 그들 없이 나는 아무것도 하지 못하고, 우리는 모든 걸 함께한다. 나는 그들이 나를 위해 심사숙고하도록 내버려두고, 우리는 얘기를 나누고 토론을 한다. 하지만 대개 마지막에 결정을 내리는 건 나다. 그렇지만 그들의 생각과 부딪치려는 건 아니다. 선택에 끼어들면서 나는 그들에게 결코 아무것도 비난할 수가 없다. 우리는 서로 결속되어 있고 가깝다.

물리적으로도 그렇다. 우리는 같은 건물에 산다! 리샤르는 심지어 같은 층계참에 살고, 시릴은 같은 층에서 옆 엘리베이터를 사용하는 층계참에 산다. 우리는 미국 드라마 《프렌즈Friends》가 우리를 포함해서 많은 사람들에게 엄청난 반향을 불러일으킨 시절에 이 상황을 즐겼다. 우리는 30대지만 마음은 아직도 청소년 같다. 취리히의 생활은 젊고 유쾌하다. 나는 자주 외출하지 않지만 이따금 사람들이 나를 알아본다. 그럴 경우 만남은 풍요롭다. 이곳의 내 청중은 다르다. 나는 삼켜지지 않는 내 슬픔을, 잘못 끝난 내 사랑 이야기를, 그리고 떠나버린 아버지의 영혼을 달고 다녔다. 나는 내 능력껏 처신했다. 잊기 위해 또 다시 도망쳐 왔지만 이번에는 치유하기 위해서이기도 했다.

이제 내겐 믿음이 없다. 남자들에게 실망했다. 그리고 부모님을 데려간 하느님에게도 실망했다. 나는 사랑을 증오한다. 나약했고, 사랑에 주눅 든 어리석었던 나를 경멸한다. 남자들을 경멸한다. 나는 그들이 멍청하고, 오만하고, 타산적이고, 비겁하다고 생각한다. 또한 그들의 행동이 훤히 내다보이고 유치하다고 여긴다. 소유욕 강하지만 이기적이며, 대개 거들먹거린다고 생각한다. 나는 파리를 잊을 필요를 느꼈듯이 남자들을 잊을 필요를 느꼈다. 시릴과 리샤르는 다르다. 그들은 남자이기 이전에 친구들이다. 게다가 그들 두 사람 모두 결혼해서 각각 내가 좋아하는 아내들과 함께 살고 있다. 내 생각엔 그들도 그런 것 같다. 나는 그들 부부 사이에 끼어들지 않으려고 조심한다. 절대 예고 없이 찾아가지 않고, 저녁초대와 전화를 절제하고, 주도권을 그들에게 남겨둔다. 나는 조심스럽게 행동한다. 나는 자기 인생을 다른 여자에게 우선적으로 바치는 남자를 사랑하는 어려움을 이해할 만큼은 섬세하다. 이미 나는 너무 많은 자리를 차지하고 있다. 그러니 신중하려고 주의한다. 나는 산책을 하고, 호수를 즐기고, 나무 위로 내다보이는 내 아파트의 전망을 즐긴다. 숨을 쉬고 다시 호흡을 가다듬는다.

그런데 흘러가는 시간이 다시금 내게 전율의 욕구를 주었다. 나는 다시 웃는 법을 배웠고 좋아졌다. 스위스의 순수한 공기는 요양하는 환자들에게 기적을 낳는다. 도로와 비행기와 호텔에서 시간을 보내는 내게는 아무것도 하지 않고, 집에 있으면서 자기 침대에서 잠을 자는 것이 놀라운 호사였다. 어제까지만 해도 눈에 보이지 않던 남자들이 다시 눈에 보이기 시작했다.

저 아래 호수를 배경으로 탁자에 앉은 모습이 눈에 띈 남자는 그저 눈길을 한 번 던지는 것 이상의 가치가 있었다. 그는 아주, 아주 멋진 남자였다. 조지 클루니George Clooney와 리처드 기어Richard Gere를 완벽하게 조합해놓은 것 같았다! 한 마디로, 그는 여자들 몇 대대를 쓰러지게 할 그런 유형이었다. 나는 앉아서 한 여자친구와 수다를 떨다가 문득 의문이 들었다. 이런 상황에서 남자라면 어떻게 할까? 내 생각에 대답은 이랬다. "그는 그녀가 마시는 것이 무엇인지 확인하고 한 잔을 살 것이다." 나는 그렇게 했다. 여성해방운동 차원의 도발이 아니라 진지한 충동에서였다. 그런데 여자 종업원이 웃으며 말했다. "너무 늦었어요! 그가 가네요!" 나는 포기하려고 했다. 첫 장애물에서 바로. 그런데 나보다 더 집요한 친구가 일어나더니 그를 만나러 갔다. 나는 최악의 상황을 겁냈다. 그런데 친구는 얼마 뒤 그 사람의 명함을 들고 돌아왔다.

나는 이틀 뒤 그에게 문자를 보냈다. 그리고 우리는 저녁식사 약속을 잡았다. 레스토랑에 도착하면서 나는 그가 여전히 내 취향이라고 생각했다. 그런데 그의 옷차림은 살짝 구식이었다. 바지는 너무 짧았고, 재킷은 손을 좀 봐야 할 상태였다. 우리는 얘기를 나누며 유쾌한 시간을 보냈다. 얼마 후 나는 그가 내가 누구인지 전혀 모른다는 걸 깨달았다. 그는 그저 한 여자를 만나고 있었던 것이다. 그의 마음에 드는 게 분명한 여자를. 그는 호기심을 갖고 왜 내가 그렇게 자주 파리에 가는지 물었다. 노래하기 위해서라고 대답했다. "그래요? 앨범도 냅니까?"

–네.

–그러면 어떤 이름으로?

그가 물었다.

–내 이름은 파트리시아 카스예요.

그는 깜짝 놀라서 나를 쳐다보았다. 라디오 덕에 그는 이 이름을 알고 있었다. 그는 의자에 앉은 채 휘청거렸다. 나를 알아보지 못한 자신이 바보 같다고 여겼고, 나를 화나게 했을까봐 걱정하며 거듭 말했다. "미안합니다. 이렇게 멍청할 데가!" 나는 그저 한 여자인 것이, 자신이 하는 일이나 이름으로가 아니라 있는 그대로의 모습으로만 판단되는 것이 얼마나 기분 좋은 일인지 털어놓았다.

그는 엔지니어였다. 쿨해 보였다. 돈이나 자기 에고와 수상쩍은 관계를 맺고 있지 않았다. 내게는 중요한 것일 수 있는 기준들에 대해 안심이 되었다. 나는 멋진 저녁을 보냈고, 다시 시작하지 않을 이유가 없었다. 우리는 사귀기 시작했고, 나의 예전 이야기와 대조적인 균형있는 관계를 시작했다. 나는 마침내 편안했다. 그와 있는 것이 편안했고, 안심이 되었다.

이제 그는 금장 단추가 달린 재킷들을 옷장에 남겨둔다. 그는 호감가는 사람이었다. 그런데 내 활동과 양립하기 힘든 결점이 하나 있었다. 질투가 심했다. 아주 많이. 그는 남자들이 나를 쳐다보는 걸 견디지 못했다. 처음에는 팬들이 나를 사랑하는 방식에 감탄했지만, 금세 그들의 애정에 의혹을 품었다. 내 인생의 남자들이 종종 그랬듯이 그는 자신이 스쳐 지나는 연인일 뿐이라고 상상했고, 나의 진짜 유일한 사랑은 내가 나의 관중과 경험하는 사랑뿐이라고 생각했다. 이런 추한 질병에 걸린 사람들이 모두 그렇듯이 그는 오만 가지를 상상했고, 자신이 악역을 맡은 영화들을 지어냈으며, 배신당할까봐 늘 겁냈다. 처음에 나는 그의 지나친 관심에 기분이 좋았다. 그러다 변화가 생겨났다. 그의 반응이 나를 불안하게 만들었고, 그의 가상의 두려움이 우리 관계에서 너무 많은 자리를 차지하기 시작했다. 나는 질렸다. 그가 시릴과 리샤르까지 의심하기에 이르자 나는 그를 계속 사랑할 수 없다는 걸 깨달았다. 그래서 깨기로 결심했다. 그렇지만 우리는 서로에 대해 큰 애정을 간직할 것이다. 스위스에서 콘서트를 열 때는 그를 다시 만나기도 했다.

내가 취리히에 머문 것이 한 번만은 아니었다. 시간이 날 때마다 나는 거기 내 집에 있었고, 오래도록 여행가방을 내려놓았다. 그렇게 그곳에 6년을 머물렀다. 이곳에서는 내 활동에 100퍼센트 집중할 수 있다. 다섯 번째 앨범의 미지근한 성공이 처음엔 나를 낙담하게 했지만 곧 새 힘을 불어넣어 주었다. 아버지가 그랬듯이 나는 악착스러운 전사다. 첫 번째 패배에서 싸움을 멈추지 않는다.

나의 첫 배역 18

나는 영화를 위한 오디션을 보게 되었다. 생각만 해도 한없이 불안해졌다. 무대를 떠나는 순간 자신감을 잃는 내가 연기를 한다는 건 도무지 생각조차 할 수 없는 일처럼 보였다. 오래 전에 클로드 베리Claude Berri의 《제르미날Germinal》에 출연해달라는 제안은 받은 적이 있었다. 하지만 나는 어린 시절의 기억을 떠오르게 할 픽션에서 연기하는 것이 겁이 나서 거절했다.

극예술 영역에 대해서는 너무 무지하다는 느낌이 들어서 거기에 덤벼드는 것이 겁났다. 시릴은 내가 할 수 있다고 확신했다. 반박할 수 없는 논거라도 되는 듯이 그는 내게 말했다. "지금 우리가 클로드 르루슈Claude Lelouch 얘기를 하고 있다고! 무슨 뜻인지 아는지 모르겠군…." 클로드 르루슈가 누구인지는 나도 알았다. 이 감독의 아우라를 완전히 가늠하지는 못할지언정.

나는 지금보다 더 젊었을 때 영화관에 다니지 않았다. 이제 서른다섯이 되었지만 더 다니는 것도 아니다. 어린 시절엔 영화관에 갈 돈도 가고 싶은 생각도 없었다. 그러다 내가 직업 활동을 시작한 뒤로는 시간이 없었다. 남들은 키스를 기대하거나 대형 스크린 위에 펼쳐지는 꿈을 바라고 어두운 영화관에 피신하는 나이에 나는 이미 노래하느라 바빴다. 나는 청소년기를 살지 못했고, 내 청소년기는 남들과 너무 달랐다. 영화관이 어떤 건지 거의 알지 못했다. 나는 무대 위에서 노래를 할 때 하나의 배역을 연기하고 이야기를 들려준다. 거기엔 환상과 진정성이 혼재해 있다. 나는 이 오디션을 봐야 한다는 걸 깨달았다.

테스트 날, 파리 행 기차 속에서 나는 행복하게 미소 지었다. 몇 분 후면 나를 위해 예정된 길을 넘어선다는 걸 의식했던 것이다. 엄마는 내게 직업 활동을, 노래 속에서 왕도를 예견했고, 내게서 느끼던 재능에 걸맞은 성공을 예견했지만 내가 〈남과 여〉를 만든 감독과 캐스팅 오디션을 보기를 바라지는 않았을 것이다. 그렇다. 엄마는 이것까지 상상하지는 못했을 것이다.

예전에 살았던 도시를 찾을 때면 나는 언제나 행복했다. 도시는 바꿔지 않았다. 그렇지만 새 천년이 시작되었고, 1990년대는 불꽃과 함께 회한없이 사라졌다. 파리와 내 습관들을 되찾는 건 기분 좋은 일이었다. 나는 그곳에서 똑같은 냄새들을, 똑같은 공기를, 스위스와 비교할 때 무질서해 보이는 똑같은 활기를 들이마셨다. 사람들은 분주하게 움직였고, 정중하게 투덜거렸고, 교통체증에 걸려 욕설을 내뱉었다. 도시의 이 혼란, 도시의 이 소란을 나는 잊지 않았다.

나는 긴장을 풀려고 몽소 공원을 가로질러 갔다. 나무들, 감미로운 초록, 단체로 야외수업에 나온 아이들의 웃음소리, 똑같은 방향으로 달리는 조깅하는 사람들은 내가 허구 속에 뛰어들기 전에 접한 현실의 단면이었다. 내가 오디션을 볼 배역은 생활을 꾸리기 위해 바에서 노래하는 상처입은 여자의 역할이었다.

나는 오슈 거리 5번지의 철책을 밀었다. 지하로 내려가는 입구가 보였다. 내 마음이 편치 않았다는 건 사실이다. 콩쿠르에 참석한 지도 한참 되었던 것이다. 즉흥적으로 가수가 만들어지지 않듯이 배우도 즉흥적으로 만들어지지 않는다. 이론이건 실기건 모든 건 배워야 한다. 나는 실기가 훨씬 쉽게 느껴진다. 나는 실기를 하면서 나아지는 편이다.

클로드 르루슈는 오디션이 벌어지는 영사실에서 나를 맞이했다. 그는 따뜻하게 내게 인사를 했고, 자세하게 내 배역을 설명했다. 여주인공의 이름은 제인, 삶에 망가진 젊은 여자다. 기억상실증에 걸린 그녀는 스스로 불치병의 희생자라고 생각한다. 똑같이 기억상실증에 걸린 남자를 만나면서 그녀의 삶이 뒤바뀐다. 감독은 사실성에 대한 강박증으로 유명했다. 그는 자기 영화 속에 현실의 삶을 끌어들이고, 가능한 한 트릭을 피했다. 그에게 영화를 만드는 일은 진실을 드러내는 것이거나 최악의 경우는 진실을 만들어내는 것이었다. 허구는 언제나 현실과 긴밀하게 뒤섞였다. 그는 내게 배역에 대해 브리핑을 한 뒤 그때까지 뒤로 물러나 있던 프랑시스 위스테르를 소개했다. 그가 잠시 후에 내 대사를 받아줄 것이다.

감독은 진실을 원하기 때문에 텍스트를 무시했다. 글로 쓰여 있는 것을 지키지 않았고, 말로 얘기되는 것만 믿었다. 즉흥적 대사가 세계 최고의 대본보다 나았다. 더구나 이날 그는 문자는 젖혀두고 숫자를 활용했다. 그가 내게 하나의 음정을, 하나의 의도를, 이를테면 두려움, 분노, 슬픔, 짜증을 던져주면 나는 그것을 숫자로 적당히 표현해야 했다. 내가 무슨 얘기를 하는지는 중요하지 않았다. 이 경우엔 숫자에 아무 의미가 없었다. 내가 그것을 말하는 방식이 중요했다.

사실, 처음 5분이 힘들었지 조금 지나자 이 연습이 재미있었다. 놀이 같기도 하고 가볍기 때문에 꽤 흥미로웠다. 나는 그걸 일요일에 조카들과 함께하는 숨바꼭질처럼 생각했다. 놀이에 뛰어들면서 나는 어린 시절로 돌아갔다. 즐겁고 해방감을 안겨주는 놀이였다. 아무것이나 말하고, 척하고, 정말로 느끼지 않는 감정을 표현하기 위해 가상의 가면을 빌리는 놀이. 아니다, 사실 내면에선 조금은 자신의 말에 귀를 기울이긴 했다. 나는 그렇게 지각했다. 우리는 누구나 그런 감정들을 조금씩은 갖고 있다. 그것들이 표출되도록 적절한 지렛대를 발견하기만 하면 된다. 나는 프랑시스와 함께 리듬을 찾았다. 숫자로 된 터무니없는 대화를 나누며 공모의식이 생겨났다. 내가 숫자 9로 그에게 욕설을 내뱉자 우리는 웃음을 터뜨렸다. 우스운 상황이었다.

나는 조금 전 한쪽 구석에서 카메라를 분명히 보았지만 잊어 버렸다. 그것이 돌지 않는다고 믿었다. 내가 오디션을 보고 있다는 사실을 잊고, 스스로에게 압박감을 주지 않기 위해서였다. 이제 오디션은 끝났고, 필름은 돌았다. 망친 거라면 나로선 어쩔 도리가 없었다. 숫자로 된 장광설을 끝낸 뒤 입구에서 물을 마시고 있는데 감독이 나를 불렀다. 나는 여전히 자신감이 없었기에 최악의 결과를 예상했다. 그가 내게 감사인사를 하고 관대하되 차가운 어조로 이렇게 말하리라고 생각했다. "연락드리겠습니다…." 바로 이 점에서 나는 내가 아직 성숙하지 못했다는 걸 깨달았다. 나는 어머니가 바라는 대로 자랐다. 그래서 여전히 사람들이 혼낼까봐, 잘못했다고 말할까봐, 더 잘할 수 있다고 말할까봐 겁내는 어린 여자아이로 남아 있었다. 다른 사람들은 내 재능을 높이 평가하는데 나는 언제나 그걸 의심했다. 어린아이로 남아 있다는 건 얼마나 불쾌한 일인가! 괜한 불안의 순간을 안 가질 수도 있을 텐데 말이다.

자기 집무실에서 클로드는 자신이 본 것에 대단히 만족하며 캐스팅이 끝났다고 말했다. 그는 단언했다. "난 나의 제인을 찾았어요." 놀란 내가 감히 물었다. "확신하세요?" 그가 오디션을 계속해야 하지 않을까? 나에 대해 잘못 생각한 게 아닌 것이 확실한가? 시릴이 그 자리에 있었더라면 아마도 내게 따귀를 날리고 싶었으리라. 나는 정말이지 자기 가치를 높이도록, 자기 PR을 하도록 생겨먹지 않은 모양이었다. 나는 그의 제인이 되었다. 그의 즉흥성이 나는 불안했다. 그렇게 빨리 결정을 내리면 똑같이 빨리 생각을 바꿀 수도 있지 않을까 걱정되었다. 그는 내 눈 속에서 걱정의 빛을 보았다. 그러자 내가 선택되었다고, 내가 완벽하며, 잘 될 거라고 거듭 말했다. 나는 멍한 상태로 호텔로 돌아왔다. 그 소식을 받아들이지 못했다. 장난처럼 캐스팅을 치르러 왔고, 오디션 동안 실컷 웃었는데 바로 선택되다니. 인생이란 도무지 사실 같지 않다!

일단 소식을 받아들이고 나자 나는 침울해지기 시작했다. 주역이라니! 르루슈라니! 나는 가수이지 배우가 아니다! 호텔에서 나는 초조하게 기다릴 시릴에게 전화를 걸었다.

"시릴, 나 큰일났어. 그 사람들이 배역을 내게 줬어!" 그는 미칠 듯이 기뻐했다. 그리고 거의 나를 혼냈다. "아니, 너 미쳤어? 이건 멋진 일이야. 기막힌 소식이라고. 난 네가 자랑스러워. 넌 완벽하게 해낼

거야. 두고 봐."

내 주위에선 자부심 섞인 열광적인 반응을 보였다. 그런데 나는 촬영이 시작되기 전까지 불안과 싸웠다. 전념하리라고 거듭 다짐해보고, 잘못될 이유가 없다고, 르루슈가 식인귀는 아니지 않느냐고, 내가 겁낼 게 없다고 거듭 다짐해도 소용없었다. 날짜가 다가올수록 나는 공포에 사로잡혔다. 전적인 불신이 엄습했다. 2주 후면 촬영이 시작되는데 나는 아직 시나리오도 받지 못했다. 클로드가 설명해주었기 때문에 스토리에 대해, 내 인물에 대해 막연한 생각은 있었지만 자세한 건 알지 못했다. 내가 아는 건 그가 내게 무엇을 맡겼는지 뿐이었다. 슬픔이 잔뜩 실린 침울한 내 눈길은 내 얼굴을 빛내는 미소를 더 강렬하게 만들 뿐이었다. 클로드와 첫 영화를 찍는 건 두려운 동시에 콤플렉스에서 벗어나는 일이었다. 그는 배우들이 자연스럽고, 예측 불가능하고, 자유롭길 원했다. 배우들에게서 느긋함을, 완전히 자기 자신을 내려놓기를 기대했다. 바로 그것, 나 자신을 내려놓는 것이 나는 조금 힘들었다. 자신을 내려놓고 제어하지 않으려면 스스로를 신뢰하고 믿어야 한다. 르루슈가 내게 치료사 역할을 하게 될지도 몰랐다. 시나리오가 없으면 보통 나는 그러지 못하기에, 강제적으로라도 무대 위에서 삶이 나를 사로잡도록 나 자신을 내려놓아야 할 것이다.

19 햇살

그들은 행복했다. 그런 것 같았다. 나의 오빠들과 언니, 그들의 가족. 모든 걸 덥히는 햇살 속에 미소를 머금은 그들의 얼굴을 보니 기분이 좋았다. 이런 순간, 이 사진을 위해 나는 가족 여행을 주선해야만 했다. 우리는 모였다. 전부가 모인 건 아니었다. 떠난 사람들이 빠졌다. 그런데 이날만큼은 모두 생생히 살아 있었고, 공기를, 순간을, 추억을 함께 나누었다. 나는 거의 울 뻔했다. 나머지 시간 동안 그들과 너무 멀리 떨어져 지낸다는 느낌이 들었다.

오빠들과 언니는 소식을 듣고 장난을 쳤다. 내가 르루슈

영화에 출연할 거라는 소식 말이다. 우리는 서로 얘기를 나누었고, 그들은 내게 축하의 말을 전했다. 그런데 나는 그들을 더 자주 보고 싶었다. 우리는 정기적으로 소식을 듣고, 서로 전화도 걸지만 자주 보지는 못했다. 아버지의 죽음 이후로 나는 접촉을 잃었다는 느낌이 들었다. 솔직히 말하자면 엄마의 죽음 이후로 우리 사이엔 거리감이 자리 잡았다. 가족모임도 드물어졌고, 모여도 예전 같지 않았다. 관계가 시들해졌다. 게다가 그 동안 내 주변에도 변화가 있었기에 아마도 그들은 내가 변했다고 느꼈을 것이다.

그렇다. 유명해지고 안락해진 나는 일등칸으로 여행하고 중요한 사람들을 만난다. 그렇다고 내가 어디 출신인지를 기억하지 못하는 건 아니다. 나는 언제나 그들의 어린 동생이다. 하지만 엄마의 치마폭이 사라졌다. 나는 말 그대로 그들의 동생이다. 어쩌면 그들은 나를 부끄럽게 할까봐, 내가 그들을 멸시할까봐 겁내는지도 모른다. 그들 스스로를 매우 소박한 사람들로, 흥미롭지 않은 사람들로 여기는지도 모른다. 나는 그들의 겸손과 거북함을 느낀다. 아이들 중 하나가 유명해지면 가족 안에 진짜 불균형을 낳을 수 있다. 그렇지만 나는 그들을 압도하지 않으려고, 그들을 불편하게 만들지 않으려고 최선을 다한다고 생각한다. 눈에 띄지 않게 선물을 하려고 애쓴다.

그들은 텔레비전에서 나를 보며 나와 접촉을 유지하고 있다. 그들은 내게 방해가 되지 않으려고 전화를 자주 걸지 않는다. 언니 카린과는 각별한 관계를 유지하고 있다. 우리가 자매이기 때문이다. 우리는 가깝다. 아니, 가까웠다. 요즘은 내 곁에 카린을 두고 우리의 추억을 떠올리고 싶다. 언니라면 내 고통을 이해할 거라고 확신한다. 어쨌든 그녀도 똑같은 고통을 겪으니까. 나는 자주 카린 생각을 하고, 그녀의 슬픔을 안다. 사람들이 내게서 보는 걸 나는 그녀에게서 본다.

오빠들과 언니는 내가 너무 바빠서 그들을 볼 시간이 없을 거라고 생각한다. 그러면서 그들도 나를 위한 시간이 많지 않다. 특히 언니는 남편과 세 아이 때문에 여유로울 때가 많지 않다. 이따금 만나긴 하지만 둘이서 만날 때는 없다. 그러면 나는 잉여 존재가 된 느낌이다. 그들은 나 없이도 잘 지낸다. 어쩌면 그들이 내가 그들 없이 잘 지낸다고 상상하기 때문인지도 모른다. 하지만 나는 그들을 사랑하고 그들이 그립다.

나는 느낀다. 우리의 삶 사이에, 우리들 사이에 운명적으로 패인 구덩이를 느낀다. 나는 집으로 돌아갈 때는 겉으로 부유함이 드러나는 것들을 피한다. 도발로 여겨질 수도 있을 것이기 때문이다. 화장을 되도록 적게 하고, 소박한 옷을 입고, 풍경 속에 녹아들려고 애쓴다. 내가 여전히 똑같은 사람으로 남아 있다고 믿게 하려고 애쓴다. 물론 불가능한 임무다. 내가 이미 되어 버린 것을 부인할 수는 없다. 이를테면 내가 옛날 동창을 만나면 그녀는 곧 나를 알아본다. 내가 자라고 늙어가는 걸 텔레비전으로 보았기 때문이다. 20년 넘게 내 활동을 지켜보고 있기 때문이다. 하지만 나는 그녀를 바로 알아보지 못한다. 그녀의 이름을 생각하며 머뭇거린다. 그러면 내가 스타가 되었기 때문이라고 믿는 것이 즉각적인 반응이다. 하지만 아니다! 단지 나는 그녀가 자라는 걸 보지 못했기 때문이다. 내 친구는 열여섯 살이었다. 그런데 이제 마흔넷이 되었다! 이건 다른 사람이다. 내가 느끼는 것을 그들에게 어떻게 이해시킬까? 부와 명성이 내 출신을 잊게 하지 않았으며, 우리 혈관에 같은 피가 흐르고 있다는 걸.

사람들은 처음에 돈을 벌기 시작하면 사치품을 소비하려는 경향이 있다. 나도 그런 광적인 단계를 거쳤다. 따라잡으려는 것이다. 나는 오직 향수 부티크에서만 크림을 샀고, 고급 속옷을 골랐고, 세련된 가게만 다녔고, 세트 메뉴 없이 모든 걸 선택해야 하는 레스토랑에서만 먹었다. 부자들이 하는 것이라고 내가 상상했던 모든 것을 했다. 그러다 나중에 그것이 나를 더 행복하게 만들어주지 않는다는 걸, 돈이란 행복을 위해 조금 보태주고, 생활을 조금 더 쉽게 만들어줄 뿐이라는 걸 깨달았다.

카스 형제자매들에겐 눈 색깔 외에도 한 가지 공통점이 있다. 햇빛을 겁낸다는 점이다. 따라서 우리 형제자매가 배우자들 없이 모인다면 나는 수영장 없는 가건물을 빌렸을 것이다. 새 천년이 시작되기에 나는 우리 가족을 코르시카의 스페론 만으로 데려왔던 것이다. 나는 몇 주 동안 좋은 날짜, 좋은 장소, 좋은 집을 찾으려고 온갖 고심을 했다. 결혼식을 준비하는 것이었더라면 차라리 덜 스트레스를 받았을 것이다! 나는 가족들을 화나게 하거나 거북하게 하거나 실망시킬까봐 걱정했다. 멋진 장소를 원했다가 곧 반대되는 생각을 했다. 관리를 맡아줄 사람을 생각했다가 하인을 둔다고 날 질책할까봐 겁이 났다. 나는 끊임없이 이런 질문들을 던졌다. "이걸 좋아할까 아니면 저걸 좋아할까?", "이게 나을까 저게 나을까?", "이걸 어떻게 받아들일까?". 이건 내게 아직 남은 것을 잃을까봐 불안한 마음에, 사랑 때문에 잘못 생각하고 스스로에게 가하는 고문이고 두통거리였다.

사실 그들은 내가 찾은 집을 좋아했다. 주 건물이 하나 있고, 작은 방갈로들이 여럿 있어서 각자 독립된 공간을 가질 수 있었다. 한 방에서 셋이서 자던 아주 오래 전 시절에 비하면 큰 변화였다. 같은 생각으로 자동차도 여러 대 준비했다. 대체로 그들은 이곳에 온 걸 좋아하는 것 같았다. 나도 그들을 기쁘게 해줄 기회를 얻어 흥분되고 들떴다! 몇몇은 여기까지 온 여행에 대해 얘기했다. 특히 비행에 대해. 그들은 비행기를 타고 까마득한 땅과 얼룩 진 바다와 구름을 본 것이 처음이었던 것이다. 그들의 얘기를 듣는 건 참으로 행복한 일이었다!

거의 한 달 동안 내 눈에는 그들의 미소와 가벼운 기쁨과 함께 휴가를 보낸 즐거움이 담겨 있었다. 우리는 심각한 주제들에 대해 얘기하지 않는다. 서로 속마음을 털어놓지 않는다. 이 체류에서 가장 좋았던 순간은 카스 가족 모두가 줄지어 쿼드를 탔을 때였다. 모터 소리가 요란했고, 우리 주위로 황토 먼지가 날았다. 우리는 참 많이도 웃었다!

우리는 그 순간을 누렸고, 더없이 바보 같은 말들을 했고, 식탁에서 몇 시간을 보냈다. 오후가 끝날 무렵 석양을 바라보며 테라스에서 식전술을 마시는 습관을 지켰고, 이따금 향수에 물든 광경 앞에서 목이 죄어 오면 서로 이해하는 얼굴로 침묵을 지켰다. 우리 가족은 감정을 얘기하지 않는다.

이제 헤어질 시간이었다. 바닥을 헤아릴 수 없는 슬픔이 나를 엄습해왔다. 돌이킬 수 없는, 끝이라는 감정이. 나는 우리가 함께 나눈 것에, 우리의 만남에, 우리가 애정을 즐겁게 맛볼 시간을 가진 것에 만족해야 했다. 그런데 나는 그 이상을 원했다. 나는 휴가가 끝날 때 집들이 차츰 비어가는 허전한 순간을 무엇보다 싫어한다. 아직 여름의 소리에 물들어 있지만 핏기를 잃고 깨끗이 비어가는 순간을…. 떠나면서 브뤼노가 내게 말했다. "파트리시아, 르루슈가 엑스트라를 찾으면 나 여기 있어. 언제든지 불러…." 나는 기억해 두었다. 이 순간부터 나의 오빠들과 언니는 어쩌면 내가 그들을 돕고, 그들에게 힘이 되고, 그들을 기쁘게 하는 걸 받아들일 것이다.

20 영화 무대

그녀가 나를 치유해줄 사람이다. 무덤을 향한 고된 순례는 별개의 얘기지만. 그녀에겐 그럴 힘이 있는 것으로 보였다. 그녀란 제인이다. 클로드의 영화 속 나의 배역. 그녀는 병들었다. 하지만 시련에 맞선다면 분명히 살아남을 수 있을 것이다. 오늘은 주술 치료사의 집에서 벌어지는 장면을 촬영하는 날이다. 주술사의 눈길은 견디기 힘들었다. 나는 강한 충격을 받았다. 그녀 눈동자엔 흰자밖에 보이지 않았다. 고백하건대 그 눈은 내게 공포를 안겼다. 그녀는 두 손으로 내 얼굴을 쥐고 강렬하게 나를 응시하며 알 수 없는 언어로 말을 했다. 유대교 신비철학의 문장들을, 이상한 말들을 거듭 말했다. 마치 그녀에게 소유당한 듯한, 감염된 듯한 무척 불쾌한 기분이 들었다. 그녀가 좀 더 분명하게 보려고 내 내면에 구멍을 뚫으려는 것 같은 기분이었다. 마녀 같은 그녀의 얼굴이 내게서 5센티미터밖에 떨어져 있지 않아서 나는 그녀의 숨결을 느꼈고, 까뒤집힌 그녀의 눈을 보았다. 눈 깜빡 하지 말고 눈물도 흘리지 말고 꿰뚫어 보는 듯한 그 눈길을 견디라는 것이 지시사항이었다. 나는 쓰러질 지경이었다. 이제 겨우 두 번째 촬영인데 세 번째를 견뎌낼 수 있을 것 같지 않았다. 강제로 내 영혼을 탐색하는 그 여자 때문에 나는 마음이 온통 흔들렸다. 그녀는 내가 청소년기에 만난 적 있고, 나중에 엄마가 아팠을 때 다시 본 적 있는 민간 치료사를 생각나게 했다.

그 치료사와의 만남에 대한 기억은 그다지 많이 남아 있지 않지만 다만 그가 내 손을 너무도 세게 쥐어 나를 떨게 만들었던 짧은 순간은 생각난다. 그는 거의 외계인 같은 눈길로 꿰뚫을 듯 나를 응시했다. 나는 그가 내 안에 뛰어들어 속을 들여다본다는 느낌이 들었다. 무척이나 당혹스러웠다. 내 정신이 발가벗겨진 느낌이었다. 그는 마치 다른 세계에 뛰어들 듯이 내 마음 속에 뛰어들었고, 눈으로 그 세계를 얘기했다. 공포스러운 경험이었다. 감히 그만 하라고 말하지는 못했지만 그런 느낌은 난생 처음이었다. 그 놀라운 경험은 내게 큰 충격으로 남았다. 그런데 지금 그런 경험을 다시 하고 있었다.

그래서 나는 제인과 치료사 간의 이 장면을 좋아하지 않는다. 처음에는 이 장면을 거의 보상처럼 생각했다. 꽤 힘든 전체 시퀀스에 비해 쉬운 부분이라 여겼던 것이다. 영화는 힘든 작업이었다! 클로드의 즉흥성과 제레미 아이언스Jeremy Irons의 농담 덕에 촬영장 분위기는 좋았지만 하루에 할 작업이 많았고, 물론 주연인 내게는 요구가 엄청나게 많았다. 나는 분장에 많은 시간을 보냈고, 더위에 맞서 싸우느라 애썼다. 이 점이 예상보다 촬영을 더 힘들게 만들었다.

그렇지만 나는 저항력이 있다. 운동을 꽤 좋아하기도 한다. 의욕도 넘쳤다. 하지만 방금 촬영한 마녀 시퀀스가 나를 기진맥진하게 만들었다. 제인이라는 인물을 생각하면 그래야만 했다. 인기 떨어진 여가수, 기억상실증에 걸린 슬픈 여자, 살아갈 마지막 수단을 찾으러온 병든 여자. 그 수단이란 다른 무엇보다 무덤이었다. 그리고 그 무덤은 높은 곳에 있었다. 모든 영적 안내자가 그렇듯이 산꼭대기에 숨어 있었다. 모래 산 위에. 기적을 만날 기회를 얻기 위해 남부 지방에서 가장 더운 시간에 물도 없이 모래언덕을 올라야만 했다.

'보통'의 감독, 다시 말해 바쁜 감독과 함께 작업을 했더라면 나는 자동차를 타고 올랐을 테고, 실신이나 때로는 아주 심각한 결과를 낳는 다른 사고를 피하기 위해 자동차가 시원한 물이 채워진 아이스박스와 함께 나를 언덕 한가운데 내려주었을 것이다. 나는 그저 땀 두세 방울을 보여주기 위해 몇 발짝 걸었을 테고, 그렇게 촬영을 마쳤을 것이다. 그러나 클로드 르루슈와는 다르게 진행되었다. 그는 내게 작열

하는 태양 아래 모래언덕을 달려서 올라야 한다고 설명했다. 정말로. "꼭대기까지요?" 내가 물었다. "바로 그거요. 꼭대기까지, 무덤까지." 그는 농담하는 얼굴이 아니었고, 이건 신입생 신고식도 아니었으며, 내가 꿈을 꾸는 것도 아니었다.

그곳은 모로코였고, 봄이었으며, 사막 한가운데였다. 너무 더워서 아침 8시만 되어도 해를 피해야만 했다. 특히 나는 쉽게 화상을 입는 체질이다. 올라야 할 가파른 언덕을 쳐다보니 겁이 덜컥 났다. 설상가상으로 모래 속에 발이 걸릴 만한 것이 없어 몇 밀리미터, 심지어 몇 센티미터씩 푹푹 빠졌다. 막막한 나는 시릴에게 나와 같이 모래언덕을 올라달라고 애원했다. 원칙을 내세웠다. 내가 힘들면 그도 힘들어야 한다는 원칙! 그는 젤라바를 입고 단역들 틈에 섞이면 될 것이다. 그는 연대의식을 느끼지 않을 수 없게 되었다. 나는 완전히 악의적이었다. 가련한 사람! 매니저라는 지위가 나의 고역을 그 정도까지 함께해야 하는 건 아니었다. 어려서부터 나는 치러야 할 힘든 순간들에 모두를 끌어들이는 경향이 있었다. 그 순간들을 함께 나누는 사람이 많을수록 그 순간들이 덜 고통스러우리라고 믿었다. 이를테면 고약한 약을 먹어야 할 때 나는 사람들이 그것을 나와 함께 먹도록 고집했다. 뇌가 폭발할 것 같은 느낌을 주는 흡입을 다른 사람도 나와 같이 누리게 했다.

나는 해내지 못하리라고 확신하고서 내가 무너질 순간에 시릴이 곁에 있기를 바랐다. 죽어서 뻣뻣하게 쓰러질 때 말이다! 감독은 나의 건강한 신체를 고려해서 걱정하지 않았다. 그는 내가 나이도 젊고 단

련도 되어 있다고 생각했다. 다만 그늘에서도 기온이 40도였고, 그들이 '언덕'이라고 부르는 것이 사실은 벽이었을 뿐이다. 오르다 보니 점차 나는 힘이 빠졌고, 내 무릎은 혹독한 시련을 겪었으며, 온몸이 땀범벅이 되었다. 기진맥진한 채 나는 십자가 길을 계속 올랐다. 예상대로 발이 푹푹 빠져서 빨리 나아가지 못했다. 몇 시간 동안 계속된 고된 오르기는 그 자리에서 죽을 정도로 길었다! 한 발짝 한 발짝이 나를 성스러움을 향해 인도했지만 죽음을 거쳐야만 했다. 처음에 내 얼굴은 태양 아래 분홍빛으로 변했다. 2백 미터를 가자 새빨개졌다. 그러더니 보라색으로 변했고, 시릴은 나를 신기하다는 듯 쳐다보았다. 그것이 나를 엄청나게 화나게 해서, 카메라만 없었다면 그에게 소리를 질렀을 것이다. 그러다 능선이 보였고, 순례의 끝이, 나를 기다리는 실루엣들이 보였다. 꼭대기에 도착하면 그들을 죽이고 싶었다. 누구라도 내 얼굴색에 대해, 나의 느린 속도에 대해, 땀에 젖은 내 옷에 대해 지적을 하면 그 자리에서 죽일 작정이었다.

마지막 몇 미터는 기어서 올랐다. 클로드는 내게 꼭대기에 도착하면 무덤에 쓰러질 것을 요구했었다. 나는 연기가 아니라 정말로 지쳐서 쓰러졌고 뻗어버렸다. 그리고 곧장 파업을 할 태세가 되어 있었다. 감독이 내가 있는 곳으로 왔을 때 나는 그에게 눈총을 쏘며 말했다. "아, 진짜를 원하셨죠? 난 죽을 뻔했다고요! 감독님 영화에서 이걸 원한 거죠? 내가 생방송으로 죽는 것 말이에요." 그는 웃었고, 자신의 행동에 완전히 흡족해 했다. 완전히 기운 빠지고 탈진된 나를 그들은 에

어컨이 달린 자동차 속으로 데려갔다. 그들은 내 몸의 체온과 심장 박동을 낮추려고 도왔다.

정말이지 내 배역 제인은 상태가 좋지 못했다. 나는 그녀의 재난 당한 얼굴을, 자포자기의 눈그늘을, 멍한 눈길을 갖기 위해 분장에 오랜 시간을 들였다. 두통으로 괴로워하는 사람의 파리한 빛을 강조하기 위해 그들은 내 얼굴에 가늘게 실핏줄을 그렸다. 제인에게 애착을 느끼게 한 가슴 아픈 장면들이 있었다. 나는 클로드가 권하는 대로 촬영 영상에 눈길을 던지는 걸 거부했다. 거울 속의 나를 쳐다보는 것조차 이미 힘들었다. 르루슈가 내게서 포착하려고 한 것은, 전달하려고 한 것은 바로 이것이었다. 헤아릴 수 없는 슬픔에서 기쁨으로 순간적인 이행을 눈으로 보여주는 것이었다. 비에서 태양으로, 그늘에서 빛으로 넘어가는 재빠른 이동을.

교수대 언덕 외에도 촬영하기 약간 '골치 아픈' 다른 장면들도 있었다. 무엇보다 키스 장면이 그랬다. 오히려 내 파트너와는 아무런 문제가 없었다. 제레미 아이언스는 잘생겼고, 영국 억양이 매혹적이었다. 그와 나는 좋은 관계를 맺고 있었다. 내가 그에게 정말 키스를 해야 하는지 아무도 내게 일러주지 않아서 나는 영화가 아니라 진짜 키스를 하는 쪽으로 혼자 결정했다. 를루슈가 우리에게 줄곧 진짜를 요구했기 때문이다. 그리고 위험할 게 아무것도 없었기 때문이다. 카메라가 있으니 좋은 결과를 낳을 수 있을 것이다. 나는 직전에 박하사탕을 먹는 걸 잊지 않고 촬영에 임했다. 모든 게 멋지게 진행되었다.

촬영장 분위기는 오히려 축제 분위기였다. 완벽한 예술가인 제레미는 기타를 가져와서 저녁마다 우리에게 미니 콘서트를 해주곤 했다. 촬영 틈틈이 우리는 얘기를 나누었고 다른 사람들과도 농담을 즐겼다. 오빠 브뤼노도 와 있었다. 나는 오빠 부부를 모로코로 초대했다. 모래언덕에서 긴긴 하루를 보낸 뒤 탈진하지 않았을 때면 그들과 멋진 저녁시간을 보냈다.

제레미와는 아주 가까워졌다. 그는 촬영하는 동안 나를 도왔다. 어떤 장면에서 내가 막히면, 어떤 문장이나 어떤 상황을 어떻게 연기해야 할지 모를 때면 그가 나를 인도했다. 우리는 부족한 점에서 공모자였다. 프랑스어에 대해 그가 느끼는 어려움, 배우로서 내가 느끼는 어려움. 하지만 우리의 친목은 촬영장에서 곧 화제가 되었다.

촬영 종료를 축하하는 파티에서 나는 모로코에서 함께 보낸 순간들에 윙크 같은 깜짝 선물을 준비할 생각을 했다. 가짜 여행허가증에다 여정과 드레스 코드를 적었다. 모두 젤라바를 입을 것! 나는 친구들인 한 밴드를, '우주 속의 돼지들'을 초대했고, 팀의 여자들을 하나하나 찾아가서 나와 함께 밸리댄스를 추자고 제안했다. 처음엔 모두들 그럴 의사를 보였다가 이동하는 동안 모두 나를 버리고 포기했다. 현지 의상 차림으로 나만 홀로 남게 되었다. 다행히도 나는 무대 위에 홀로 남겨지는 데 길들어 있었다! 내가 데킬라 몇 잔을 마신 뒤 춤을 시작하자 여자들은 내 용기에 경의를 표했다. 남자들은 내 용기보다는 내 공연에 더 관심을 보였다. 내가 진지하게 춤을 추었다는 건 분명히 말해두어야겠다. 보여줄 만한 수준이 되려고 수업까지 받았으니까. 이 파티는 정말이지 아주 유쾌했다. 나는 클로드 르루슈가 나와 함께 〈마드무아젤은 블루스를 노래해〉를 부르도록 설득하기까지 했다!

2주 뒤 우리는 다시 만났다. 영화 팀 전부를 위해 런던에서 열린 저녁모임에서였다. 나는 제레미를 다시 보게 되어 정말 기뻤다. 헤어질 때 제레미와 나는 작별키스를 나누었다. 이튿날 이 키스는 영국의 모든 대중 신문의 1면을 장식했다. 온갖 전설 같은 얘기와 함께. 나의 첫 반응은 웃어넘기는 것이었다. 나는 거의 기분이 좋았다. 언론이 내게 고약한 약혼자를 결부시킬 수도 있었을 터였기 때문이다. 이 일화에도 아랑곳하지 않고 우리는 프랑스, 파리에서 다시 만났고, 우리와 관련된 소문은 더욱 거세졌다.

우리는 아주 친한 친구였지만 커플이 되는 건 생각할 수 없는 일이었다. 전세계 언론에 실린 기사들과 사진들이 우리 관계를 결국 깨뜨려 놓았다. 이제 우리는 결코 만나서는 안 될 것이다. 나는 또 다시 미디어가 경망스럽게 저지른 돌이킬 수 없는 피해를 감내해야만 했다.

클로드 르루슈와도 각별한 관계가 되었다. 촬영 기간이 우리를 가깝게 해주었고, 우리는 우정관계를 지킬 줄 알았다. 그는 내게 잊을 수 없는 선물을 하고 싶어 했다. 나는 그것을 데킬라라고 이름 붙였다. 데킬라와 나는 금세 떨어질 수 없는 사이가 되었고, 나는 가는 곳마다 녀석을 데리고 다녔다. 순회공연까지도. 심지어 우리는 매번 콘서트를 끝낼 때마다 내 숙소에서 작은 의식을 벌이곤 한다. 기진맥진해서 내가 바닥에 누우면 데킬라도 네 다리를 허공에 올리고 내 곁에 눕는 것이다. 녀석은 내 사랑, 나의 아름다움, 나의 천사다.

꿈과 악몽 21

플래시가 터지고, 사진기자들이 우리를 부르고, 군중이 방책으로 몰려든다. 이 순간은 아주 짧으면서 동시에 아주 길다. 나는 이 의식에 익숙하지 않아서 영화에서 여주인공 역할을 맡고도 온전히 적법한 자리에 있다는 느낌이 들지 않았다. 이날 저녁 또 다시 나는 자신감을 잃었다. 나는 클로드 르루슈와 제레미 아이언스, 영화 촬영팀과 함께 마지막으로 레드 카펫을 밟았다. 우리는《레이디스 앤 젠틀맨Ladies and Gentleman》으로 칸 영화제의 막을 내렸다.

이날 오후 기자회견에서 나는 내 배역에 대해 말할 수 있었다. 제인의 고통에 대해, 산산조각 난 그녀의 삶에 대해. 영화와 영화의 오리지널 음악으로 어떻게 공연을 만들게 되었으며, 곧 《피아노-바》라는 제목으로 순회공연을 하게 된다는 사실도 말했다. 프랑스어로 된 정통 재즈곡들을 영어로 부를 예정이었다.

물론 나는 내가 존경하는 배우 제레미의 팔짱을 끼고 칸의 계단을 오르는 것이 자랑스러웠다. 그렇지만 나는 위대한 감독들이 있는 자리에서는 겸손할 줄 안다. 이 해엔 데이비드 린치, 스콜세지, 밀러, 그리고 수많은 유명한 배우들이 있었다. 사실, 나는 아름다운 공주의 드레스를 입고 결혼하는 걸 마음속으로 한 번도 꿈꿔본 적이 없듯이 사진기자들의 쇄도와 레드 카펫에 대해 한 번도 환상을 품어본 적이 없었다.

나는 배우가 아니다. 내가 배우라고 믿으려면 다시 시작해야 했다. 내가 정당성을 획득하려면 내 눈에는 한 번으로는 충분하지 않았다. 게다가 나는 명예에 민감하지만 미칠 듯이 명예를 좇는 건 아니다. 내게 경의의 진짜 증거는 콘서트 동안 관중이 보이는 환호와 눈물 또는 팬들의 눈물이다.

칸 영화제는 약간 실망스러웠다. 사람들이 줄곧 내게 찬양하던 분위기는 살짝 무미건조해 보였다. 어쩌면 우리가 축제 마지막에 도착해서였는지도 모른다. 제레미와 함께 보낸 멋진 저녁, 휴 그랜트의 무릎 위에 앉았던 재미난 시퀀스가 기억에 남긴 하지만 그 시절 내가 칸

체류에서 기대했던 찬란함은 없었다.

몇 년 뒤, 나는 《오션스 13Ocean's Thirteen》의 스타들과 나란히 레드 카펫을 오르기 위해 다시 칸으로 갔다. 그때는 모두가 말하던 그런 흥분을 느꼈다. 조지 클루니와의 아주 짧은 만남 덕에! 샤론 스톤Sharon Stone이 에이즈 퇴치 미국 재단인 Amfar를 위해 연 저녁식사에 참석한 나는 팬으로서 그를 만나기를 열렬히 바랐다. 나는 그가 미칠 듯이 좋았다. 그는 나의 아버지를 떠올렸다. 그리고 난 실망하지 않았다.

뒤로 몇 걸음 물러나면서 나는 내 자리를 찾고 있었다. 바로 그때 웬 남자의 등에 부딪쳤다. 나는 반사적으로 사과를 했는데, 그 사람이 바로 조지 클루니라는 걸 깨달았다! 난 그에게 말을 걸어 내 곁에 그를 붙들어둘 한 마디 말을 찾을 정신이 없었다. 손을 내밀면 닿을 곳에 그가 있다는 사실에 극도로 흥분해서 때를 놓치고 말았다. 너무 속상해서 내 가방이라도 씹어 먹고 싶었다!

종종 내가 내 취향이라고 생각되는 유명한 사람들에 대해 말하면 사람들은 놀란다. 그리고 이렇게 말한다. "아니 이렇게 유명한 네가 그 사람들을 모른단 말이야?" 사람들은 유명한 사람들끼리는 모두가 서로 알고 만난다고 상상한다!

칸에서 돌아온 나는 《피아노-바》 순회공연을 파리의 겨울 서커스에서 시작했다. 그리고 미국으로 날아갔다. 이번에는 주눅 든 느낌이 덜했던 뉴욕을 거쳐 시카고와 디트로이트로 갔다. 디트로이트는 매연에 덮인 하늘이 국경 근처의 작은 도시를 떠올리게 하는 노동자들의 도시였다. 곧이어 나는 캘리포니아의 샌프란시스코와 로스앤젤레스에 내렸다. 도시를 거닐며 구경할 시간은 없었다. 순회공연은 속도가 빨라졌다. 같은 장소에 24시간 이상을 머물지 않았다. 나는 도착해서 노래하고 떠났다. 내가 있는 곳의 분위기는 관객들이 알려주었다. 내게는 관객이 방문할 유일한 기념물이었다. 편곡은 내밀한 색조를 부여했고, 콘서트 동안 친근한 분위기를 만들어냈다. 꽤 섹시한 차림으로 나는 〈And now… Ladies and gentleman…〉으로 공연을 시작했다.

프랑스로 돌아온 뒤엔 전국에서 몇 번의 콘서트를 열었다. 티옹빌에서는 가족을 오게 해서 잠시 머물렀다. 그리고 액상 프로방스. 이날 저녁 내 순회공연에 검은 장막이 드리웠다. 나는 막 공연을 마치고 기진해서 숙소에 있었다. 평소처럼 숨이 차서 누워 있었고, 데킬라가 낑낑대며 구르기를 하는 걸 보며 웃고 있었다. 땀에 젖었기에 오한이 느껴지기 전에 일어나 옷을 갈아입어야 한다는 걸 알았다. 하지만 달리기를 한 뒤처럼 기진맥진해서 나른한 상태였다.

시릴이 창백하고 심각한 얼굴로 들어왔다. 눈가에 눈물이 맺힌 채 그가 나를 슬프게 바라보았다. 개와 함께 보낸 유쾌한 시간, 무대 후의 열광, 조금 전까지도 느껴지던 뜨거운 활력이 순식간에 굳었다. 그의 얼굴만 보고도 사고가 일어났다는 걸, 뭔가 좋지 않은 일이 발생했다는 걸 바로 알 수 있었다. "팻, 네 오빠가…." 즉각 나는 브뤼노를 생각했다. 아픈 사람은 그뿐이어서, 건강상의 심각한 문제를 가질 수 있을 유일한 가족이었기 때문이다. 그의 죽음을 알리는 통보는 나를 얼어붙게 만들었다. 난 브뤼노의 비겁함을 원망했다. 슬프면서도 화가 났다. 인생이 혹독할 수 있다는 건 나도 안다. 하지만 부모님이 전해준 첫 번째 원칙이 끈기이고 의지이며 용기라는 것도 안다. 다른 사람들보다 운이 없어도 우리는 싸운다. 아무 말 없이 적이 힘을 장악하도록 내버려두지 않는다. 우리는 자존심이 세다. 포기하지 않는다. 특히나 마흔아홉 살에는. 죽음의 문턱에 서 있을지라도. 그가 우리 모두보다 더 죽음의 선고를 받은 것도 아니었다. 나는 마음이 황폐해졌고 화가 났다. 우리를 버리고 떠난 그가 원망스러웠다. 우리 형제자매와 그의 아내와 아이들을 버린 그가. 불가사의에 맞닥뜨린 불행한 가족은 그걸 풀 길이 없었다.

내가 어렸을 때 브뤼노는 우리에게 해야 할 일과 숙제를 일깨우는 데서 즐거움을 찾던 오빠였다. 우리는 그를 무척이나 무서워했다. 나는 아버지보다 오빠를 더 두려워했다. 항상 감시하고 확인하고 비판하고 혼내는 오빠가 있다는 건 꽤나 괴로운 일이었다. 하지만 그 나머지 시간 동안에 그는 우리를 혼내지 않았고 상냥했으며 재미있었다. 훗날 그는 자신이 당뇨병에 걸렸다는 걸 알고서 달라졌다. 진지해지는 걸 잊었고, 농담하고 웃기만 했다. 약간 거칠었던 그가 나이가 들면서 부드러워졌다. 다른 사람, 다른 오빠가 되었다. 브뤼노가 호인이 되어가는 걸 보는 건 감동스런 일이었다. 형제들 중에 가장 엄격했던 그였으니까. 나는 점점 더 그와 잘 지냈다. 나는 웃는 걸 좋아해서 그의 농담과 우스개를 함께 나누길 좋아했다. 우리는 함께 아주 유쾌한 시간을 보내기 시작했다.

그런데 나의 가련한 오빠는 걱정을 쌓아가고 있었다. 당뇨병 외에도 심장에 심각한 문제가 생겼다. 세 번에 걸친 혈관이식수술로 오랫동안 병원에 머물러야 했다. 계속되는 건강상의 장애로 브뤼노는 만성 우울증에 빠졌고 거기서 빠져나오지 못했다. 그는 자기 몸이 쇠약해져 가는 걸 견디지 못했다.

내가 느끼는 이 걷잡을 수 없는 고통을 그에게 보여주고 싶다. 그가 자신의 과오를, 자신의 잘못을 깨닫도록. 그가 좋아한 노래 〈검은 독수리〉는 오래도록 다시 부르지 못할 것 같다.

힘과 명예 22

2003년 초, 영화와 《피아노-바》 순회공연의 노곤한 시기를 마치고 나는 훨씬 에너지 넘치는 단계로 접어들었다. 오빠의 죽음은 내 안의 무언가를 자극했고, 나는 무기력한 어느 날 새 앨범을 생각했다. 내게는 풍성하고 견고한 음반에 대한 허기가 있었다. 내가 속한 음반회사는 내 추진력을 따라오지 못했다. 나는 작업의 우두머리가 아니라 다양한 협력자들을 원했다. 내게는 강렬한 작품에 대한 아이디어가 있었다. 살짝 성차별적이었지만, 노래만큼이나 남자들도 돌게 만들 작품이었다. 말하자면 나는 주먹을 내보이고 싶었다. 《피아노-바》의 섹시하고 여성스러운 여자는 전투적이고 주장 센 거센 여자에 자리를 내주게 될 것이다.

나는 앨범에 수록될 노래들을 고르기 위해 시간을 들였다. 앨범의 콘셉트는 자연스럽게 드러났다. 앨범 제목은 〈강한 성Sexe fort〉이 될 것이다. 여자의 상징인 '♀' 그림이 그려졌다. 그 기호는 있는 그대로의 나를 표현해줄 것이다. 게다가 이제 나는 예전보다 훨씬 강하고 훨씬 자유롭다고 느꼈다. 해방된 느낌이 들었다. 나는 내 목소리로 예술적, 재정적 자립을 얻었다. 가수로서 나 자신을 입증해 보였다. 열다섯 살에 천 5백만 장의 앨범을 팔았으니까.

내 사생활에 대해서는 남자와 함께하든 아니든 내게 선택권이 있다. 나는 사람들이 '해방된 여성'이라고 부를 만한 사람이다. 그리고 노래가사처럼 '그렇게 쉬운 여자가 아니다'. 물론 이 점이 남자들과의 관계를 복잡하게 만드는 건 사실이다. 남자들은 나를 이중으로 겁낸다. 내가 남자들 없이 지낼 수 있기 때문이고, 유명하기 때문이다. 남자들이 독립적인 여자들을 겁낸다는 걸 나는 이미 알았다. 그들에게 아무것도 요구하지 않고 스스로를 책임지는 여자들을 말이다. 여자에게 자유는 종종 핸디캡으로 바뀐다. 상대를 능가할 수 있고, 자기 생활을 꾸려나가고, 스스로의 힘으로 존재하는 예술가는 안심이 안 된다. 그래서 남자들은 감히 용기를 내지 못하고 다가오지 못하거나 조금만 불편해도 달아난다. 그들이 용기를 내고 다가왔다가 착각을 일으키고 환멸을 느끼게 하는 때도 있다. 〈강한 성〉으로 나는 나약함이 사람들이 생각하는 곳에 있지 않다는 걸 분명하게 표현했다.

나는 혼자서 아이들을 데리고 일과 가정을 꾸려 나가야 하는 여자들의 용기에 자주 감탄한다. 내가 그런 영역에 가담하게 되면 나를 동성애자라고 말하는 주장에 믿음을 안겨줄 우려가 있다는 걸 안다. 사생활에서, 내밀한 관계에서 당신이 성적으로 어떤 사람인지에 대해 사람들이 품는 생각은 현실과 결코 일치하지 않는다. 그들은 당신에게 자신들의 환상이나 자신들이 배척하는 것을 투사한다. 당신이 바로잡으려고 시도해도 그들은 귀를 기울이지 않고 당신 말을 듣지 않는다. 그래서 오래 전부터 이 소문이 퍼져 나를 아주 재미나게 했다. 내가 레즈비언 여자 친구들을 자주 만나고, 그들과 함께 파티를 하다 보니 게이의 아이콘으로 간주되는 건 피할 길 없는 일이었다. 딱히 난처할 것도 없어서 나는 이 신화에 반박도 하지 않고 더 키우지도 않고 그저 그것이 살고 죽도록 내버려두었다.

〈강한 성〉을 위한 새로운 룩, 새로운 태도, 무대 위에서 내 노래를 해석하는 강렬한 방식, 이 모든 것이 내게 잘 맞았다. 사람들은 나의 영향력과 나의 에너지를 조니 할리데이의 것에 비교했다. 나를 여자 조니 할리데이처럼 얘기했다. 우리가 공통으로 지닌 반항적인 면과 아낌없이 쏟아내는 강력한 목소리 때문이다. 짧은 금발 머리, 의지가 강해 보이는 얼굴, 주먹 쥐고 싸우는 듯한 여성성으로 나는 중요한 나의 일부를 드러냈다. 조심스럽고 연약하고 괴로워하는 다른 일부와 대조를 이루는 부분이었다. 더 열띠고 지배적이고 남자들을 잡아먹을 듯한 측면을 드러내는 것이 나는 불만스럽지 않았다. 어떤 이들에게는 내가 거리감 있고, 차갑고, 다가가기 어려워 보인다는 걸 안다. 이 이미지도 정확하지는 않지만 나와 맞다. 하나의 이미지는 모순된다. 전적으로 정확하지도 않고 전적으로 가짜도 아니다. 그것은 어느 한 순간의 자신과 일치하고, 어느 시절, 어느 영향력과도 일치한다. 직접적이건 아니면 훨씬 더 막연한 것이건 영향력으로부터 벗어나기란 불가능하다.

세월과 더불어 변한 것은 내게 어울리는 것과 아닌 것을 결정하는 나의 능력이다. 내 취향은 섬세해졌고 풍부해졌다. 하지만 내 차림이 어떻게 변했건, 내 앨범들의 장르가 어떻게 달라졌건 어떤 취향들은 미리부터 닻을 내리고 있어 그것을 물리치기가 어렵다. 〈강한 성〉에서 나는 한층 더 공격적인 스타일을 결정하고, 전기충격처럼 사람들에게 충격을 주기 위해, 강제로 어떤 시선들을 바꾸기 위해 단절을 시도했다. 재미삼아 살짝 도발을 하며 〈강한 성〉의 길잡이 제목이기도 한, 거슬리는 질문을 던졌다. "남자들은 어디 있지?"

새 앨범에서 나는 남자들을 대거 끌어들였다. 프랑수아 베른하임, 장-자크 골드만, 파스칼 오비스포처럼 오랜 세월 함께해온 공모자들

뿐만 아니라, 프랑시스 카브렐, 패트릭 피오리, 르노, 루이 베르티냑, 스테판 아이셔까지도. 나는 협력을 늘였고, 많은 제안을 받았으며, 그 중에서 고르고 채택해야 했다. 어쨌든 열다섯 곡은 남길 것이다!

활동을 시작하고 처음으로 나는 무언가를 끄적이고 이야기하고 싶은 마음이 들었다. 말, 문장, 글에 대한 콤플렉스에서 비롯된 머뭇거림의 시간을 보내다가 나는 착수했다. 첫 구절로 내가 있는 장소를 묘사했다. 다음 구절에서는 누구에 대해 또는 무엇에 대해 말할 수 있을지 자문했다. 마지막에 이르러 나는 내가 나의 첫 노래를 써냈다는 걸 깨달았다! 그리고 이 첫 노래를 어떻게 만들었는지 이야기했다. 약간은 천진하고 약간은 익살스러운 내 텍스트는 나를 웃게 만들었다. 적어도 나는 시도한 것이다. 하지만 나의 창작을 제대로 평가할 정직함은 내게 있다. 그것은 다른 텍스트들, 진짜 작사가들의 텍스트들보다는 수준 미달이었다. 따라서 나의 첫 텍스트를 간직하지 않기로 결정했다.

다른 곡들은 내가 바랐던 대로 울렸다. 우리는 브뤼셀의 ICP 스튜디오에서 매우 쾌적한 조건으로 녹음을 했다. 비범한 편곡자 프레데릭 엘베르가 함께했다. 내가 그를 알게 된 건 1994년 《매혹의 순회Tour de charme》 때였다. 그가 마지막 순간에 한 연주자를 대체했기 때문이다. 키가 크고 건장하며, 로맨틱한 긴 머리, 다정한 눈길과 조심스런 몸가짐…. 프레데릭은 매력적인 사람이었다. 그의 수줍음은 나의 조심성과 잘 맞았다. 나는 그의 감수성, 그의 직감, 앨범에 동일한 색채를 부여할 줄 아는 그의 능력을 높이 평가했다. 하지만 녹음이 그에게는 골치 아픈 일이 되었다. 앨범에 관계된 사람이 너무 많은데다 모두들 자기 생각을 강요하려 들었기 때문이다. 그는 다른 사람들처럼 아직 명성을 얻지 못해서 자신의 선택을 강요하는 데 어려움을 겪었다. 앨범은 결국 내가 원하는 것과 비슷했지만 몇몇 곡들은 상반되는 영향력들로 빚어졌다고 생각하지 않을 수 없었다.

나는 〈강한 성〉의 레퍼토리로 서둘러 순회공연을 떠났다. 덜 감동적이고 에너지 넘치는 곡들을 잔뜩 준비해서 흡족한 마음에 두 손을 비볐다. 무대를 위해서는 이상적이었다.

나는 의식이 분리된 상태였다. 상황에 놀랐고, 무대 규모에 얼어붙었으며, 초대 손님들에 주눅이 들었다. 게다가 시차도 견뎌내야만 했다. 이날 아침 5시에 이 땅에 발을 디딘 뒤로 나는 의기소침해졌다. 우리는 라 레위니옹에서 《강한 성》 순회공연을 하고 돌아오는 길이었다. 몇 시간 만에 배경이 완전히 바뀌었다. 무성한 식물, 열대기후, 인간적인 수준의 공연장에서 2004년 6월 6일에 전혀 다른 분위기로 건너왔다. 노르망디 해변의 바닷바람과 스무 명의 공화국 대통령들과 왕관 쓴 사람들, 10억의 시청자들이 지켜보는 앞에서 거행되는 연합군 상륙작전 60회 기념식이었다. 35개의 텔레비전 채널이 기념식을 중계했고, 그중 CNN은 생방송으로 중계했다.

무대 위에 오르기 전에도 겁은 났지만 덜했다. 그때까지만 해도 대형 스크린들과 공인들로 가득 채워진 연단들을 아직 보지 못했던 것이다. 게다가 나는 초대받은 유일한 예술가였고, 유일한 가수였다. 프랑스인이자 독일인인 나의 이중 국적 때문에 피아프Edith Piaf가 부른 곡인 〈사랑의 찬가〉를 불러달라는 요청이 내게 들어왔다.

우리를 구하기 위해 하늘에서 떨어지는 군인들을 보여주는 영상과 글들, 거의 성스러운 분위기가 나를 침묵에 빠뜨렸다. 나는 엄청나게 긴장했다. 역사와 자유를 위한 더없이 고귀한 전투를 실어온 바다를 뒤로 한 채 카키색 외투 차림으로 거대한 광장에 선 나는 아주 작아진 느낌이었다.

나는 상륙 당시 노르망디 해변의 얼어붙은 물속에서 헤엄을 쳤던 남자들을 생각했다. 그리고 마음 깊은 곳에서 우러나는 감정을 목소리에 실어 노래를 시작했다. "푸른 하늘이 우리 위로 무너질 수 있고/땅이 꺼질 수도 있지만/당신이 나를 사랑한다면 중요하지 않아요/세상 전부도 나는 상관하지 않아요…." 노래가 끝나고 박수갈채가 쏟아지자 나는 안도했다. 그리고 후들거리는 다리로 무대를 떠났다. 무대 뒤에 와서야 엄청난 압박감에서 풀려났다. 이제 서둘러야만 했다. 바로 축제장을 떠나지 않으면 국가 원수들의 사열 때문에 꼼짝없이 묶이게 될지도 모른다는 얘기를 들었기 때문이다. 우리는 서둘러 빠져나왔다. 자동차 안에서 마침내 나는 긴장이 풀렸고, 이런 대단한 날에 노래한 것이, 이 역사적인 순간을 경험한 것이 기뻤다. 그리고 그 반향으로 2000년 10월 베를린에서 받았던 아데나워-드골 상이 떠오른다. 그 상이 내게 수여된 건 나의 이중 국적 때문이고, 예전에 적국이었던 두 국가의 사랑을 세계적으로 구현해 보이는 존재였기 때문이다.

2003년엔 내가 보기에 가장 가슴 뭉클한 공식적인 보상을 받았다. 독일 연방공화국의 공로훈장을 받은 것이다. 프랑스의 레지옹 도뇌르에 해당하는 훈장이다.

프랑스 대통령[9)]을 나는 이미 몇 차례 만난 적이 있었다. 특히 그는 1994년에 파리 시의 훈장을 수여하기 위해 나를 엘리제 궁으로 초대했다. 그날의 잊지 못할 사건은 내 감사인사가 아니라 내가 연단에서 넘어진 일이었다! 나는 바로 파리 시장의 품에 쓰러졌던 것이다. 그때는 마돈나가 그에게 작은 팬티를 선물한 직후였는데, 정말이지 그에겐 멋진 한 주였으리라!

나는 프랑수아 미테랑 전 대통령과도 따뜻한 접촉을 가졌다. 두 번째 임기 동안 그는 나를 포르투갈 대통령 마리오 소아레스 앞에서 노래하도록 초대했다. 의전부에서는 내가 정확히 22분 동안 무대에 있도록 정했다. 그런데 내 출연에 열광한 국가 원수께서 내가 노래를 그만두는 것에 반대의사를 표했다. 그는 일어나서 내가 있는 무대 위까

9) 1977~1995년 동안 파리 시장을 역임했고, 1995~2007년까지 대통령을 지낸 자크 시락을 가리킨다.

지 올라와 계속해 달라고 청했다. 아뿔싸! 엘리제의 의전부로부터 출연 시간을 엄수하라는 엄격한 브리핑을 받았기에 우리는 다른 걸 전혀 준비해두지 않았던 것이다!

하지만 내게 대통령들과 함께한 가장 재미난 일화는 시락과 푸틴의 저녁식사였다. 체첸에서 벌어진 전쟁 때문에 분위기는 긴장되어 있었다. 이런 만남의 의전은 대단히 인상적이었다. 대리석과 금박 장식 아래, 그림이 그려진 마루판 위로 흰 장갑을 낀 사람들이 조심스레 이동했다. 매우 반듯한 옷차림이 요구되었고, 의전 규칙과 엘리제 궁의 의식은 위압적이었다. 이날 저녁 두 나라가 함께 저녁식사를 했다. 러시아 공식 관료들은 수적으로 많았고, 프랑스 쪽에서는 대통령이 국무총리인 리오넬 죠스팽과 모든 각료들을 대동하고 있었다. 러시아 관료들은 프랑스 관료들을 외면하고 내게 와서 자신들의 동료를 소개하고, 심지어 내게 사인을 청하기도 했다. 이 상황을 시릴은 아주 재미있어 했다. 그는 러시아인들의 그런 태도에 프랑스 대표단이 화가 난 걸 확실히 느꼈던 것이다. 하지만 그 상황을 재미있어 한 건 그만이 아니었다. 시락 대통령도 그걸 깨닫고는 우리에게 개인 집무실로 따라오라고 초대했고, 그곳에서 나의 팬인 푸틴 대통령을 맞이했다. 푸틴 대통령이 좋아하는 노래는 〈빛 속으로 들어가다〉였다. 1970년대 동 베를린에 배속된 적이 있는 그는 독일어를 유창하게 해서 우리는 독일어로 의사소통을 했다. 그 시간은 긴장 완화의 순간, 요컨대 진심어린 순간이었다! 식후 술 한두 잔과 내가 자리한 것이 프랑스와 러시아가 한 순간이나마 두 나라를 대립시키는 긴장을 잊게 만들었다. 내가 이런 일에 쓰일 수만 있다면 얼마든지 좋다. 어쨌든 이것도 조국에 봉사하는 한 방식이 아니겠는가!

같은 해 나는 파리 올랭피아 무대에서 데뷔 20년 축하공연을 열었다. 네 시간에 걸친 마라톤 공연 틈틈이 하나같이 기이한 선물들이 등장했는데, 그 중 하나는 내 경력에서 가장 아름다운 순간 중 하나로 남을 것이다. 앙리 살바도르가 무대에 등장해 우리가 함께 〈시라퀴즈Syracuse〉를 불렀던 것이다. 맙소사, 얼마나 멋졌던지!

삶의 스타일 23

《강한 성》을 위해 다시 찾은 아시아에서 나는 한국인들의 사랑을 받았고, 중국을 발견했다. 중국의 수도는 나라에 비례했다. 베이징을 보고 놀라지 않을 수 없었다. 그곳에서는 현대성이 폭발하기 이전의 혼잡이 느껴졌다. 도시를 새카맣게 뒤덮은 지독한 공해도 놀라웠고, 지그재그로 움직이는 수천 대의 자동차도 놀라웠다. 그리고 노래할 장소를 보고 나는 매료되었다. 암울한 기억을 간직한 천안문 광장에는 정방형의 장엄한 인민궁이 서 있었다. 그것은 15만 평방미터가 넘는 규모여서, 입구 계단 위에 서면 무한히 왜소하게 느껴졌다. 높이도 엄청났기 때문이다. 내부는 천정이 황금빛이고 붉은색이 지배적이었다. 5만 명의 중국인들이 와서 내 노래를 들을 예정이었다. 전체 인구에 비하면 아무것도 아닌 숫자였지만 나는 이 웅장한 장소를 처음 사용한다는 사실에 기분이 좋았다. 새로 지어진 것이 아니라 1959년에 세워진 건물이지만 그곳에서 콘서트를 여는 건 처음이었다. 대형 홀은 그때까지는 당이 필요할 때만 사용되었다. 이 해 프랑스는 대륙만큼 광활한 이 나라에서 귀빈국 예우를 받았다. 어제 나는 상하이에 있었고, 내일은 홍콩으로 갈 예정이다.

중국 관중은 열광적이어서 마음에 들었다. 그들은 주어진 축제의 순간을 누릴 줄 알았다. 그들에겐 대단히 이국적이고 꽤나 먼 존재인 나를 그들은 마치 마오쩌둥이 잘 대해주라는 지시라도 내린 것처럼 따뜻하게 맞아 주었다. 나는 낯선 억양의 언어를 말하는 사람들을 이해하려고 애썼다. 그리고 만리장성을 돌아보다가 그 위에서 다쳤다. 내 팀원들과 경주를 했던 것이다. 계단을 가장 빨리 오르는 사람이 이기는 걸로. 나는 이기려고 기를 쓰고 달렸고, 거의 도착했을 때 미끄러져서 발을 삐끗 했다. 근육이 찢어졌지만 의사를 보러 갈 시간이 없어서 그대로 홍콩행 비행기를 탔다.

목적지에 도착하자 더 이상 걸을 수가 없어 골프용 카트를 타고 공항 대합실을 지나가야만 했다. 우스꽝스런 꼴이었다! 이날 저녁 무대에 서기 위해서 나는 스포츠 선수들이 사용하는 고성능 진통제를 발라야 했다.

나중에 《카바레》 공연에서도 나는 육체적 고통에 맞서야 했다. 여전히 발 때문이었다. 걸을 때마다 극심한 고통이 느껴지는데 무대 위에서 두 시간 넘게 춤을 추고 움직이기란 쉽지 않았다. 축구선수들이 사용하는 약도, 기분전환도 소용없었다. 공연에 완전히 집중함으로써 나는 늘 고통을 이길 수 있으리라고 상상했다. 두통과 함께, 또는 발이 찢어진 채, 또는 경부 탈골이나 실연의 슬픔을 안고 노래도 해보았고, 해냈다. 그렇지만 어떤 대가를 치렀던가? 예술가일 때는 취소를 하기가 힘들다. 너무 많은 사람들에게 간청해야 하기에 아픈 사실을 드러낼 수가 없다. 관객을, 연주자들을, 엔지니어들을 집으로 돌려보낸다는 건 있을 수 없는 일이다. 단지 재정적인 문제만이 아니다. 윤리의 문제다. 서 있을 수만 있다면 고통스럽더라도 무대에 서야 한다. 예술가들에게는 병원이 없다! 우리는 하루를 출연하지만, 사람들은 이날 저녁을 위해 티켓을 미리 산다. 계획이 미리 세워져 있는 것이다. 그들을 존중해서 무대에 올라가야 한다! 통증을 참고 자기 한계를 뛰어넘어야 한다. 그럴 때 초인적인 노력이 요구되지만 만족감을 얻는다. 관중의 열광이 진통제처럼 작용해 지옥같은 통증을 어느 정도 가라앉힌다.

《강한 성》 순회공연은 다른 여러 나라들 중에서도 블라디미르 푸틴의 나라로 나를 인도했다. 보통 때는 모스크바와 상트 페테르부르크에만 머무는데 이번에는 우랄에서 시베리아까지 여러 도시들을 거치는 순례에 뛰어들었다. 나는 동쪽에서 서쪽으로 이동하며 열다섯 곳에서 콘서트를 했다. 나를 전적으로 신뢰해주는 이 나라를 순례하는 여행이 이제 내게는 친근해졌고 위안을 안겨주었다. 가는 곳마다 저녁 공연장은 관객들로 가득 들어찼다. 그곳 사람들에게 나는 언제나 그들의 프랑스 친구였다. 그들은 가는 곳마다 두 줄로 서서 나를 명예롭게 맞아주었다. 나를 부르고 초대하고 국가 차원의 텔레비전 쇼들을 내게 할애했다. 나는 이 나라의 가장 유명한 인사들과 함께 출연했다.

그들의 사랑은 세대를 넘어 이어졌다. 어머니에서 딸로, 아버지에서 아들로. 그것은 만나는 관중 속에서 확인할 수 있었다. 그들은 가족끼리 내 콘서트에 왔다. 내가 공연하는 도시들에서 나는 거의 언제나 음악학교나 '로스토프-쉬르-르-동'에서처럼 내 이름이 붙은 유치원에서 열리는 콘서트에 초대받았다. 영광스럽게도 바이올린 명인들이나 어린 러시아 가수들이 내 히트곡들을 부르거나 연주했다.

노래를 부르는 금발의 그 아이들을 쳐다볼 때마다 나는 더 어린 시절의 나를 떠올렸다. 세상을 여행하며 돈을 벌고 음반을 만들고 공연하는 걸 꿈꿨던 나이의 나를. 감동적인 그 아이들을 보자 아이를 갖고 싶다는 욕망이 어렴풋이 스쳤다.

나는 아이를 낳겠다는 결정을 한 번도 한 적이 없었다. 그런데 내 몸은 그런 결정을 내렸다. 의도하지 않은 임신을 여러 차례 하게 된 것이다. 그럴 때마다 나는 놀랐고, 겁에 질렸고, 약간 화가 나기도 했다. 어쩌면 내가 결정하지 않은 것을 내 배가 자율성을 갖고 스스로 결정했다는 생각 때문에 불쾌했던 것인지도 모른다. 어떤 이들은 무의식적으로 내가 아이들을 원했을 것이며, 그 남자들을 사랑해서 그들에게 아버지가 될 기회를 주려고 했을 것이라고 말한다. 나는 그렇게 생각하지 않는다. 그런 일이 일어났을 때 나는 한 번도 아기를 갖고 싶을 만큼 꽤 진척된 애정관계에 있지 않았다. 게다가 그런 적이 없었기에 이런 생각도 해본 적이 없었다. "이 사람과 가정을 꾸릴 거야. 그는 내 아이들의 아버지야." 어쩌면 한두 번은 했을지도 모른다. 나는 미래를 생각하고, 사랑하는 사람과 함께하는 장래를 믿는 데 언제나 약간 어려움을 느낀다. 계획을 세우기가 어렵다. 내 직업 때문만은 아니고, 모든 게 내게는 가설처럼 보였다. 참여-아이를 갖는 것도 일종의 참여다-를 하려면 나는 겁부터 난다. 마치 미리부터 실패한 것처럼, 머릿속 생각에 불과한 것처럼. 나는 인생을 신뢰하지 않는다. 점점 더 그렇게 된다.

따라서 내가 임신한 사실을 알게 되면, 여럿이 함께하는 미래를 내가 품고 있다는 사실을 알게 되면 불안해졌다. 그리고 매번 상황이 아이에 대한 계획을 계제에 맞지 않는 일로 만들었다. 순회공연을 어떻게 그만두며, 활동을 어떻게 중단하겠는가. 이런 질문들을 나는 제기할 수밖에 없었다. 솔직히 말하자면 그것이 내게는 불가능한 일처럼 보였다. 지금까지 이뤄놓은 작업에 대한 배신처럼 보였다. 그런 나를 상상할 수가 없었다. 그런 순간들에 어머니 역할을 맡은 나를 상상하지 못했다. 어머니에 대한 나의 생각, 내가 가진 그림은 나의 어머니의 것이었고, 우리에게 헌신하는 어머니, 여행하지 않는 어머니, 우리를 품는 어머니였다. 그리고 나에게 아이란 한 남자와 함께 만드는 것, 좋은 아버지가 될 수 있는 좋은 남자와 만드는 것이었다.

그러니 나는 매번 결정을 내렸다. 통보를 받기도 전에. 나는 믿었다. 굳게. 한 번도 망설이지 않았다. 나는 낙태를 경험한 많은 여자들을 안다. 그들 중 많은 경우 의혹이 그들 고통의 일부였다. 내겐 아니었다. 시나리오의 결과에 대해 나는 조금도 초조해하지 않았다. 그저 선택을 했다. 그런 시련은 거치고 나서 아무렇지도 않을 수는 없고, 여러 차례 겪는다고 무뎌지는 것도 아니다.

하지만 나는 세상에 아이를 내놓을 나를 상상하지 못했다. 준비가 되지 않았거나 너무 바쁘거나 좋은 아버지가 생겼다는 확신이 들지 않았다. 나는 나 자신을 엄마로 보지 못했다. 어쩌면 내가 아직 어린 아이였기 때문인지도 모른다. 무대 밖 현실이 너무도 힘들어서, 나 아닌 다른 존재를 그 세상 속으로 끌어들이고 싶은지 확신이 들지 않았다. 물론 내가 낙태를 하지 않았다면 내 삶은 달라졌을 것이다. 세상 곳곳을 덜 떠돌았을 테고, 내 정원을 더 가꾸었을 것이다. 내가 사생활을 소홀히 하지는 않았지만 직업 활동 때문에 사생활이 침해된 건 사실이다. 나는 한 번도 그것을 후회하지는 않았다. 어제도 오늘도. 어쩌면 당신은 선택할 일이 없는 편이 낫겠다고 말할지도 모른다. 내가 하나를 포기하고 다른 하나를 선택한 건 맞을까? 아니면 어쨌든 엄마가 될 준비가 되지 않았던 걸까? 이 질문은 지금까지도 종종 나를 밤에 깨우곤 한다.

《강한 성》 순회공연을 끝내고 나는 잠시 쉬기로 결정했다. 내 개인적 삶이 최근 몇 년 동안 지나치게 활동 리듬에 맞춰져 있었기 때문이다. 남자들이 내 삶에 들어와도 거의 머물지 못했다. 앨범들과 무대 사이에서 사랑할 시간을 찾기란 어려웠다.

나는 어딘가 내 여행가방을 내려놓아야 했다. 내 집에. 나는 생-레미-드-프로방스에서 꿈의 집을 우연히 발견했다. 약간 크긴 했지만 그곳에 사람들을, 친구들과 가족, 연인들을 초대할 생각이다.

난 이제 거의 마흔이 다 되었고, 멋진 사랑 이야기들을 경험하고 싶다. 나쁘게 끝나지 않는 이야기들. 고통을 주지 않는 이야기들. 끝나지 않은 나의 모든 애도들에서 나를 해방시켜 줄 이야기들을. 아무리 내가 러시아에서, 독일에서, 한국에서 스타가 되더라도 무대 밖의 내 삶이 존재하지 않는다면, 그것이 아무런 멜로디도 내지 못한다면 이 모든 것에 무슨 의미가 있겠는가?

하여 나는 무대를 잠시 옆에 제쳐 두었다. 내 곁에 있지 않도록. 나는 고독이 두렵다. 생기 없는 집, 길어지는 정적이 싫다. 하지만 내가 사는 방식은 그런 것들을 찾는다. 그러지 않도록 피하고, 집에 혼자 틀어박히지 않으려고 조심하고, 사람들과 감정들이 들어오도록 내버려

두려고 애써야 한다.

고백하지만 나는 마를린 디트리히의 운명에 사로잡혀 있다. 사강의 운명보다 더…. 나의 활동이 길어지면서 점점 더 부각되는 우리의 닮은 점은 내가 스타일을 바꾸는 데 따라 더 부각되기도 하고 덜 부각되기도 했다. 독일여자, 일찍 활동을 시작하고 인정받은 여가수, 파란만장한 연애 등 릴리 마를린은 오래 전부터 내게 꼭 들러붙어 있었다.

1994년에는 내가 그녀의 역할을 맡는 것이 거론되기도 했다. 나는 테스트를 거쳤고, 미국인 감독 스탠리 도넌은 내게 그 배역을 맡기기로 결정했다. 오디션 때 나는 명확히 다른 세 개의 시퀀스를 연기해 보여야 했다. 첫 번째는 마를린이 〈푸른 천사L'Ange bleu〉를 연기하기 위해 요제프 폰 슈테른베르크 앞에 선 순간이었다. 나는 실제로 독일 여가수가 그랬던 것처럼 거만한 태도를 보여야 했다. 두 번째는 결혼한 마를린이, 남편이 옛 애인 중 한 사람과 가벼운 입맞춤을 하는 걸 보는 상황이었다. 거기서 나는 화내지 않고 최대한 냉정하게 젊은 여자를 붙잡아 진한 키스를 해야 했다. 쉽지 않았다. 하지만 나는 해냈다! 마지막 시퀀스가 내게는 가장 확실한 시퀀스였는데, '릴리 마를린' 노래를 부르는 것이었다. 불행히도 영화는 만들어지지 못했다. 스탠리가 자금을 구하지 못했기 때문이다.

아쉽다. 하지만 때로는 비교를 그만둬야 한다는 걸 나는 안다. 그러지 않으면 그런 비교가 우리를 가로막는다. 나는 마를린 디트리히와

닮았기도 하지만 아주 다르기도 하다. 내게는 나의 목소리와 이야기가 있고, 나는 내가 누구인지 알지만 내가 무엇을 닮았는지는 알지 못한다. 하지만 내면 깊이 들여다보면 그녀를 닮지는 않았다. 그녀에겐 내가 갖고 싶지 않은 부정적인 측면이 너무 많다. 고약한 성격, 거리감을 주는 냉랭한 태도, 광적인 자기중심주의, 오만한 용기. 그럼에도 그녀는 나의 아이콘으로 남을 것이다.

시간이 흐르면서 나는 스스로 예쁘다고 생각하게 되었지만 사람들은 나를 알아보지 못한다. 사람들은 내 모습이 예전과 같지 않다고, 그들에게 친숙한 얼굴이 아니라고 생각한다. 음악적 단절이기도 한 이 단절은 일부 팬들을 잃게 만들었다. 그들은 내 방향 전환에 당혹해 했다. 내 입은 달라지지 않았고, 나는 여전히 내 입을 좋아하지 않아서 억지로 바꾸려고 애쓴다. 내 턱을, 입 모양을 부드럽게 만들려고 애쓴다. 사진작가들 앞에서 포즈를 취하면 그들은 입에 긴장을 풀라고 말한다. 입술 화장도 덜 한다. 그들은 모두 이렇게 말한다. "파트리시아는 예쁘지만 옛날 같지 않아." 그들은 예전 모습을 알아보고 싶어 하며, 각 앨범에서 다른 사람도 아니지만 그렇다고 똑같지도 않은 나를 되찾고 싶어 한다. 변한 건 내가 아니라 내 주변의 배경이다. 배경이 바뀌면서 살짝 반영되어 의상을, 액세서리를, 모발의 세부사항을 바꾸는 것이다. 예술가들의 고충은 이 모순에 있다. 움직이지 않고서 변화해야 하는, 고정된 채 달라져야 하는 데 있다.

나의 이미지 변화는 시대를 따르고, 나의 악습을 따른다. 나는 특별히 유행을 따르려고 애쓰지는 않지만 유행의 가치에 밝다. 나는 신중한 조언을 해줄 줄 아는 샤를 아즈나부르의 입을 통해 "우리가 유행을 따르지 않는 한 유행에 뒤질 일이 없다"는 것을 배웠다. 여자들을 잘 아는 이 친구는 내게 기품있는 소박함을 권했다. 그리고 나는 아무도 닮고 싶지 않지만 모두에게서 영감을 얻고 싶다고 말했다.

나는 배우들처럼 다른 사람이 되느라 온통 시간을 보낸다. 나는 내 과거에 대해선 아무것도 후회하지 않는다. 내 청소년기만 빼고, 아니 정확히 말하자면 청소년기의 부재만 빼고. 친구들과의 외출, 담배, 얼핏 보면 무익해 보이지만 사실은 대단히 중요한 수다, 함께 나누는 환상, 망설임…. 이런 것들을 나는 알지 못했다. 이미 나는 무대 위에 있었던 것이다. 나는 청소년기에 우물쭈물할 여유가 없었기에 지금 와서 그러고 있다. 친구들은 열다섯 살에 줄곧 옷 스타일을 바꾸었다. 한 번은 펑크였다가, 세련되고 품질 좋은 옷을 입었다가, 어벙벙한 스타일에서 소녀 스타일로 옮겨가곤 했다. 나는 일찍 내 정체성을 찾을 시간을 갖지 못했다.

어쩌면 그래서 마돈나를 향한 매료가 무의식적으로 그녀를 모방하도록 나를 부추겼는지 모른다! 그녀는 매번 새 음반을 낼 때마다 예전의 스타일과 단절했다. 변장하고 새 역할을 연기할 핑계가 되었다. 그녀의 뮤직 비디오들은 그녀가 만들어내고 연기하는 인물들의 이야기들이다. 그녀는 노래하는 만큼 영화를 찍는, 허물벗기를 자주 하는 동물이다. 우리는 룩을 가지고 놀며 때로는 실패한다. 오늘날 가장 저열한 평가에 직면한 마돈나의 경우가 그렇다. 사람들은 그녀에게 도박장을 떠나지 않는다고 비난한다. 나는 그녀를 존경하고 지지한다. 오래 전 10년 전에 그녀를 만난 적이 있다.

나는 장-피에르 푸코가 진행하는 텔레비전 방송에 초대받았다. 마돈나는 자기 앨범 〈Ray of Light〉 홍보차 파리에 와 있었고, 이날 저녁 나는 그녀의 깜짝 손님이었다. 왜냐하면 그녀가 피아프를 좋아하며, 내가 피아프의 훌륭한 계승자라고 사방에서 말했기 때문이다. 그녀가 내 앞에 앉아 있었다. 그녀는 아주 길고 까마귀처럼 새카만 머리칼을 하고 있었고, 아주 짙게 화장을 했다. 약간 고딕풍인 그녀의 룩이 나는 그다지 마음에 들지 않았다. 사람들이 우리를 소개하자 그녀가 내게 미소를 짓고 프랑스 식으로 볼인사를 했다. 우리는 둘 다 〈나도 널 사랑하지 않아Je t'aime moi non plus〉의 듀엣 가능성을 얘기했다.

텔레비전 쇼가 끝나고 우리는 스튜디오를 떠났다. 그녀는 앞쪽 자동차에 탔다. 엄청난 행렬이었다. 나는 미국 스타의 호위대 행렬에 놀랐다. 그녀는 개인 제트기가 기다리고 있는 부르제로 떠났다. 국가원수들의 행렬들을 본 적이 있기에 나는 그 행렬들이 마돈나의 검은 세단 행렬만큼 길지 않았다고 증언할 수 있다.

24 경의와 감동

지금은 2008년. 나의 새 앨범은 퀘벡 여성, 테레즈 몽캄Terez Moncalm에게서 영감을 얻었지만 잘 되지 않았다. 나는 조용조용하고 관능적인 분위기의 음반을 꿈꿨다. 그래서 이 여가수와 함께 작업한 편곡자를 불렀고, 우리는 몇 마디를 녹음했다. 그런데 확실히 인정해야만 했다. 내 아이디어가 좋지 못했다는 걸 즉각 깨달았다. 내게 어울릴 수 없는 색조를 내 것으로 삼으려고 시도했던 것이다. 단지 그것이 내 것이 아니라는 이유로 말이다. 우리는 지출을 중단했고, 나는 내 욕구를 수정했다.

그는 경이로운 빈티지 스쿠터를 타고 스튜디오 파브리크 뜰에 나타났다. 그러곤 난폭하게 제동을 걸어 이목을 끌었다. 탕기 데렌은 장난기가 넘쳤다. 장난꾸러기 같은 그의 눈이 그걸 드러냈고, 그의 열띤 혈기는 그가 얼마나 짓궂은지 말해주었다. 나는《강한 성》순회공연 동안 그를 만났다. 이 순회공연에서 그는 DVD 제작을 맡았다. 그의 예술적 감각, 글재주, 교양이 내 새 앨범의 원병으로 그를 부르고 싶게 만들었다. 따라서 그는 리샤르와 시릴과 내가 이루는 지옥의 트리오에 합류했다. 그에겐 보는 눈과 협상 감각이 있었다. 그는 내 작업에 새로운 시각을 부여했고, 립튼이나 에투알 같은 데와 딜 마케팅을 체결한 사람이다. 러시아에서 가장 큰 화장품 유통 체인인 에투알은 새로운 광고 캠페인을 찾고 있었다. 탕기는 그 회사가 망설이고 있다는 걸 듣고서 요령있게 손을 써서 책임자들을 만났으며, 그들에게 내가 2년 동안 그들의 광고 모델이 되는 게 어떻겠냐고 제안했다. 우리는 이 계약을 아주 재빠르게 마무리 지었다. 나는 아주 자랑스러웠다.

오늘 나는 새 작품 〈카바레〉를 녹음하기 시작한다. 믿기 힘든 장소지만 생-레미의 내 집에서 5분 거리에 있는 옛 방앗간에다 우리는 스튜디오를 만들었다. 이곳에는 매우 귀한 클래식 음반들이 수집되어 있다. 아르망 파니젤의 소장품으로 피에르 베르제가 구해낸 것이다. 방앗간 안의 스튜디오는 음향 기술자 에르베 르 귈이 관리한다.

도서관의 음향은 훌륭해서 내가 내 음반을 위해 바라는, 자연스런 '라이브' 분위기가 났다. 녹음은 거기서 이루어졌다. 나는 이 앨범의 색채가 장식예술 같기를 바랐다. 베를린 풍에, 파리풍에, 아르헨티나 풍이 나기를 바랐다. 베를린 카바레에서 부에노스 에이레스의 탱고 클럽을 거쳐 파리의 지하 재즈 카바레로 이어지는 긴 여행을 생각했던 것이다. 그런 분위기를 만들어내기 위해 세 명의 다른 편곡자들을 동원했다. 브리포 드 라 엘로우, 프레드 엘베르, 그리고 카라반 팔라스. 엘렉트로와 재즈 사이에 걸쳐 있는 구성이었다. 내가 상상한 이 여행을 우리는 오늘 스튜디오 파브리크에서 하고 있다.

벌써 강렬하다. 겨우 몇 마디를 노래했는데 눈에 띌 정도로 강한 감동이 느껴진다. 물론 텍스트가 그렇다는 얘기다. 오래 전에 수첩에 적어둔 몇 문장이다. 자신 없이 몇 마디 적은 것뿐이다. 아주 작은 추억이나 경의 같은 것. 탕기가 날더러 더 개인적이고, 더 내면적인 가사를 써보라고 용기를 북돋아주었다. 우리가 함께 쓴 그 텍스트를 오늘 내가 노래하고 있다. 〈마지막으로Une dernière fois〉는 분명히 가장 감동적인 내 노래 중 하나다.

아빠에게 헌정한 노래도 한 곡 있다. 〈광대들을 들어오게 하라Faites entrer les clowns〉다. 나는 아버지를 다시 떠올린다. 빨간 코, 웃는 얼굴, 투명한 파란 눈. 익살스러우면서도 조금 슬픈, 광대들만이 할 줄 아는 얼굴이다. 〈카바레〉와 함께 나는 시간을 거슬러 올라갔다. 의도한 건 아니지만 프랑수아 베른하임 같은 옛 동료들도 다시 만났다. 다양한 노래 가운데 고상한 곡 하나, 〈해가 뜨고Le jour selève〉가 눈에 띄었는데, 이 곡의 작곡가가 프랑수아 베른하임이라는 걸 알게 되었다. 믿기 힘든 우연이 다시 한 번 같은 길에서 우리를 만나게 해준 것이다. 그리고 나는 힐데가르트 크네프Hildegard Knef가 쓴 1950년대의 오래된 예쁜 곡도 한 곡 끄집어냈다. 〈행운은 오래 가지 않아La chance jamais dure〉였다. 쿠르트 바일Kurt Weil과 멀지 않았다.

〈카바레〉는 회고와 단절의 앨범이기에 인터넷으로만 출시된다. 음반회사들로부터 더 해방되고, 지금껏 한 번도 이용해본 적 없는 매개체에 나를 여는 방식이다. 이미 인정받은 예술가에게는 위험한 도박이지만 나는 이 놀라운 시대에 인터넷으로 우리 예술가들에게 새로운 세계가 열리는 것을 느꼈다. '개인판매' 라인을 통하는 판매 사이트가 나의 창구가 되었고, 그 운영자들은 곧 강력한 아이디어를 생각해냈다. 이 전략은 좋은 전략으로 곧 판명이 났다. 얼마 전 끝낸 멋진 공연에도 힘입어 음반이 전세계에 8만 장이 유통되었으니 말이다.

묘하게도 이 앨범의 가장 놀라운 곡 중 하나가 새 공연의 방향을 정하게 되었다. 〈여주인공들에게 중독된Addicte aux héroïnes〉은 30년대 여성들에게 바치는 경의였다. 나는 큰 야심을 품고 〈카바레〉 순회공연 준비에 들어갔다. 현대무용, 비디오 영상과 약간의 문학, 대단히 섬세한 미학으로 지적이고 기품있는 쇼를 곁들인 완전한 공연을 꿈꾸었다. 나는 앨범의 이미지에 맞게 다양한 스타일과 나라들을 돌아보는 여행 같은 공연을 원했다. 자유로운 여성들에게 경의를 바치는 공연이길 바랐다. 나의 환상을 실현하기 위한 노력과 제작과 위험 부담에서 엄청난 대가를 치를 우려가 있다는 것도 알았다.

나는 순회공연 준비에 몰두했다. 모든 걸 세심하게 심사숙고했고, 꼼꼼하게 상상했다. 나는 이 공연을 우아한 그림으로 구성된 환상의 세계처럼 보았다. 음과 영상과 춤으로 재창조하려고 한 이 세계를 만들어내기 위해 탕기의 도움을 받았다. 그는 사진들, 팝스트, 히치코크, 루비치 등의 1930년대 영화 발췌본들, 현대무용 동영상들을 제공했다. 공연 창작에 도움이 될 모든 자료들을 말이다. 그는 그대로 찾고, 나는 나대로 찾아서 우리는 전체를 놓고 토론했다. 내 생각을 음악에 담는 데 도움을 얻고자 프레데릭 엘베르에게도 생-레미로 와달라고 부탁했다. 그는 이 작업을 위해 특별히 개조한, 정원 안쪽 아틀리에에 자리를 잡았고, 대부분 그곳에 틀어박혀 지냈다. 나는 하루에도 여러 번 지침이라고 할 수도 없는 지침을 가지고 그를 방해했다.

나는 음악학교에 다니지 않았고, 음악 수업을 받지 않았다. 그래서 그에게 내 마음 상태를 표현하고 예를 들어주었으며, 내게 영감을 준 시각을 그에게 보여주었다. 내가 프레데릭에게서 높이 사는 것은 그와 소통을 하는 데 말이 필요 없다는 점이었다. 그는 나를 상당히 정교하게 파악하고 있어 알아듣기 힘든 내 말에서 내 의도를 포착했다. 그가 내게 자신의 편곡을 들려주었을 때 나는 그가 나를 완벽하게 이해했다는 걸 알았다. 우리는 차츰차츰, 집과 오두막을 오가며 공연을 만들었다.

내 레퍼토리에 든 클래식 곡들을 위해 우리는 더 어쿠스틱하거나 엘렉트로닉한 새로운 형태에 이르게 되었다. 그것은 그 곡들의 정수에, 깊이에 가까이 다가가게 해주는 형태였다. 그 노래들을 담을 보석상자를, 이상적인 길을 찾느라 그 많은 세월이 필요했던 것 같았다. 그 곡들에 가장 적합한 음향 옷을 입히는 데 그 모든 시간이 필요했던 것만 같았다. 〈빛 속으로 들어가라Entrer dans la lumière〉와 〈그녀를 알고 싶어요Je voudrais la connaître〉는 더없이 개인적인 곡들이다. 이 곡들을 위해 프레드와 함께 차용한 길들은 지금 봐도 대담하다. 《카바레》는 단호한 결의, 급진적인 선택 위에 세워졌다. 처음으로 나는 혼자서 지휘하기로 결심했다. 처음부터 시릴과 리샤르에게 앨범도 그랬듯이 내 공연을 직접 지휘하고 싶다고 통보했다. 평소처럼 예술적 방향에 그들이 개입하지 않도록. 그러고는 무대에 오를 다른 장르의 예술들을 음악이 지휘하는 공연이 되도록 선택했다. 비디오, 현대무용, 문학이 노래 음향에 합류하게 될 것이다.

《카바레》에서 특히 현대무용은 무대연출과 풍성한 의미와 감동을 창출하려는 욕구에서 비롯된 것이다. 우리는 탕기와 함께 모스크바에서 만난 적 있는 유명한 안무가 레지스 오바디아에게 안무를 만들어 달라고 청했다. 그가 우리에게 스테파니 피농이라는 훌륭한 무용수를 추천해 주었다. 현대무용 영역에서 저명인사들인 두 사람이 내 욕구를 채우는 걸 도와주었다. 나는 내 공연의 춤을 위해 악착같이 연습했다. 수업을 듣고 배웠다. 오랜 시간 수업을 들었다. 나는 내 몸의 근육을 만드는 것을, 몸을 조각하는 것을 늘 좋아했다. 그리고 언제나 인내력을 극한까지 밀어붙인다. 그러다 보면 어느 순간 근육이 아프고, 장딴지와 허벅지가 당기고, 발에 감각이 없고, 통증이 느껴져 목덜미가 꼼짝 못할 정도로 굳을 지경이 되곤 한다. 나는 춤추는 게 좋다. 노래와 춤을 문제없이 소화해내는 능력도 더 길렀다. 호흡을 놓치지 않고 느려지지 않도록 확실히 해야 했다. 또한 안무만큼이나 테크닉과 지구력도 길렀다. 춤에 대한 나의 강박증을 보여주는 증거가 있다. 지네딘 지단이 후원하는 ELA 텔레비전 방송에서 크레이지 호스의 무용수들과 함께 춤을 춘 것이다.

《카바레》 공연의 자막 목록에 든 사람은 많았다. 춤, 음악, 비디오 외에도 랑뱅의 디자이너 알베르 엘바즈가 만든 의상도 있었고, 밥 윌슨의 무대설계자인 크리스토프 마르탱이 만든 무대장치도 있었다. 나는 이 공연이 자랑스러웠다. 아름다운 공연이었다. 그리고 나는 처음으로 진정한 현대성을, 시대와의 다중 접속을 느꼈다. 1930년대를 준거로 삼은 것은 위기의 시기에 시의적절했다. 역사는 더듬더듬 제자리걸음을 하고 있었고, 분위기는 되풀이되었다. 두 시대의 근접성은 컸다. 나는 쉽게 속을 만큼 어리석지 않다. 축제 시기가 아닐 때 객석한 자리의 값은 다른 것을 희생하고 치러진다는 것을 잘 안다. 이 사랑의 증거를 내게 보여준 사람들에게 나는 풍성하고, 다채롭고, 공들이고, 고도의 기술을 활용한 공연을 제공할 수 있어 흐뭇했다.

우리가 모르모트에게 하듯이 시릴과 리샤르는 내 지구력을 시험했다. 그들은 세월이 흐르면서 순회공연에서 나쁜 습관들을 여럿 갖게 되었다. 그들은 내가 잘 버텨낸다는 걸, 콘서트가 이어져도 내 에너지가 잠식되지 않는다는 걸, 날씨가 어떠하건 내가 무대에 선다는 걸 확인했다. 처음에 그들은 내가 초인적이라고 생각했다. 얼마 후에는 습관이 들어 초인적인 것을 정상인양 생각했다. 그리고 이젠 그걸 고려조차 하지 않는다. 게다가 나 또한 그렇다. 나는 절약하는 법을 배워야 할 것이다. 죽을 지경이 되어 누워 있지 않는 한 난 해낸다. 나의 엄청난 지구력에 대한 이 믿음은 나를 우쭐하게도 하지만 피곤하게 만들기도 한다. 그들은 나와 함께 있으면서 공연 밑에서 기울여지는 노력을, 내 무대들을 구성하는 발판들을 본다. 내가 달려야 할 길의 길이와 그 길을 달리는 데 필요한 손길과 목소리를 계산할 수 있다.

《카바레》 순회공연에는 첫 순회공연만큼이나 많은 것이 요구되었다. 첫 순회공연 때 나는 완전히 기진맥진했다. 이번 순회공연도 정말이지 피로한 작업이었다. 이 공연에선 육체적으로 엄청난 소비를 할 수밖에 없었다. 모든 차원에서 그랬다. 기본적인 순회공연의 피로에 춤이 몇 겹의 피로를 더해, 무대를 떠날 때면 완전히 녹초가 되었다. 《카바레》와 함께 과부하의 눈금이 빨간색으로 기울었다. 이제 나는 예전처럼 젊지 않다. 예전보다 훨씬 많은 시간을 집에 틀어박혀 지낸다. 그런데 《마드무아젤은 노래해》 순회공연과는 달리 나는 피하지 않고 강도 높게 여행을 했다. 이젠 공허에 과감히 맞섰다. 예전에는 공허감을 딛고 속도를 올렸다. 그리고 나중엔 고통의 구렁텅이에 다시 떨어졌다. 나는 무리하게 작업에 매달렸고, 아무것도 느끼지 않으려고 피로에 묻혔고, 고통을 없애려고 나 자신을 산산조각 내어 무대 위에서 사방으로 흩뿌렸지만 고통을 완전히 내쫓지 못했다.

《카바레》 때는 그저 집중력을 끝까지 몰고 갔다. 나의 모든 힘과 에너지를 쏟아 넣었다. 안무가, 무용수, 연주자들을 동원한 공연이라 콘서트를 준비하는 데 비용이 많이 든 상태로 재정적 결과가 어떠할지 모른 채 순회공연을 시작했다. 그래도 나는 내 마음에 드는 대로 완벽한 공연을 만들기로, 환상적인 공연을 제공하기로 선택했다.

나는 몰다비아에서 불가리아, 카르타고, 이스라엘을 거쳐 그리스까지 세계를 돌았고, 마지막으로 파리의 카지노에 내렸다. 통틀어 150번의 콘서트를 했다. 너무 많았다. 러시아의 에투알과의 광고계약 덕에 국제적 예술가로서는 처음으로 러시아를 북에서 남까지, 상트 페테르부르크에서 블라디보스톡까지 순회하며 모두 30번이 넘는 콘서트를 할 수 있었다!

해야만 한다면 25

내 직업은 놀라운 지역까지 여행하게 해준다. 때로는 사적인 콘서트를 위해서도 여행한다. 그럴 때 공연은 다르다. 관객이 대중 콘서트보다 훨씬 적기 때문에 관객에 더 가까이 다가갈 수 있다. 이번에 나는 코카서스의 아제르바이잔으로 갔다. 검은 황금과 캐비어를 접할 수 있는 곳, 어떤 이들이 '예쁜 모나코'라는 별명을 붙인 산꼭대기 마을 바쿠. 송유관이 즐비하고, 검은 차창의 자동차들 속에 숨은 부자들이 사는 초현실적인 곳이었다.

내가 그곳을 찾은 유일한 프랑스인은 아니었다. 나는 외국의 이런 저녁모임에서 동포들을 만나는 것이 익숙하지가 않았다. 요즘은 다양한 영역에서 유명 프랑스인들을 초대하는 추세다. 이날 저녁 나는 프랑스 식도락의 스타 셰프, 야닉 알레노를 소개받았다. 갈색 머리에 키 크고 우아하고 잘생긴 남자로, 내가 좋아하는 유형이었다. 그리고 내가 좋아하게 될 사람이었다.

사랑을 하려면 서로를 위한 시간이 필요하다. 그러지 않으면 시간이 횡포를 부려 연인들이 계속 사랑하는 걸 가로막는다. 나는 인생이 내게 주는 선물을 제대로 누리지 못했다. 때가 좋지 못했다. 하지만 난 그의 사랑이, 그의 균형이 필요했고, 내 곁에 있을 남자가 필요했다. 그는 안정적이고 견고한 땅에 뿌리를 내린 사람이었고, 나는 종종 현실세계에서 벗어나 허공을 떠도는 사람이었다. 순회공연을 너무 많이 하기 때문이었다. 우리의 사랑에 걸맞는 관심을 쏟아야 할 때에 불행히도 나는 일에 빠져 있었다. 《카바레》가 나를 완전히 집어삼켜 버렸다. 어쩌면 이 사랑이 내게 너무 크기 때문이었는지도 모른다.

미디어들이 우리 관계를 물고 늘어졌다. 사진을 찍고 전설을 만들어낼 유명인 커플을 발견한 것에 잔뜩 흥분했다. 이 주제를 언급하지 않고는 인터뷰가 진행되지 않았다. 너무 이른 질문들에 당황하고 지친 나는 서툰 대답들을 했다. 상처를 주고 오해를 낳는 대답들이었다. 나는 감정들을 잘 알지도 못하지만 그걸 표현하는 건 더더욱 잘 하지 못한다. 그래서 공개적으로 얘기할 때는 서툴 수밖에 없다. 나는 절제를 하고, 상대화하려는 경향이 있다. 조심스럽고 화를 잘 못 낸다. 그 자리에서는. 그는 똑똑하고 심리에 능통해서 내 대답들을 해명했고, 그가 나에 대해 이해한 대로 내 대답들을 변호했다. 감정과 시간이 어긋나다 보니 결국 우리는 헤어졌다.

나는 무언가에 뛰어드는 것이 겁나고, "사랑한다"고 말하는 것이 두렵다. 나는 다른 사랑으로 관중을 좋아한다. 구체적이면서 동시에 추상적인 사랑이다. 내가 아름답고, 흥미롭고, 살아 있다고 느끼게 해줄 수 있는 건 관중뿐이다. 관중만이 내게 영원의 순간들을 약속해 준다. 관중의 어루만짐과 키스가 어느 남자의 것보다 나를 사로잡는다. 더 없이 크고 아름다운 기쁨을 주는 건 관중이다. 내가 인정받기를 기대하는 것도 관중에게서다.

경기장은 달라지지 않았다. 어쩌면 약간 관리가 잘된 것뿐이었다. 시대는 바뀌었다. '신 러시아인' 세대가 비싼 자동차를 타고 모피를 걸친 여자들을 옆에 끼고 모스크바 거리를 활보했다. 이제 암시장은 거의 없었다. 공인된 시장이 되었기 때문이다. 사람들은 예전보다 잘 먹었고 소비하기로 마음먹었다. 나라밖 출입이 허용된 이후로 러시아인들은 예전에 접하지 못했던 모든 것을 누렸다. 소련의 차갑던 분위기는 사라졌고, 형형색색의 새로운 시대가 열렸다.

나의 첫 공연이 열린 곳이 이곳 올림피스키였다. 그때 나는 갓 스무

살을 넘겼을 때였고 겁이 없었다. 오늘 나는 긴장해서 뻣뻣이 굳었다. 온 몸에 쥐가 나서 다리가 겨우 몸을 지탱했다. 20년의 활동 동안 거의 겪어보지 못한 끔찍한 느낌이었다. 나는 많은 관중을 대면해왔다. 훨씬 엄청난 수의 관중들을 접하기도 했다. 이젠 경험이 많았다. 그런데 때로는 경험도 아무런 도움이 되지 못하기도 한다. 이날 나는 무대에 들어서기 직전의 모든 예술가나 마찬가지였다. 제어할 수 없는 두려움이 나를 엄습해왔다.

이날 저녁 나는 프랑스를 대표해 유로비전 무대에 섰다. 상대를 이겨야 하는 무대라는 걸 나는 안다. 그것이 문제였다. 바로 그래서 두려웠다. 쉽지 않았다. 위험도 있었다. 나는 결정을 내리기 전에 오랫동안 고심했다. 삼총사의 도움도 받았다. 처음에 싫다고 했다가 그들의 설명과 단호한 태도에 생각이 바뀌게 되었다. 결국 나는 내가 용기 있으며, 거기에 도전할 수 있다는 걸 보여주고 싶었다. 내가 프랑스 후보가 될 거라는 소식이 알려지자 갖가지 말들이 들려왔다. 내 용기를 높이 평가하는 사람들도 있었고, 프랑스에서는 우습다고 간주하는 행사에 참여하는 나를 조롱하는 사람들도 있었다. 언제나 그렇듯이 근거 없는 악의로.

나는 극도로 예민한데다 등뒤에서 들려오는 말들에 대한 경험도 있었다. 어려서 스티링 벤델에서 살 때 내게는 친구들만 있었던 게 아니었다. 내가 무대 위에서 노래를 시작하고, 내 이름이 포스터에 실리면서 학교의 여학생들과 이웃 친구들이 내 험담을 하기 시작했다. 하지만 나는 험담을 바로 잡는 걸 피했다. 내가 보기에 나는 그 친구들보다 낫지도 않았고, 더 예쁘지도, 더 재능이 뛰어나지도 않았다. 나는 그들과 똑같이 광부 가족들이 사는 소박한 분양주택에 살았고, 똑같은 학교를 다녔으며, 나풀거리는 드레스를 똑같이 꿈꿨다. 어쩌면 내가 조금 더 악착스럽고 더 열정적이었는지 모른다.

상황, 분위기, 이기고 싶은 마음…. 나는 유로비전에서 다른 참가자들을 겁내지 않았다. 그들이 나보다 나을까봐 두렵지 않았다. 참가자들은 다른 언어로 부르는 다른 노래들을 가지고 비교된다. 다만 나는 수준에 이르지 못할까봐 겁이 났다. 나는 느린 곡인 〈해야만 한다면Et s'il fallait le faire〉을 부를 예정이었다. 세 번째 순서였는데, 전체 프로그램을 보면 너무 이른 순서였다. 내 앞의 후보가수는 박수갈채 측정기에서 최고 점수를 받았다. 이제 내 차례였다.

휘청거리는 한쪽 다리를 무대에 올리자마자 박수갈채가 쏟아졌다. 처음에는 조심스럽게, 곧 엄청나게. 러시아 관중은 늘 나를 지지했지만 이번에 나는 그들의 '적'이었다. 내가 프랑스 후보였기 때문이다. 이 따뜻한 반응이 나를 구제했다. 마음속에서 느껴지는 격정이 내 다리를 대신해 내게 날개를 달아주었다. 나는 노래했다. 온 마음을 실어 최대한 열심히.

하지만 나는 마흔네 명 중 8위에 머물렀다. 나는 이기고 싶었다. 지는 걸 싫어해서가 아니라 국기를 꽂기 위해 앞에 나서겠다고 약속한 마당에 뒤에 처지는 건 거북스런 일이었다. 결과 통보에 나는 불행해졌다 이튿날 아침, 러시아의 대형 일간지 〈이즈베스티야Izvetzia〉는 이런 제목을 달았다. “여왕 카스를 도둑맞았다”. 하지만 이 기사도 위로가 되지는 못했다. 나는 패배를 소화하지 못했고, 그걸 취소하고 무대로 돌아가 다시 시작하고 싶었다. 이어지는 일요일에 파리로 돌아오면서 나는 나 자신이 부끄러운 게 아니라 메달 없이 돌아온 사실이 부끄러웠다. 나는 그런 식으로 나를 보았고, 결국 다른 사람들도 나처럼 생각하고, 그들도 나를 판단하고 단죄하리라고 상상하게 되었다. 나는 데킬라를 산책시키면서 망상증까지 보였다. 사람들이 웃으면 “저들이 비웃는다”는 생각이 들었다. 사람들이 나를 쳐다보면 “저들이 나를 원망한다”는 생각이 들었다. 나는 고개를 숙이고 걸어 다녔고, 지나갈 때 누군가 발코니에서 “안녕하세요” 하고 인사를 해도 차마 고개를 들지 못했다. 어떤 이들은 내 불안을 짐작하고 인사에다 “멋졌어요!”나 “별것 아니잖아요….”나 “유로비전에서 잘하셨어요!”라는 말을 덧붙이기도 했다.

유명해져서 좋은 점은 길가다가도 우연히 당신을 격려하거나 용기를 주려는 지지자를 만날 수 있다는 점이다. 유로비전 이후의 며칠 동안 나는 사람들의 감정에 자부심과 거북함이 뒤섞여 있다는 걸 깨달았다. 나는 그 경연에 참가할 용기를 보였고, 나의 대담성이 어떤 이들에게는 존경심을 불러일으켰다. 프랑스는 다른 나라가 유로비전에 쏟는 것만큼 무게나 관심을 두지 않았다. 이번에는 6천만 시청자들이 시청해 시청률이 특별히 높긴 했다. 시청률이 32퍼센트가 나왔다. 역사상 처음으로 프랑스3채널이 토요일 저녁에 TF1을 누른 것이다! 나는 참여한 것을 후회하지 않는다.

이 뒤섞인 감정은 나에 대한 프랑스인들의 태도를 잘 보여준다. 그들 대다수의 눈에 나는 서민층에 속했고, 그 계층에 묶여 있다. 그들은 세련된 취향이 다수의 마음에 들 수 있으며, 다수가 항상 틀린 건 아니라는 사실을 잊는다. 프랑스엔 내 음악을 틀 만한 라디오 방송들이 있지만 사람들은 나를 향수 어린 방송 쪽으로만 분류하려고 한다. 내 눈에는 현대성이 분명히 드러나는 내 앨범 〈카바레〉조차도 그렇다. 프랑스에서 나를 분류해놓은 범주를 벗어나기란 어렵다. 《카바레》 공연 때 나는 '유행에 민감한' 미디어들에 초대받은 것에도 놀랐지만, 동시에 패션 잡지들에서 무시당한 것에도 놀랐다. 비디오나 현대무용 같은 여러 분야의 접목이라는 전문적인 점을 공연을 본 사람들은 놓치지 않았다. 그러나 다른 사람들은….

속물근성 때문에 거리를 두려는 태도를 대하면 종종 마음에 걸린다. 왜 그럴까 의문을 품어본다. 내가 크게 성공했기 때문에, 음반을 많이 팔았기 때문에, 일부 나라들의 마음을 얻었기 때문에, 어쩌면 내게 더는 입증할 것이 없기 때문에 내가 싸울 다른 땅을 찾고 있는 건지도 모른다. 나는 점점 더 큰 도전을 나 자신에게 던진다.

내게서 벗어나는 것들을 나는 붙들고 싶다. 나는 무관심과 부재, 버림을 잘 견디지 못한다.

부모를 모두 잃은 나는 형제자매들을 내 곁에 둘 줄 모른다는 느낌이 든다. 내 노력에도, 진정한 내 애정에도 우리는 자주 보지 못하고 많은 얘기를 나누지 못한다. 그저 가족이 그립듯이 나는 그들이 그립다. 친근함, 허용된 침묵, 공모의식, 합의된 미소, 짜증 섞인 반응, 공동의 차이점들, 구체적 관계를 이루는 이 모든 것들이 온기를 주고, 편안함을 제공한다. 나는 이런 것이 사랑이라고 생각한다.

이런 순간에는 무엇보다 언니가 그립다. 언니는 언니 가족에 너무 묶여있고, 나는 내 일에 너무 묶여서 우리 관계는 소원해졌다. 대화를 시작하면 길지만 그럴 때가 드물다. 직업 때문에 내가 늘 남자들에 둘러싸여 지내다 보니 멀리 떨어져 있어도 언니의 존재는 내게 소중하다. 전화기에서 언니의 목소리가 들리면 나는 기분이 좋아진다. 나는 내 불안들을, 내 계획들을 얘기하고, 언니는 청소년이 된 아이들과 일상적인 사소한 어려움들을 내게 얘기한다. 특히 나의 여조카는 억지로 독립을 하려고 애쓴다. 카린이 이 얘기를 꺼내면 나는 내가 갖지 못했던 자립성을 딸에게 주라고 부추긴다.

만약 내 딸이었다면 나는 그 애의 독립을 도와줄 것이다. 사실 나는 어머니로부터 한 번도 떨어지지 못했고, 어린아이로 남으려고 기를 썼다. 어른이 될수록, 내 활동이 자유로워질수록 나는 엄마의 사랑 속에, 그리고 엄마를 잃은 슬픔 속에 움츠러들었다. 내가 가졌던 모든 두려움을 내 조카는 갖지 않았으면 싶다. 나는 그 아이가 자랑스럽다.

벌써 함정을 피했으니 말이다. 그 애는 대학입시를 통과했다.

그 아이에게 나를 조금이라도 전할 수 있다면 아주 기쁠 것 같다. 적어도 내가 고통 받으며 이해한 것을, 내가 삶에서 얻을 수 있었던 가르침들이 아무에게도 소용없는 것이 아니라는 느낌을 받을 수만 있다면 좋겠다. 나는 조카에게 자신감을 심어 주려고 애쓴다. 그 아이에게 자기 콤플렉스에 가로막히지 않고 어떻게 그것을 이용하는지를 보여 주려고 애쓴다. 조카들과의 이런 관계가 나는 좋다. 비록 더 자주 보지는 못해도. 그들이 자라는 걸 더 볼 수 있고, 그들의 취향을, 그들의 기대와 두려움을 지켜볼 수 있다면 분명 더 기쁠 것이다.

오늘 나는 왜 내가 어머니가 되지 못한 채 살아왔을까 생각한다. 나는 일곱 아이를 둔 가정에 태어났고, 목소리와 웃음과 울음이 넘쳐나는 가정의 시끌벅적한 기쁨을 좋아했다. 나는 크리스마스를, 마을 아이들 모두가 함께 즐긴 마을의 무도회를 정말 좋아했다. 하지만 가정을 꾸리지는 않았다. 나는 대가족의 도식을 깨뜨렸다. 자연스럽게 제시된, 어머니가 될 모든 기회를 거부해왔다. 직업 활동이 더 좋아서 가정을 만들지 않았다는 걸 인정해야 한다.

26 너무 이른 말

이제 나는 확실히 안다. 앞으론 그럴 수가 없다. 최근에 알게 되었다. 겨우 마흔을 넘겼는데 끝났다니. 내 취향으로는 너무 일렀다. 판결은 떨어졌고, 검사결과는 너무도 분명했다. 처음에는 그저 가설일 뿐이었다. 대개 이런 일은 훨씬 나중에, 50대에 일어나기 때문이다. 나는 가능성을 지나치게 심각하게 받아들이는 걸 피했다. 슬프고 부당하고 우울한 일이었기 때문이다. 게다가 이건지 저건지 확실히 확인해야 했기 때문이다. 의사가 내 배에 선고를 내리고, 내게 끝났다고 이젠 너무 늦었다고 말하는 걸 들어야만 했다. 그는 간단하게 말했다. 이 모든 걸 침착하게 설명했다. 그는 결코 정확한 용어는 말하지 않았다. 그랬더라도 난 듣지 않았을 것이다. 그럴 마음이 없었다. 나는 이해할 수가 없었고 이 소식을 받아들이지 못했다. 〈카바레〉 앨범을 가지고 순회공연을 힘겹게 끝내고 막 돌아왔다. 예술적이면서 육체적인 순례였다. 그런데 내가 생리적으로 시효가 끝났다고 선언하다니? 난 여전히 여자라고 소용없는 혼잣말을 거듭 해본다. 이 사실을 내 머릿속에 집어넣어야 한다. 나는 아이를 갖지 못할 것이다. 헤아릴 수 없는 엄청난 불안이 느껴졌다. 아이 못 갖는 여자란 어떤 거지? 온갖 의문들이 나를 갉아먹었다. 나는 해안에 멈춰 설 시간을 한 번도 내지 못한 배처럼 활동을 계속해왔다. 내게 여러 번이나 선택의 여지가 있었는데 그럴 때마다 낙태를 선택했다. 그런데 오늘까지도 후회하지 않는다. 난 후회할 줄을 모른다. 이 일이 나는 터무니없고 부당한 일처럼 생각된다. 사람은 원하는 순간에 자신이 할 수 있는 일을 한다. 자기 인생과 늘 조화를 이루는 건 아니다.

나는 '앞으로는'이라는 말을 받아들이지 못했다. 갑자기 내 코앞에서 내려진 이 장막을 말이다. 지금 나는 예전보다 건강하다. 과거로 인한 상처도 덜 하고 외상도 덜 하다. 사랑을 하고 아이를 가질 준비가 거의 되어 있다. 그런데 운명이 비웃는다. 나는 이제 잠을 자지 못한다. 강박증에 사로잡혔다. 여자들은 아이를 낳는데, 나는 그러지 못한다. 이 말은 내가 절대로 갖지 못하리라는 의미가 아니다. 그건 내가 인정하길 거부한다. 나의 애정생활에서 건설적인 무언가를 할 수 있을 것 같다고 느끼는 순간에 이 희망을 앗아가기에는 난 너무 젊다. 나는 스스로 여자라고 느끼고 있고, 나 자신에 만족하고, 예전보다 훨씬 자신이 있다. 오늘날 나는 내가 이뤄낸 것에 대해, 내 용기와 내 가치에 대해 확신하고, 힘이 넘치기에 미래도 창창하다고 느낀다. 그런데 내 용기를 꺾고 나를 허공에 떠밀다니. 꼭 벌을 받은 느낌이 든다. 내가 맛보고 싶은 여자의 기쁨들이 있지만 나는 맛보지 못할 것이다. 그뿐이다. 그다지 심각하지는 않다. 그저 조금 슬플 뿐. 나는 젊은 엄마들의 행복한 얼굴을, 그들의 자부심을, 활짝 피어난 그들의 얼굴을 본다. 그리고 감동한 아빠들의 눈길을, 흡족한 미소를 확실히 마음에 새긴다. 그러고 싶지 않아도 거리를 돌아다니는 부푼 배들이 눈에 들어온다. 나는 그 배들을 보지 않으려고 애쓴다. 어쨌든 처음에는. 그 배들은 내가 이제 막 잃은 모든 것을 보여준다.

나는 임신한 여성의 행복을 끝내 알지 못할 것이다. 내 배 안에서 작은 발길질을 느끼지 못할 것이다. 출산을 결코 경험해 보지 못할 것이다. 내 아기의 첫 울음을 결코 듣지 못할 것이다. 좋다. 그러면 어떤가! 내 인생의 남자를 만나 함께 아이를 낳고 싶으면 입양을 할 것이다. 지구상에는 구원해야 할 아이들이 참으로 많지 않은가! 그렇게 나는 모든 엄마들이 경험하는 것을 경험할 것이다. 내 가방 속에 아르니카 크림과 두두 인형, 그리고 아기 사진들을 넣어 다닐 것이다. 아기를 재우기 위해 이야기를 들려줄 것이고, 작은 전등을 켜둘 것이다. 아이와 함께 거실 소파에 기대어 만화를 볼 것이고, 학교에서 아이에게 열이 있다고 알려오면 아이를 데리러 달려갈 것이다. 어머니날에는 아이가 만든 목걸이를 내게 걸어줄 것이다. 아이 아빠와 나는 아이를 스키장과 수영장에 데려갈 것이다. 우리는 피곤하겠지만 행복할 것이다. 그렇다, 피곤하겠지만 행복할 것이다!

나는 내 회상의 마지막 지점에 이르렀다. 덜 끝낸 것 같은 느낌으로 당신을 떠나고 싶지는 않다. 나는 내가 참으로 좋아하는 파리의 이 아파트, 내 집에 있다. 이곳에 나의 많은 것을 쏟았다. 작업은 장대했다. 물론 내 기준으로 하는 말이다. 나는 내가 생각한 모습의 둥지를 원했고, 거기에 나를 110퍼센트 쏟았다. 좌절한 상태에서 나는 새로운 열정을 발견했다. 실내장식이다. 벽에 걸린 커다란 현대 사진들이 묵직한 바로크 오브제들과 이웃하고 있다. 이따금 붉은색 터치 하나뿐, 더 이상의 색깔은 없다. 나는 갈색이 도는 회색, 적갈색, 은빛 도는 녹청색, 왁스 입힌 석회의 분위기를 좋아한다. 물론 검은색도 환영이다. 옻칠 된 커다란 액자 속에 크리스털로 상감한 무거운 은 샹들리에가 있다. 그것을 나는 계단 밑에 두고 싶었다. 사람들은 미쳤다고 했지만 나는 상관하지 않는다. 아주 멋지다. 이를테면 나는 마세라티의 방열기 그릴로 만든 등도 가지고 있고, 내 책상은 알루미늄 비행기 날개를 나사로 고정한 것이다. 몇 가지 기념품들도 있다. 이 모든 것이 초와 감미로운 조명으로 불 밝혀져 있다. 이 장소는 우리가 〈카바레〉를 위해 찍었던 이미지들에 영감을 주었다.

또 어떤 한 해를 보냈던가! 나는 《카바레》 순회공연을 마쳤고, 소중한 사람이 우리를 떠났다. 프라우 돕마이어Frau Dobmeyer, 잉어Inge, 아이가 없던 그녀는 나를 '내 새끼'라고 불렀다. 그때는 룸펠캄머 시절이었고, 나는 돕스 레이디 킬러스Dob's Lady Killers의 무용수였다. 이 그룹에 이름을 준 건 그녀의 남편 바키Wacki였다. 그들은 내게 많은 것을 주었다. 사랑을 주었고, 그리고 종종 격려도 주었다. 그들은 떼어놓을 수 없는 사람들이었다. 나는 죄어드는 마음으로 그녀에게 작별인사를 하러 갔다. 노인은 나를 품에 안았다. 우리는 아무 말도 하지 못했다.

이제 내게 무슨 일이 일어날 수 있겠는가? 내가 멋진 왕자를 만난다면? 아름다운 사랑 이야기를 경험하게 된다면? 소녀들이 서로 얘기 나누는 그런 이야기들 중 하나를…. 옛날 옛적에 한 청년이 살았는데 자기 생일에 나를 초대하고 싶어 했어. 청년은 내가 꼭 와서 그를 위해 노래해주기를 바랐지. 아름다운 그의 나라로.

우리가 비행기에서 내리자마자 파티 주최자는 수도에서 몇 킬로미터 떨어진 장엄한 호숫가에 위치한 개인 레스토랑으로 저녁 초대를 했다. 젊은 남자가 흰 꽃다발을 한아름 안고 문 앞에 서 있었다. 그리고 내게 내밀었다.

예상 밖으로 저녁식사는 완벽했다. 우리를 초대한 주인은 프랑스어를 유창하게 했고, 독일어도 했고, 물론 영어도 했다. 그는 나에 관해 많은 것을 알고 있었고, 눈으로 나를 집어삼킬 듯 쳐다보았다. 나는 그의 곁에 앉은 아주 예쁘고 젊은 그의 부인을 보았다. 그녀는 그 자리에 있는 것이 거북한지 딴청을 피우는 듯했다. 대화는 이 주제에서 저 주제로 건너갔고, 유쾌하고 매혹적인 저녁이었다.

이튿날부터 공연 준비를 위해 그는 사방으로 뛰어다니며 모든 것에 신경을 썼다. 백만장자 신사가 사동이 된 것이다. 그는 이 사람에게 커피를 가져다주고, 다른 사람에게는 멀티탭을 가져다주며 즐거워했다. 물론 내게도 부족한 게 없도록 배려했다.

저녁이 되자 손님들이 모두 왔다. 큰 레스토랑처럼 개조한 거대한 잔디 위에 흰 식탁보를 깐 탁자와 은은한 조명이 놓였다. 그곳의 모든 것이 돈이 줄 수 있는 고상한 취향을 드러냈다.

내가 노래를 시작하자 곧 비가 내리기 시작했고, 초대손님들은 멋진 텐트로 보호되었으나 나는 아니었다. 그도 아니었다. 그는 아내의 손을 잡은 채 검은 하늘 아래 내 앞에 섰다. 나는 이미 젖었고, 곧 그도 젖게 될 것이다! 나는 그걸 감미롭다고 생각했다. 감동적이었다.

곧 나는 무대를 떠났고, 그는 여전히 무대 뒤에 있었다. 턱시도가 젖은 채 그는 웃고 있었다. 웃을 때 그는 정말 젊어 보였다! 물론, 그는 단원 전부를 손님들과 합류하도록 초대했다. 시가, 독한 포도주, 그는 우리를 극진히 대접했다. 나의 단원들은 매료되었다.

고백하건대 나도 그랬다.

우리가 이튿날 아침 비행기를 타야 했기에 자동차가 와서 우리를 호텔로 데려다주었다. 그는 내 손에 키스를 하고 잘 자라는 인사를 했다.

아침이 되자 그가 자기 자동차로 나를 데리러 왔다. 번개처럼 빠른 빨간색 차였다. 그와 나를 위한 자리밖에 없었다. 엄청난 속도로 달린 그 여정은 진심 어린 사랑 고백의 기회가 되었다. 우리는 애들처럼 전화번호를 주고받았다. 그는 비행기 문 앞에서 슬픈 얼굴을 했다.

며칠이 흘렀다. 7월초의 꿈처럼 화창한 날씨였다. 우리가 주고받는 문자가 점점 잦아졌다. 점점 더 말이 많아지기도 했다. 나는 그가 결혼했으며, 사랑스런 두 딸이 있다는 사실을 잊으려고 애썼다.

그는 비행장 활주로에 개인 제트기를 대기시켜 두었다. 그 비행기는 나를 위한 것이었다. 내가 탈 때까지 거기 머물 거라고 했다. 하루에 세 번씩 나는 엄청난 꽃다발을 받았다. 첫 번째 것은 아침인사를 위한 것이었고, 두 번째는 하루 종일 나를 동반하기 위한 것이었고, 마지막 것은 감미로운 밤을 위한 것이었다. 이런 달콤한 말들이 나를 웃게 만들었다. 그는 초 단위로 오만 가지 생각을 떠올렸다. 그러다 일어날 일이 일어났다. "나 왔어요."

그렇다. 그가 왔다. 밤새도록 새 스포츠카를 타고 달려왔다(물론 똑같은 차를 내게 주려는 것이었다!) 그렇게 그가 왔다. 우리는 함께 저녁식사를 했다. 그는 재미있고 유혹적이며 장난기가 많았다. 그렇다. 나는 이날 저녁 그의 품에 안겼다. 조금만 더 갔으면 사랑에 빠졌을 것이다. 거의 그랬다.

나의 연인은 나의 일상이 되었다. 그는 내게 세심한 배려를 했다. 내겐 그의 긴 속눈썹과 가무잡잡한 피부와 매혹적인 미소밖에 보이지 않았다. 그는 정사에도 능했고, 언제나 내게 얘기해줄 거리가 많았다. 우리는 이제 서로를 떠나지 않았다.

사랑의 계절, 여름이 왔다. 그는 일하러 자기 나라로 다시 떠났지만 우리의 욕망은 가라앉지 않았다. 내 마음은 온통 그에게 가 있었다. 아니, 완전히는 아니었다. 개인 파티에서 노래를 해야 했기 때문이다. 내 연인은 내가 오직 그를 위해서만 노래하길 바랐다. 나는 아연했다. 그가 농담을 한다고 생각했다. 전혀 아니었다. 그는 다른 남자들이 나를 볼 수 있고, 나를 욕망할 수 있다는 걸 원치 않았다. 게다가 내가 그들 중 한 남자를 사랑하게 되면 어쩌겠나?

그의 요트가 항구에 정박했다. 그는 바다에서 한 잔 하자고 나를 초대했다. 샴페인이 철철 흘러넘쳤다. 나는 마법에 걸려 있었다. 꿈을 꾸었다. 그는 내게 미래를 얘기했다. 우리에 대해 말했다. 섬에서 살 우리의 생활에 대해. 나는 그의 말을 믿었다. 그는 침착하고 사려 깊은 사업가였다. 명석하고 혁신적인 개념으로 큰 재산을 모았다. 어린아이가 아니었다. 그는 자신이 하는 일을 알았다. 그는 내가 그의 인생의 여자라고 말했다. 그리고 확신했다.

며칠이 지나고 몇 주가 흘렀다. 나는 여전히 유부남의 정부로 남았다. 우리의 비밀 여행은 런던에서 모나코로 이어졌고, 생-트로페가 우리를 두 팔 벌려 반겼다. 하지만 나는 이런 여행이 더 이상 재미있게 생각되지 않았다. 내가 하나의 전리품에 지나지 않는다는 씁쓸한 느낌이 내 안에 비집고 들기 시작했다. 나는 유명했고 그는 부자였다. 오나시스와 칼라스의 2010년 버전이었다. 한 남자 때문에 내가 나의 활동을 희생하고 싶어 하지 않는다는 차이점만 빼고. 내가 수집목록에 더해지는 하나의 물건이 되고 싶어 하지 않는다는 사실만 빼고.

내 사랑에는 한계가 있다.

가을이 오자 내 사랑 이야기도 끝났다. 나는 속았다. 그는 자기 부인 곁에 남았다. 이젠 편지도 쓰지 않고 전화도 걸지 않는다. 내가 얼마나 어리석었던가! 아니다! 아니다! 우리에겐 살고 꿈꾸고 잘못 생각할 권리가 있다. 나는 실망했지만 이상한 회오리에 휩쓸렸던 것뿐이다.

동화는 존재하지 않고, 백마 탄 왕자도 존재하지 않는다. 이 사랑 이야기는 현실이기엔 너무 아름다웠다.

삶은 나를 새로운 지평으로 이끌었다. 카자흐스탄이다! 이 나라의 누르줄탄 나자르베에프 대통령이 방돔 광장 에브뢰 호텔에서 그를 위해 열린 만찬에 참여해달라고 나를 초대했다. 나는 카자흐스탄 사람들을 좋아한다. 그들은 1992년에 내게 알마타 명예공주라는 칭호를 주었다. 나는 웬 외무부 공무원 옆에 앉았는데, 그는 1990년 어느 날 아직 젊은 소련 군인이었을 때 내가 노래하는 걸 들으려고 부대 담을 넘은 적이 있었다는 얘기를 했다. 내 왼쪽에 앉은 사람은 카자흐스탄 대표단의 공식 통역인데 그는 내 노래를 들으면서 프랑스어를 배우고 싶은 마음이 들었다고 고백했다. 나는 아침에 약하다. 내 앞에 앉은 탕기는 자기 귀를 의심했다. 그는 구름 위를 날고 있다. 이런 공식적인 행사를 좋아하기 때문이다. 나의 탕기는!

덧붙이는 말

2010년은 아주 길지만 풍성하고 건설적인 해가 될 것이다. 그 결과 2011년을 아주 강도 높은 계획을 가지고 맞이하게 될 것이다. 동료들과 많은 얘기를 나눈 끝에 나는 엄청난 도전을 위해 준비가 된 느낌이다. 내가 시도하려는 레퍼토리에 어울리는 도전이다. 곧 에디트 피아프가 떠난 지 50년이 된다. 그래서 결정했다. 카스, 피아프를 노래하다.

에필로그

당신에게 이젠 얘기할 수 있겠다.

이 책을 만드는 것이 사실은 아주 겁이 났었다. 책은 무대가 아니기 때문이다. 조명도 없는 백지 위에 모든 걸 검게 내려놓아야 하기에. 나는 말을 이어가며 삶의 조각들을 떠올리려고 애썼다. 쉽지 않았다. 기억들이 숨어드는 무대 위에 홀로 섰기 때문이다. 망각이라는 무대 뒤에서 나와 두려움을 이기고 객석의 어둠에 과감히 맞서야 했다.

그런데 기억이란 먹으면서 생겨나는 식욕과 같아서 기억하다 보면 떠오른다. '온on' 버튼을 누르기 무섭게 테이프가 돌아가기 시작했고, 나의 두려움은 쏟아낸 말 속으로 증발했다.

단숨에 나는 여자로서의 내 삶을 다시 살았다.

결국 나는 모든 걸 말했고, 그것이 내게는 일종의 치료였다. 하지만 치유된 건 아무것도 없었다. 음악으로는 치료를 하는 것이 아니다. 이야기로도 마찬가지다. 하지만 어쩌면 시간으로는 가능한지도 모른다. 그래도 이 이야기는 진술하다. 나는 잊지 말아야 할 것을 떠올렸고, 나를 침울하게 만들었던 것이 무엇인지 이해했고, 나를 살아있게 붙드는 것이 무엇인지 이제 완전히 깨달았다. 나도 모르게, 때로는 내 뜻을 거스르고 나의 진실이 그려졌다. 어둠 속을 나아갈 때 우리는 언제나 자기 자신에게 최악의 적이다. 내 말들은 아무것도 숨기지 않았고, 내 꿈들, 내 의혹들, 내 고통들을 붙들었다.

내 삶을 그리면서 나는 행복에 부적합한 나를 보았다. 나는 빛을 보지 못한 채 눈 멀어 있었고, 뜨거운 온천에서도 여전히 냉랭했다.

나는 조심스럽고 거리를 두는 냉정한 나를 보았다. 강하고 용감한, 하지만 쉽게 감동받는 만큼 감동을 주기도 하는 나를.

당신으로 인해. 당신의 사랑으로, 당신의 존중으로, 당신의 욕구나 필요로. 나를 규정하고 나를 만들어낸 당신의 눈길로 나는 아름답다. 당신이 있을 때 나는 아름답다.

나를 사랑한 사람들에게 나는 아름답다.

어떤 이들에게는 환상이기도 했다.

이제 나는 조금은 행복을, 평온을 누릴 자격이 있다. 나는 행복을 훔치지 않겠다. 겸허하게 그걸 청한다. 나 자신에게.

나의 이야기는 광적이다. 평범하지 않은 여정을 따르기 때문이다. 나는 멀리서 왔고, 멀리까지 갔다. 이 여정에서 나는 자양분을 얻고 나를 살찌운다.

이것이 내 이야기였고, 앞으로도 나는 이야기를 이어갈 수 있다.

엄마의 죽음 이후로 경건하게 끼고 다니던 엄마의 반지를 내 약지에서 천천히 뺀다.

오늘 나는 애도의 고리를 닫고, 내 목소리의 그림자에 문을 닫는다. 그 그림자를 환하게 밝힌다.

수상 이력

1988 : 올해의 신예 음악상 / 프랑스

1988 : 〈독일에 대해D'Allemagne〉로 노래 오스카 상 / 프랑스

1988 : 〈독일에 대해〉로 Sacem(프랑스 음악 저작권 협회) 오스카 상 / 프랑스

1988 : 〈내 남자Mon mec à moi〉로 RFI 트로피 / 프랑스

1989 : 해외 판매 최고 음반을 위한 음악상 / 프랑스

1989 : 〈마드무아젤은 노래해…Mademoiselle chante…〉로 아카데미 샤를-크로스 상 / 프랑스

1989 : 〈내 남자〉로 다이아몬드 어워드 / 벨기에

1990 : 골덴 유로파 올해의 가수 상 / 독일

1990 : 자브루켄 훈장 / 독일

1991 : 올해의 여가수 음악상 / 프랑스

1991 : 해외 판매 최고 음반을 위한 음악상 / 프랑스

1991 : 올해의 프랑스 예술가에게 주는 월드 뮤직 어워드 / 모나코

1991 : 올해의 예술가 밤비 상 / 독일

1991 : 올해 프랑스어권 예술가를 위한 갈라 드 라디스크 트로피 / 퀘벡

1992 : 해외 판매 최고 음반을 위한 음악상 / 프랑스

1994 : 파리 시 훈장 / 프랑스

1994 : 올해 크리스털 돌고래 상-Contact 라디오 / 터키

1994 : 뮤직 오스카 IFM 올해의 예술가 상 / 터키

1995 : 해외 판매 최고 음반을 위한 음악상 / 프랑스

1995 : 황금 여성 상 / 프랑스

1995 : 올해의 프랑스 예술가에게 주는 월드 뮤직 어워드 / 모나코

1996 : IFPI 유러피언 플래티늄 어워드 / 유럽

1998 : 올해의 국제 가수 상 / 터키

2000 : '드골-아데나우어' 상 / 독일

2002 : 골덴 유로파 올해 국제 예술가 상 / 독일

2003 : 프랑스-독일 우정을 위한 독일 연방공화국 훈장(Bundes Verdienst Kreuz Erste 카테고리) / 독일

2004 : Unesco Kinder in Not in Dankbarkeit / 독일

2008 : 올해의 노래를 위한 '황금 그라모폰' 상 / 러시아

2008 : 올해의 국제 예술가를 위한 '황금 그라모폰' 상 / 러시아

2009 : 유로비전 최고 활약에 대한 마르셀-브장송 예술상 / 유럽

2010 : '올해의 음악 예술가' 2010년 디바 도이처 엔터테인먼트 상 / 독일

옮긴이의 말

한 사람의 삶을 내밀하게 들여다보았다. 이제 그녀에 대해 말해야 한다. 무슨 말을 할까? 그녀의 노래를 들어본다. 〈내 남자Mon mec à moi〉, 〈스쳐가는 남자들Les hommes qui passent〉… 한 시절 세상의 거리거리를 점령했던 노래들이다. 많은 이들이 뜻 모른 채 후렴구 "몽메까무아mon mec à moi"를 따라 불렀던 추억을 간직하고 있을 노래. 거친 듯 부드럽고, 낮고 깊으며, '허스키'하고 '블루지'한 목소리는 여전히 관능적이고 매혹적이다. 그렇다. 바로 파트리시아 카스 얘기다.

여기 그녀의 이야기가 있다. 파트리시아 카스가 제 목소리로 들려주는 이야기다. 카리스마 넘치는 무대 위의 목소리와 달리, 본인의 이야기를 하는 그녀의 목소리는 수줍고 순박하고 조심스럽다. 하지만 깊은 내면의 울림 같은 그녀의 노래가 그러하듯 그녀의 이야기 또한 엄살이나 가장 없이 진솔하다. 올해로 마흔일곱. 한 인간으로서 아직 삶을 정리할 나이는 아니지만 일찍부터 남들보다 빠른 속도로 치열한 삶을 산 가수에게는 걸어온 길을 돌아볼 만한 시점이라 할 수 있겠다.

프랑스 동부 국경지대에서 광부의 딸로 태어나 여덟 살부터 장터 무대에서 노래하기 시작한 꼬마가 어떻게 세계적인 디바가 되었으며, 어떤 꿈을 꾸었고, 어떤 도전을 했으며, 어떤 영광을 누렸고, 어떤 아픔을 겪었는지, 어떤 무대에 섰고, 무대 뒤의 삶은 어땠는지, 이 모든 이야기를 그녀가 처음으로 낱낱이 털어놓는다. 순박한 가족 얘기, 소박한 기쁨, 결핍과 열등감, 살아보지 못한 청춘기에 대한 아쉬움, 사랑과 배신, 성공과 좌절을 고백한다. 하여, 이 책에서 우리는 또 다른 파트리시아 카스를 만날 수 있다. 금발에 파란 눈, 차가워 보이고 세련미 넘치는 스타와는 전혀 다른, 가난한 시골 광부의 딸을 만날 수 있다. 미숙하고, 주눅 들고, 상처 입고, 외로워하는 여린 민낯을 볼 수 있다. 그런가 하면 세상을 종횡으로 누비며 콘서트를 이어가고, 끝없이 도전하는 불굴의 전사 같은 강한 모습도 느낄 수 있다.

카스의 노래 중에 〈아무것도 가진 것 없는 사람들Ceux qui n'ont rien〉이라는 곡이 있다. *"어두운 밤의 회색 빛을 아는 내가/아무 것도 가진 것 없는 사람들을 위해 노래하게 해줘요/불행한 아침의 푸른 슬픔을 아는 내가/아무것도 가진 것 없는 사람들을 위해 노래하게 해줘요."*

이 노랫말처럼 그녀는 자신이 '아무것도 가진 것 없는 사람들'과 같은 출신임을 잊지 않고, 그런 사람들을 위해 노래한다. 그녀가 특히 러시아에서 큰 사랑을 받은 건 혹독한 삶을 살았던 그들에게 그녀의 이야기는 꿈꾸게 했고, 그녀의 노래는 위안을 주었기 때문이다. 배불리 먹지 못하면서 월급의 3분의 1이나 되는 엄청난 값을 치르고 그녀의 콘서트장을 매번 가득 메운 러시아 팬들, "가진 게 아무것도 없지만 그녀에게 모든 걸 준" 이 가난한 팬들에게 그녀는 각별한 애정을 드러낸다.

지난 겨울(2012년 12월), 세종문화회관에서 〈카스, 피아프를 노래하다〉라는 제목의 콘서트가 열렸다. 샹송의 영원한 전설 에디트 피아프의 사후 50주년을 추모하며 또 하나의 전설 파트리시아 카스가 피아프를 노래한 무대였다. 어려서부터 '꼬마 피아프'라 불렸고, 에디트 피아프의 탁월한 계승자라는 찬사를 받는 카스가 전혀 다른 음색으로 불후의 전설을 되살려내어 피아프를 좋아하고 카스를 좋아하는 팬들을 이중으로 매혹했다. 파트리시아 카스가 지금까지 우리나라를 다섯 번이나 찾았고, 한때는 우리나라 화장품 광고 모델까지 한 걸 보면 그녀의 노래를 사랑하는 우리나라의 팬 층도 상당히 두터운 것 같다. 카스의 노래를 좋아하는 팬이 이 이야기를 읽고 다시 그녀의 노래를 듣는다면 그 호소력 짙은 목소리에서 한층 더 깊은 감동을 느끼게 되지 않을까?

2013년 12월

백선희.

파트리시아 카스, 내 목소리의 그늘

첫판 1쇄 펴낸날 2013년 12월 20일

지은이 | 파트리시아 카스
옮긴이 | 백선희
펴낸이 | 박남희
디자인 | Studio Bemine

종이 | 화인페이퍼
인쇄 | 청아문화사
제본 | 정민제본

펴낸곳 | (주)뮤진트리
출판등록 | 2007년 11월 28일 제318-2007-000130호
주소 | 서울시 영등포구 양평동 2가 37-2 양평빌딩 301호
전화 | (02)2676-7117 팩스 | (02)2676-5261
E-mail | geist6@hanmail.net

ISBN 978-89-94015-62-0 03860